Marlies Folkens



# Insel herzen

Sylt-Roman

lübbe

Dieser Titel ist auch als E-Book erschienen

MIX
Papier aus verantwortungsvollen Quellen
FSC® C014496

Originalausgabe


Textredaktion: Stefanie Zeller, Köln
Einband-/Umschlagmotive: © shutterstock: Annareichel | © Flas100 | majeczka | Roman Sigaev | vilax | alexandre zveiger; © HUBER IMAGES: Reinhard Schmid
Umschlaggestaltung: Kirstin Osenau
Satz: two-up, Düsseldorf
Gesetzt aus der Minion
Druck und Verarbeitung: GGP Media GmbH, Pößneck
Printed in Germany
ISBN 978-3-404-18366-1

3 5 4

Sie finden uns im Internet unter luebbe.de
Bitte beachten Sie auch: lesejury.de

Für Dörthe, die wir *Döwe* nannten, die nie
etwas anderes sein wollte als eine Krankenschwester.

Und für alle, die so leidenschaftlich für andere da sind,
wie sie es in ihrem viel zu kurzen Leben war.

# Eins

»Warte mal kurz …«

Doro blieb wie angewurzelt vor dem Schaufenster der Galerie stehen, an dem sie sonst immer achtlos vorbeigegangen war. Sie kniff die Augen ein wenig zusammen und legte den Kopf schief, um das Ölgemälde genauer zu betrachten, das ganz hinten neben einem abstrakten Kunstwerk hing. In leuchtenden Farben war ein reetgedecktes Haus mitten in einem Garten voller windschiefer Bäume und blühender Heckenrosenbüsche abgebildet. Ein goldener Schriftzug war über der grün gestrichenen Haustür zu erahnen.

»Das ist doch die *Friesenrose!*« Doro holte tief Luft, während ihr der Herzschlag in den Ohren pochte. Seit einer halben Ewigkeit hatte sie nicht mehr an die Pension *Friesenrose* und an jene Sommerferien gedacht, die sie dort verbracht hatte.

Wer behauptete, so etwas wie eine Zeitmaschine gäbe es nicht, der hatte keine Ahnung. Dabei reichte schon der Geschmack von Brausepulver oder der Geruch von Apfelkuchen, um einen zurück in die Vergangenheit zu katapultieren. Manchmal, so wie jetzt, war es der Anblick eines Bildes, und die Zeit rollte sich in sich zusammen wie ein Stück Schleifenband, das man über die scharfe Seite einer Schere gezogen hatte. Siebzehn Sommer waren auf einmal wie ausgelöscht, und Doro fühlte sich wieder, als sei sie zwölf Jahre alt und diese wundervollen Wochen auf Sylt wären gerade erst ein paar Tage her. Alles stand ihr klar und deutlich vor Augen.

Sie erkannte jede Kleinigkeit: die breite Auffahrt, die zum Haus führte, die Dachgauben im Obergeschoss, hinter denen sich die Pensionszimmer befanden, den Anbau mit den blinden Stallfenstern, in dem sie und ihre Freundin Janna gespielt hatten. Sogar die Esche mit dem Baumhaus war am linken Bildrand zu sehen. Auch die windschiefe Plattform zwischen den Ästen, auf der die Mädchen ganze Tage verbracht hatten. Janna hatte ihrem Opa so lange in den Ohren gelegen, bis er ihnen schließlich erlaubt hatte, im Baumhaus, wie sie es nannten, auch wenn es den Namen kaum verdient hatte, zu übernachten. Dicht aneinandergedrängt hatten sie in ihren Schlafsäcken auf den rauen Brettern gelegen und durch die Blätter hindurch den glitzernden Sommerhimmel bewundert, über den sich wie ein schimmerndes Band die Milchstraße gezogen hatte. Ganz leise, um niemanden zu stören, hatten sie miteinander getuschelt und Pläne geschmiedet.

Die Erinnerung war so klar und deutlich, dass Doro fast das Rascheln der Blätter im Abendwind hören und die Brise riechen konnte, die vom Watt herüberwehte. Doro hätte sich nicht einmal gewundert, wenn ihr Spiegelbild im Schaufenster plötzlich ein sommersprossiges kleines Mädchen mit Hornbrille auf der Nase und strubbeligen hellblonden Locken gezeigt hätte.

»Die *Friesenrose*«, wiederholte sie lächelnd.

Die kleine Pension ganz im Osten der Insel Sylt gehörte den Großeltern ihrer Freundin Janna, die dort jedes Jahr die Ferien mit ihren Eltern verbrachte. In jenem Sommer hatten sie Doro eingeladen, sie nach Sylt zu begleiten, damit Janna nicht so langweilig war, doch Doros Mama hatte zuerst freundlich, aber bestimmt abgelehnt, ihre Tochter mitfahren zu lassen.

»Tut mir leid, Süße, aber das können wir uns wirklich nicht leisten«, hatte sie erklärt. »Wir können doch nicht erwarten, dass Jannas Eltern für alles bezahlen, und ich könnte dir kein Geld mitgeben. Das verstehst du doch, nicht wahr, mein Schatz?«

Nein, Doro hatte es nicht verstanden und es auch nicht verstehen wollen. Es war so ungerecht. Nur weil Mama keine Arbeit hatte und sie deshalb zu den Großeltern nach Flörsheim gezogen waren? Es war ja schon schlimm genug, dass Mama und sie zusammen im alten Kinderzimmer schlafen mussten. Aber dass sie nicht mal mit Jannas Eltern ans Meer fahren durfte, wo die doch Geld wie Heu hatten und Jannas Mutter extra gesagt hatte, Doro sei eingeladen? Das war wirklich zu viel.

Aber dann hatte sich doch noch alles zum Guten gewendet. Jannas Mutter hatte Mama angerufen und ihr versichert, Dorothee mitzunehmen werde für sie und Jannas Vater keine Belastung, sondern eine Riesenerleichterung sein. Die zwei Mädchen seien doch schon alt genug, um die nähere Umgebung auf eigene Faust zu erkunden, sodass Jannas Vater während der Ferien seine langersehnte Ruhe haben könnte. Da hatte Mama nachgegeben, und ein paar Tage später war Doro zusammen mit Jannas Familie nach Sylt aufgebrochen.

Es war ihr allererster Urlaub gewesen, und die sind bekanntlich immer etwas ganz Besonderes. Doro erinnerte sich an Sommersonne auf der Haut und einen rotgeringelten Leuchtturm oben auf einer Düne, den sie hinaufgeklettert waren, um die Aussicht zu bewundern. Sie dachte zurück an eine Sandburg am Strand, Erdbeereis mit Sahne und an den wunderbaren Kartoffelsalat von Jannas Oma. Und jeden Tag waren die Mädchen zum Nachbarhof hinübergelaufen, um das riesige schwarze Pferd zu streicheln und es mit den Möhren zu füttern, die Janna aus dem Garten ihrer Großeltern geklaut hatte. Das Gatter der Pferdeweide war etwa dort gewesen, wo der Maler des Bildes seine Signatur hinterlassen hatte.

»J. N. …«, murmelte Doro. Sie konnte sich nicht erinnern, wie Janna mit Nachnamen geheißen hatte, nur dass ihren Eltern die Adler-Apotheke in Flörsheim gehört hatte, an der sie auf ihrem Schulweg immer vorbeigekommen war, um dann mit Janna zusammen weiterzulaufen. Ob Janna die Malerin war?

»Doro? Wo bleibst du denn?« Die Stimme ihrer kleinen Schwester riss sie aus ihren Gedanken in die Gegenwart zurück. »Vorhin hast du noch gesagt, ich soll nicht so rumtrödeln, und jetzt bleibst du stehen und glotzt in irgendwelche Schaufenster.«

Julia stand ein paar Meter entfernt, die Hände in den Jackentaschen vergraben, und machte ein finsteres Gesicht. »Ich wäre gern pünktlich zu Hause, weißt du? Sonst lässt die alte Dame mich heute Abend nämlich nicht mehr vor die Tür. Und ganz zufällig habe ich keine Lust, so wie du samstags bei ihr auf dem Sofa zu hocken. Ich hab eine Verabredung«, setzte Julia gehässig hinzu.

Als sie ihren Job verloren hatte, war Doro wieder zu Hause untergekrochen, was ihre fünfzehnjährige Schwester Julia ihr bei jeder Gelegenheit unter die Nase rieb. Doch Doro schluckte ihren Ärger hinunter. Sie ging zu Julia und drückte ihr die Tasche mit den Einkäufen vom Wochenmarkt in die Hand.

»Hier!«, sagte sie. »Dann fahr doch schon mal vor und fang an, das Gemüse zu putzen, wenn du es so eilig hast. Ich muss noch was erledigen und nehme die nächste S-Bahn.« Ohne die verdutzte Julia eines weiteren Blickes zu würdigen, machte Doro kehrt, zog die schwere Glastür auf, über der in Goldbuchstaben »Galerie Clara Menzel« geschrieben stand, und trat ein.

Es dauerte einen Moment, ehe sich ihre Augen an die schummrige Beleuchtung im Inneren der Galerie gewöhnt hatten. An den dunkel gestrichenen Wänden hingen dicht an dicht großformatige abstrakte Gemälde in schlichten Rahmen, angestrahlt von einzelnen Spots, sodass sie wirkten, als würden sie frei in der Luft schweben. Nach einem Moment trat eine junge Frau im Businesskostüm hinter einer Stellwand im hinteren Teil des Ausstellungsraumes hervor, an der ebenfalls zwei Bilder angebracht waren.

»Kann ich Ihnen weiterhelfen?«, fragte sie höflich beim Näherkommen, während sie ihr Gegenüber von oben bis unten taxierte. Doro fühlte sich unwohl unter den kritischen Blicken der Galeristin. Die typischen Kunden kamen wohl nicht gerade in verschossenen Jeans und ausgetretenen Sneakers in die Galerie.

»Ich … äh …«, begann sie und räusperte sich dann, um ihre heisere Stimme in den Griff zu bekommen. »Ich interessiere mich für eines der Bilder im Schaufenster. Das kleine Ölbild hinten … das mit dem reetgedeckten Haus.«

»Oh«, sagte die Galeristin und lächelte. »Ja, das gefällt mir auch gut. Frau Menzel hat es erst letzte Woche von Sylt mitgebracht. Es hat mich ein bisschen gewundert, denn dieser realistische Stil ist sonst eher nicht nach ihrem Geschmack. Leider hat sie bislang noch keinen Preis dafür festgelegt, und sie ist heute und morgen nicht im Haus. Wenn Sie sich für das Bild interessieren, müsste ich Frau Menzel erst anrufen und nach dem Preis fragen, den sie veranschlagen will.«

»Nein, nein, ich möchte es nicht kaufen«, erwiderte Doro. »Jedenfalls im Moment nicht«, fügte sie hastig hinzu. »Aber das Motiv – dieses Reetdachhaus –, es kommt mir so bekannt vor. Es könnte sich um ein Haus handeln, in dem ich vor langer Zeit mal für eine Weile war. Kindheitserinnerungen sozusagen.«

»Verstehe.« Die Galeristin nickte.

»Könnten Sie mir vielleicht was zum Maler sagen? Es stand leider kein Name dabei, und die Signatur konnte ich nicht entziffern.« Doro tippte mit dem Zeigefinger gegen ihre Brille. »Kurzsichtig wie ein Maulwurf, verstehen Sie?«

Jetzt lachte die Galeristin und sah auf einmal trotz des strengen Pagenschnittes und des schweren Make-ups wesentlich jünger aus. »Das kenne ich gut«, sagte sie. »Aber seit ich Kontaktlinsen trage, ist es besser. Einen Moment, bitte, ich hole die Unterlagen.« Sie nickte Doro zu und verschwand wieder hinter der Stellwand, wo sich, wie Doro vermutete, das Büro der Galerie befand.

Es dauerte ein paar Minuten, ehe die Galeristin wieder zurückkam. In der Hand trug sie einen schmalen Aktenordner, den sie auf einen der Stehtische legte und öffnete.

»Da haben wir es ja«, sagte sie, nachdem sie ein bisschen hin und her geblättert hatte. »Frau Menzel hat insgesamt drei Bilder der Künstlerin mitgebracht. Dieses hier trägt den Titel *Friesenrose* und ist aus dem letzten Jahr. Die Malerin heißt Janna Neumann.«

Doros Herz machte einen kleinen Hüpfer. Neumann. Richtig, das war Jannas Nachname gewesen. Also stammte das Bild wirklich von ihr. Doro erinnerte sich daran, dass Janna schon als Kind gern gezeichnet hatte, aber das taten viele kleine Mädchen mit großer Leidenschaft. Bei den wenigsten reichte das Talent, ihre Werke später in einer Galerie auszustellen.

»Haben Sie vielleicht auch eine Adresse, die Sie mir geben könnten?«, fragte Doro. »Janna ist eine Schulfreundin von mir, müssen Sie wissen. Wir haben uns vor Jahren aus den Augen verloren, und ich würde mich gern bei ihr melden.«

Die Galeristin lächelte höflich und klappte den Ordner eilig wieder zu. »Tut mir leid«, sagte sie. »Adressen geben wir grundsätzlich nicht weiter. Datenschutz, Sie verstehen das sicher.«

»Ja, natürlich«, erwiderte Doro enttäuscht. »Daran hatte ich nicht gedacht.«

»Frau Neumann scheint sich auf Sylt als Malerin einen guten Namen gemacht zu haben. Vielleicht sollten Sie sie einfach mal googlen, ich könnte mir gut vorstellen, dass sie einen Internetauftritt hat, über den Sie Kontakt aufnehmen können.«

Doro strahlte die Galeristin dankbar an. »Das ist eine gute Idee, das werde ich versuchen.«

»Und wenn Sie das Bild kaufen möchten, rufen Sie mich doch in den nächsten Tagen an, dann kann ich Ihnen sagen, was es kosten soll.« Die Galeristin ging zum Tresen hinüber und nahm eine Visitenkarte aus einer Messingschale, die neben der Kasse stand, und reichte sie Doro. »Es wird sicher nicht so teuer sein. Ich denke, mehr als fünfhundert Euro wird es nicht kosten.«

Das verblüffte Keuchen, das Doro schon in der Kehle fühlte, unterdrückte sie mit Mühe. Doch sie ließ sich den Schreck nicht anmerken und gab der Galeristin zum Abschied mit einem knappen Nicken die Hand, ehe sie die Galerie eilig wieder verließ.

Draußen warf sie noch einen Blick auf Jannas Bild der *Friesenrose* und schüttelte ungläubig den Kopf. »Fünfhundert Euro für ein Bild!«, sagte sie leise. »Verrückt!«

Zumindest in Doros Augen, denn sie hatte einen Plan, den sie eisern verfolgte und für dessen Durchführung sie jeden verfügbaren Cent zur Seite legte. Eines Tages wollte sie eine eigene Hebammenpraxis haben, ganz so wie Tante Tilda. Ein kleines Häuschen irgendwo auf dem Land oder wenigstens im Grünen. Mit einem großen Raum für Vorbereitungskurse, einem Untersuchungszimmer und einem Geburtsraum mit einer großen Wanne darin. Bequeme Sofas im Wartezimmer für die Schwangeren und die Väter, eine tolle Spielecke und ein Bücherregal, damit die großen Geschwister sich nicht langweilten. Eben genauso wie in Tante Tildas Praxis. Doro hatte sich alles so oft ausgemalt, dass sie selbst die Einrichtung in allen Einzelheiten vor sich sehen konnte.

Sie war fest entschlossen, dieses Vorhaben zu verwirklichen, egal wie lange es noch dauern mochte. Bei jedem doppelten Regenbogen, den sie am Himmel sah, war die Praxis der einzige Wunsch, den sie im Kopf formulierte. Und jedes Mal dachte sie an jenen Spätnachmittag im Sommer, als sie im Alter von zehn mit Opa Erich und seinem Dackel Fips in den Feldern hinter dem Flörsheimer Friedhof spazieren gegangen war. Plötzlich war die Sonne zwischen den tief hängenden Wolken hervorgebrochen und hatte einen strahlend hellen doppelten Regenbogen entstehen lassen.

Opa Erich hatte ihre Hand gedrückt, die in seiner lag, hatte nach oben gedeutet und gemeint, sie solle sich schnell ganz fest etwas wünschen, denn wenn man einen doppelten Regenbogen sah, ginge der Wunsch in Erfüllung. Aber beide Bögen müssten komplett zu sehen sein, das sei ganz wichtig.

Doro konnte sich nicht erinnern, was sie sich an jenem Nachmittag gewünscht hatte – ein neues Fahrrad vielleicht oder irgendein Spielzeug. Vielleicht auch, dass Mama endlich wieder einen Job fand und sie beide wieder in eine eigene Wohnung ziehen konnten. Seit sie aber den Plan mit der Hebammenpraxis gefasst hatte, war das der einzige Wunsch, den sie über die doppelte Regenbogenbrücke geschickt hatte.

In letzter Zeit war sie der Verwirklichung kein Stück näher gekommen. Nachdem sie vor drei Jahren die Ausbildung zur Hebamme abgeschlossen hatte, hatte sie in der Geburtsstation eines kleinen Krankenhauses im Emsland gearbeitet. Sie hatte gehofft, im kommenden Jahr die stellvertretende Leitung der Station zu übernehmen, was eine deutliche Gehaltserhöhung mit sich gebracht hätte. Doch dann war in der Chefetage die Entscheidung gefällt worden, die Geburtsstation der Klinik zu schließen. Nicht rentabel, hieß es, nicht genug Geburten, damit sei kein Geld zu machen. Als ob es immer nur um Geld ginge! Jetzt mutete man den Schwangeren zu, künftig die dreißig Kilometer bis zur nächsten großen Frauenklinik zu fahren.

Wütend war Doro zur Klinikleitung gegangen, um gegen die Entscheidung zu protestieren. Nun gut, sie hätte vielleicht etwas besonnener reagieren und sich den einen oder anderen Kraftausdruck dem Klinikdirektorium gegenüber verkneifen sollen, aber Zurückhaltung und taktische Höflichkeit waren noch nie Doros Stärke gewesen. Wegen ihrer direkten Art war sie vorher schon ein paar Mal mit dem Chefarzt der Gynäkologie aneinandergeraten, darum war es auch nicht verwunderlich, dass man ihr nach der Kündigung als Hebamme – anders als zwei ihrer Kolleginnen – keine Stelle als Kinderkrankenschwester angeboten hatte, obwohl sie dafür die entsprechende Ausbildung hatte.

So hatte sie vor vier Wochen das winzige möblierte Zimmer im Schwesternwohnheim gekündigt, die beiden Koffer mit ihren Sachen in den roten Corsa namens Hugo gepackt und war wieder zu Mama nach Düsseldorf gezogen. Und da saß sie jetzt in dem winzigen Gästezimmer und schrieb eine Bewerbung nach der andern, doch alles, was zurückkam, waren Absagen. Nicht eine Einladung zum Vorstellungsgespräch war bislang dabei gewesen. Es war zum Haareraufen. Inzwischen hatte sie den Verdacht, dass es nicht nur mit ihrem zugegeben eher durchschnittlichen Zeugnis zu tun hatte, sondern dass jemand aus ihrer alten Klinik sie nach Kräften schlechtmachte, wenn sich ein potenzieller Arbeitgeber nach ihr erkundigte.

Mit Mühe schüttelte sie diesen Gedanken ab und schenkte ihrem Spiegelbild, das sie aus dem Schaufenster der Galerie mit gerunzelter Stirn ansah, ein aufmunterndes Lächeln.

»Die kriegen mich nicht klein. Sollen sie es nur versuchen. Niemand kriegt mich klein! Ich werde es schaffen, ganz sicher. Ich kriege meine Praxis. Und ins Wartezimmer über die Sofas hänge ich ein Bild der *Friesenrose!*«

# Zwei

Nachdem sich die überfüllte Straßenbahn etwas geleert hatte und Doro sich endlich auf einen Sitzplatz fallen lassen konnte, zog sie ihr Handy aus der Jackentasche und tippte den Namen Janna Neumann in die Google-Suche.

»Lahmes Mistding!«, murmelte Doro finster, während sie wartete, dass sich das Bild auf dem Display des betagten Smartphones aufbaute. Das Handy war ein Weihnachtsgeschenk von ihrem Ex-Freund Lukas gewesen und mit dem war sie schon seit über zwei Jahren nicht mehr zusammen. »Wird echt langsam mal Zeit für ein neues Handy.«

Als hätte es die Drohung verstanden, in Kürze durch ein neueres Gerät ausgetauscht zu werden, zeigte das zerschrammte Handy endlich das Ergebnis der Suche. »Janna Neumann – Syltbilder und mehr« war gleich der erste Eintrag auf der Liste. Sich durch die Galerie der Bilder zu klicken, verschob Doro auf später. Auch wenn ihr Notebook noch betagter als das Handy war, so hatte es doch einen größeren Bildschirm, und sie hatte keine Lust, sich Jannas Gemälde in Briefmarkengröße anzusehen. Sie tippte auf den Menüpunkt Kontakt und betrachtete einen Moment unschlüssig das Feld, in das sie ihre Nachricht an Janna tippen konnte.

Was schreibt man jemandem, von dem man seit über fünfzehn Jahren nichts mehr gehört hat? Doro kaute nachdenklich auf ihrer Unterlippe, ehe sie zu tippen begann.

Hallo, Janna,
heute bin ich durch Zufall in einer Galerie in Düsseldorf auf eines deiner Bilder gestoßen. Ich habe die Pension deiner Großeltern sofort wiedererkannt. An den Sommer damals, als ich dich und deine Eltern nach Sylt begleiten durfte, habe ich noch oft denken müssen. Schön war es, und wir haben viel Spaß gehabt, weißt du noch?

Doro hielt kurz inne und sah einen Moment zum Fenster hinaus auf die vorbeiziehenden Häuserzeilen und die vielen Menschen, die mit gesenkten Köpfen den Bürgersteig entlangliefen, und dachte dabei an die Sommerabende im Garten der *Friesenrose*. Immer wenn gutes Wetter war, hatten sie zusammen auf der Terrasse gesessen und die Bratwürstchen gefuttert, die Jannas Opa gegrillt hatte. Meist hatten sich ein paar der Pensionsgäste zu ihnen gesellt und den Kreis der Familie vergrößert. Es war immer eine große, fröhliche Runde gewesen. Die Erwachsenen hatten Bier getrunken, und für Janna und Doro hatte es Orangenlimo gegeben. Partybrause, wie Jannas Oma das genannt hatte.

Lächelnd wandte sich Doro wieder ihrem Handy zu.

Deine Bilder gefallen mir sehr, und ich freue mich, dass du damit so viel Erfolg hast. Eine Ausstellung in einer großen Düsseldorfer Galerie – das will schon was heißen.
Wenn du ebenso wie ich Lust hast, in Erinnerungen an die gute alte Zeit zu schwelgen, würde ich mich sehr freuen, wenn du dich irgendwann bei mir meldest.
Herzliche Grüße auf die Insel!
Dorothee Löwe

Sie fügte noch ihre E-Mail-Adresse und ihre Handynummer hinzu und drückte auf Senden, ehe sie in Versuchung kam, darüber nachzudenken, ob ihre Nachricht nicht zu aufdringlich wirkte.

»Vermutlich kommt eh keine Antwort darauf«, sagte sie, als sie ihr Handy wieder in die Tasche zurücksteckte. Der ältere Herr auf dem Platz neben ihr musterte sie argwöhnisch.

»Was denn?«, fragte sie. »Haben Sie noch nie Selbstgespräche geführt?«

Der Mann zog missbilligend die Augenbrauen hoch und schüttelte den Kopf, ehe er ein wenig von ihr abrückte und sich wieder seiner Zeitung zuwandte.

An der nächsten Haltestelle stieg Doro aus der Straßenbahn und stand nach kurzem Fußmarsch vor dem grau verputzten Wohnblock, in dem ihre Mutter und Julia wohnten, seit Mama und Björn sich vor zwei Jahren getrennt hatten.

Nein, ihr Zuhause war dies hier wahrhaftig nicht. Das war für Doro noch immer das Reihenhaus am Stadtrand, in dem sie den größten Teil ihrer Kindheit und Jugend verbracht hatte und in dem jetzt Björn mit seiner neuen Familie wohnte. Vor einer Woche war sie bei ihnen zu Besuch gewesen, aber das Haus schien so verändert, dass sich auch dort kein heimatliches Gefühl hatte einstellen wollen. Alle Räume waren frisch tapeziert und die meisten der vertrauten Möbel waren durch neue ersetzt worden. Björns Lebensgefährtin Melanie hatte vermutlich alle Spuren ihrer Vorgängerin beseitigen wollen, was Doro gut nachvollziehen konnte. In Doros ehemaligem Zimmer wohnte jetzt Melanies älteste Tochter Paula, ein sechsjähriger Wirbelwind mit dunklen Locken, deren Mund nie stillstand und die wegen der Zahnlücke ein wenig lispelte.

Björn hatte angeboten, Doro könne gern auch für ein Weilchen bei ihnen wohnen, er wisse ja von Julia, wie eng die Wohnung ihrer Mutter sei. Aber Doro hatte lieber abgelehnt. Wie hätte sie das Mama erklären sollen? Die durfte ja noch nicht einmal von ihrem Besuch bei Björn wissen, weil sie sonst stocksauer werden würde. Auch wenn Doros Mutter allen Leuten erzählte, die Scheidung sei das Beste, was ihr hätte passieren können, so war sie doch in Wirklichkeit längst nicht darüber hinweg, dass Björn sie durch eine Jüngere ersetzt hatte. Allein schon, wie sie über die beiden redete! Und Julia haute natürlich immer in dieselbe Kerbe – jedenfalls, so lange sie bei Mama war. Dabei hatte Björn erzählt, dass Julia prima mit den beiden Töchtern seiner neuen Frau zurechtkam und sehr umgänglich war, wenn sie zu ihrem monatlichen Wochenendbesuch dort war.

Doro vermutete, dass Julia bei Björn auf gut Wetter machte, um ihr großzügiges Taschengeld von ihm nicht zu gefährden. Ihre Schwester war nicht nur intelligent, sondern dazu auch noch gerissen. Die würde ihre Oma meistbietend verkaufen, nur um an genügend Geld zum Partymachen zu kommen.

Früher war das Verhältnis zwischen Julia und Doro gut gewesen, aber seit Julia in der Pubertät war, verabscheuten sich die Halbschwestern von Herzen. Und jetzt war Doro auch noch wieder bei Mama eingezogen und stellte Julias Status als verwöhntes Prinzesschen infrage. Kein Wunder, dass es dauernd krachte.

Dass die Dreizimmerwohnung so eng war und man sich nicht aus dem Weg gehen konnte, tat ein Übriges. Julia stichelte ein bisschen, Doro hielt dagegen, Mama versuchte zu schlichten, und schon gab es Streit. Am Ende knallten die Türen, und meistens heulte eine der drei.

Doro zog den Schlüssel aus der Tasche und schickte ein kurzes Stoßgebet gen Himmel, sie möge endlich eine neue Stelle finden, damit sie wieder ausziehen könnte.

»Ich bin's!«, rief sie, nachdem sie die Wohnungstür hinter sich geschlossen und den Schlüssel ans Brett gehängt hatte. Sie fand ihre Mutter in der Küche, wo sie an der Spüle stand und Salat wusch.

»Hallo, Doro.« Ihre Mutter Gabi drehte sich halb herum, ohne die Hände aus dem Wasser zu nehmen. »Julia sagte, du seist in irgendeinen komischen Bilderladen gelaufen, um etwas zu kaufen?«

Doro verdrehte die Augen. »Quatsch, ich hab nichts gekauft. Ich habe nur in einer Galerie ein Bild gesehen und nachgefragt, wer der Maler ist.«

»Nanu, hab ich was verpasst? Seit wann interessierst du dich für Malerei?«

»Tu ich gar nicht. Es war ein Bild von der Pension auf Sylt, in der ich damals im Urlaub war. Janna Neumann hat es gemalt. Erinnerst du dich an sie?«

Gabi angelte die Salatblätter aus dem Wasser und beförderte sie zum Abtropfen in ein Kunststoffsieb auf der Spüle. »Janna Neumann? Müsste ich die kennen?«, fragte sie abwesend.

»Janna. Meine Freundin in der sechsten Klasse. Aus Flörsheim. Ihre Eltern hatten die Apotheke, und sie haben mich in den Ferien nach Sylt mitgenommen.«

»Ach, stimmt ja. So eine kleine schüchterne Blonde mit Pferdeschwanz, nicht wahr? Den Namen hätte ich nicht mehr gewusst. Du hattest damals so viele Freundinnen …« Sie schob Doro eine Schüssel mit Tomaten zu. »Hier. Du könntest schon mal die Tomaten schneiden.«

Doro seufzte. Die Bemerkung, dass Janna damals ihre einzige Freundin gewesen war, schluckte sie hinunter. Mama hatte so ihre eigenen Vorstellungen davon, wie beliebt ihre Töchter in der Schule gewesen waren, und die hatten mit der Realität wenig zu tun. Doro griff nach der Schüssel, holte ein Schneidebrett und ein Messer aus dem Schrank und setzte sich an den Küchentisch.

»Wie war es im Büro?«, fragte sie, um die Unterhaltung wieder in unverfänglichere Gewässer zu steuern.

»Wie soll es schon gewesen sein?«, fragte Gabi achselzuckend. »Ablage, Tipparbeiten und ein Haufen unnützer Formulare. Das Übliche eben.«

Seit der Scheidung arbeitete Gabi wieder Vollzeit als Rechtsanwaltsgehilfin in einer großen Kanzlei. Sie jammerte darüber, wie langweilig der Job sei und dass sie ihn nur mache, um die Miete zahlen zu können, weil Björn ja so lächerlich wenig Unterhalt für Julia zahlen müsse. Björns Neue Melanie hingegen habe sich schön ins gemachte Nest gesetzt.

Während Doro die Tomaten in Scheiben schnitt, hörte sie mit halbem Ohr zu, wie sich ihre Mutter über einen ihrer Chefs beklagte, der derartig in sein Diktiergerät nuschelte, dass sie immer wieder vor- und zurückspulen musste, ehe sie verstand, was er meinte. Kein Wunder, dass sie doppelt so lang für seine Texte brauchte wie für die der anderen Rechtsanwälte.

»Dann solltest du ihm klarmachen, dass er mal ein bisschen deutlicher sprechen soll«, meinte Doro.

»Wie stellst du dir das denn vor?«, sagte Gabi. »Womöglich schmeißen die mich noch raus, wenn ich mich beschwere. Ist eh ein einziges Kommen und Gehen in der Kanzlei. Alle naslang gibt's neue Gesichter. Und glaub doch nicht, dass ich mit meinen bald fünfzig Jahren noch irgendwo eine neue Stelle finde – noch dazu eine, die so nah ist, dass ich kein Auto brauche. Wenn man unter dreißig ist, so wie du, dann sieht die Welt anders aus.«

Gabi stellte die Schüssel mit dem geputzten Salat auf den Tisch und begann aufzudecken. »Apropos …«, fuhr sie fort. »War heute was in der Post?«

Doro schüttelte den Kopf. »Nur eine Absage aus Dresden. Aber da wäre ich sowieso nur ungern hingegangen. Ist mir zu weit weg vom Schuss.« Sie sah, dass Gabi missbilligend die Stirn runzelte. »Aber ich hab noch vierzehn Bewerbungen im Umlauf. Also, noch ist nicht aller Tage Abend.«

Gabi stellte die Teller auf den Tisch, dass sie schepperten. »Deinen Optimismus möchte ich haben!« Sie warf Doro einen skeptischen Blick zu, ehe sie in den Flur hinausging. Doro hörte ein leises Klopfen und ihr gedämpftes »Mausi, wir können essen!«

Doro verzog das Gesicht. Julia war immer noch Mausi. Zum Glück hatte ihre Mutter schon vor Jahren aufgehört, Doro mit Kosenamen anzusprechen. Es wäre auch ein bisschen albern gewesen, denn so groß war der Altersunterschied zwischen Gabi und ihrer ältesten Tochter nicht. Gabi war siebzehn gewesen, als sie schwanger geworden war. Doro war das Ergebnis eines jugendlichen One-Night-Stands – oder einer riesengroßen Dummheit, wie Gabi selbst es ausdrückte.

Alle hatten Gabi geraten, die Schwangerschaft abzubrechen, sogar ihre Eltern. So kurz vor dem Abitur würde sie doch ihre ganze Zukunft wegwerfen. Aber das stand für Gabi außer Frage. Sie wollte das Kind behalten und setzte ihren Kopf gegen jeden Widerstand durch. Diesen eisernen Willen, einen Plan bis zum Ende zu verfolgen, egal wie steinig der Weg auch war, hatte Doro von ihrer Mutter geerbt.

Statt in Berlin Jura zu studieren, machte Gabi eine Ausbildung zur Rechtsanwaltsgehilfin in Flörsheim, weil sie so ihre Tochter bei den Großeltern lassen konnte, wenn sie arbeitete. Als sie nach der Lehre ein Jobangebot von einer Frankfurter Kanzlei erhielt, zog sie zu Hause aus, um endlich auf eigenen Füßen zu stehen. Einige Jahre lang kam Gabi gut zurecht, doch dann wurde ihre Stelle wegrationalisiert und ihr blieb nichts anderes übrig, als zusammen mit Doro wieder bei ihren Eltern in Flörsheim unterzukriechen.

Gabi schrieb Bewerbungen über Bewerbungen im ganzen Bundesgebiet, aber als alleinerziehende Mutter war es nicht so einfach, wieder eine Anstellung zu finden. Schließlich hatte sie Glück und fand einen Job bei einer Düsseldorfer Versicherung, verliebte sich in einen Kollegen und heiratete ihn ein paar Jahre später. So wurde Björn Doros Vater, auch wenn sie ihn niemals so genannt hätte. Für sie war er immer nur Björn. Er schmierte ihr die Pausenbrote, half ihr bei den Hausaufgaben, kutschierte sie zum Reitstall und zu ihren Leichtathletikturnieren und fachsimpelte mit ihr über Fußball. Ihren leiblichen Vater oder besser ihren Erzeuger, wie sie ihn nannte, hatte Doro nie kennengelernt, und sie legte auch keinen gesteigerten Wert darauf. Ihr reichte die Tatsache, dass jedes bisschen Unterhalt aus ihm herausgeklagt werden musste. Dabei nagte seine Familie durchaus nicht am Hungertuch.

Als Doro fünfzehn war, hatten Gabi und Björn ihr verkündet, dass sie Familienzuwachs erwarteten. Geplant sei das nicht gewesen, aber so spiele das Leben eben manchmal. Es dauerte ein paar Wochen, bis sich Doro an den Gedanken gewöhnt hatte, bald kein Einzelkind mehr zu sein, dann aber freute sie sich auf das Baby. Julias Geburt markierte in mehr als einer Hinsicht einen Einschnitt in Doros Leben, nicht nur durch die Tatsache, dass sie große Schwester wurde, sondern vor allem, weil Tante Tilda in ihr Leben trat.

Eigentlich war Tilda gar nicht wirklich mit Doro verwandt. Sie war die jüngste Schwester von Björns Vater und das *enfant terrible* der ganzen Familie, die sich in Tildas Abwesenheit genüsslich über sie das Maul zerriss. Ob es die Tatsache war, dass Tilda weder Mann noch Freund hatte, dass sie ein aktives Mitglied der Grünen war oder in ihrem Alter noch Marathon lief, es gab nichts, worüber Björns Eltern und der Rest der Verwandtschaft nicht herzogen.

Tilda war damals Mitte vierzig und lebte, von ihrem Engagement in der Lokalpolitik und dem Laufen mal abgesehen, ganz für ihren Beruf als Hebamme. Zuvor hatten Doros Eltern nur selten Kontakt zu ihr gehabt, aber sie wohnte bloß ein paar Kilometer entfernt, und als Gabi sie fragte, war Tilda sofort bereit, die Schwangerschaft zu betreuen. So kam sie jede Woche mehrfach vorbei, um nach dem Rechten zu schauen. Während Tilda ihre Mutter untersuchte, kochte Doro schon mal eine Kanne Tee, den sie danach alle zusammen auf der Terrasse tranken, wenn das Wetter es zuließ. Dann holte Tante Tilda eine Dose mit selbst gebackenem Vollkornkuchen oder Keksen aus ihrer geräumigen Handtasche, und die drei schwatzten über Gott und die Welt.

Was Doro besonders an Tante Tilda schätzte, war die Tatsache, dass diese sie von der ersten Sekunde an für voll genommen und wie eine Erwachsene behandelt hatte. Von ihr kam nie das unter Verwandten übliche »Weißt du denn schon, was du nach der Schule mal machen willst?«, das vor geheucheltem Interesse troff. Wenn Tilda sie etwas fragte, dann war sie wirklich an Doros Antworten interessiert und hörte aufmerksam zu, während sie von ihrem Kuchen abbiss und sie mit klugen, blauen Augen musterte. Nie gab sie Doro das Gefühl, immer noch ein Kind zu sein.

Als Gabi am Tag nach der Geburt mit dem Baby aus der Klinik zurückkehrte, kam Tilda für eine Weile jeden Nachmittag vorbei. Doro freute sich immer schon den ganzen Vormittag in der Schule auf ihren Besuch. Während Gabi sich für eine Weile hinlegte, um ein bisschen Schlaf nachzuholen, passten Tilda und Doro auf die kleine Julia auf und tranken Tee.

»Sie hat Glück, eine große Schwester zu haben«, sagte Tilda eines Tages mit Blick auf das schlafende Baby, das Doro im Arm hielt. »Große Schwestern sind die besten. Sie bringen dir alles bei und passen immer gut auf dich auf. Sie verteidigen dich gegen jeden, der dir querkommt, und du kannst immer mit ihnen reden, wenn du was auf dem Herzen hast und die ganze Welt ungerecht zu dir ist. Ich hätte auch gern eine gehabt.« Dann zwinkerte sie Doro zu und fügte hinzu: »Das ist eine Menge Verantwortung für dich, aber ich bin überzeugt, dass du das prima machen wirst, Doro. Ich bringe gern Schwestern zusammen, und wenn ich euch beide so ansehe, dann merke ich wieder mal: Ich habe den schönsten Beruf der Welt.«

Diese Worte hatten noch lange in Doro nachgeklungen und dafür gesorgt, dass sie ihre Verantwortung als große Schwester sehr ernst nahm. Doro wechselte Windeln, half beim Baden und schob nach den Hausaufgaben den Kinderwagen durch die Siedlung, ohne auch nur ein einziges Mal zu murren. Sie war es, die Julia das Laufen beibrachte, die ihr die steile Rutsche auf dem Spielplatz hinunterhalf und die stundenlang mit ihr auf dem Teppich saß, Legohäuser baute oder Barbiepuppen an- und wieder auszog. Sie liebte ihre kleine Schwester, und Julia vergötterte sie geradezu.

Wann ihr der Gedanke gekommen war, ebenfalls den schönsten Beruf der Welt zu ergreifen, wusste Doro nicht mehr genau, aber für sie stand von Anfang an fest, dass sie ihr Schulpraktikum in Tildas Hebammenpraxis machen würde. Mit in den Kreißsaal hatte sie sie nicht genommen, aber sie hatte ihr den Kontakt zum Krankenhaus vermittelt, in dem Doro ein paar Jahre später ihre Ausbildung zur Kinderkrankenschwester machte, weil Tilda ihr als Vorbereitung auf die Hebammenschule dazu geraten hatte.

Dass die anderen Schwesternschülerinnen schon mal stöhnten, konnte Doro nicht nachvollziehen. Ihr machte die Ausbildung im Krankenhaus Spaß, und sie empfand weder Praxis noch Theorie als Belastung. Wenn Doro am Wochenende für die Prüfungen lernte, holte Julia das Schreibheft aus ihrer Schultasche, setzte sich mit wichtiger Miene neben sie, übte Buchstaben oder malte Bilder, und erzählte dabei, was in den letzten Tagen so alles in der Schule passiert war. Erst als Doro in die Hebammenschule aufgenommen wurde, war es mit den gemeinsamen Lernstunden vorbei. Weil sie in erreichbarer Nähe keinen Platz bekommen hatte, zog Doro nach Münster und bezog dort ein Zimmer im Schwesternwohnheim. Zu Beginn ihrer Ausbildung kam sie noch häufig nach Hause, aber im Laufe der Zeit wurden die Besuche seltener, und als sie schließlich mit der Ausbildung fertig war und ihre erste Stelle als Hebamme antrat, kam sie nur noch im Urlaub oder zu Familienfeiern. Und jedes Mal stellte sie fest, dass der Abstand zwischen ihr und ihrer kleinen Schwester wieder ein Stück größer geworden war.

Diese pubertierende Göre mit gefärbten Haaren und der dicken Make-up-Schicht im Gesicht, die jetzt gerade zur Küchentür hereinkam und sich mit mürrischem Gesicht ihr gegenüber auf den Stuhl fallen ließ, hatte nicht mehr viel mit ihrer süßen kleinen Schwester gemein, die mit ihrem Schreibheft neben ihr gesessen und bewundernd zu ihr aufgesehen hatte.

»Schon wieder Salat?«, fragte Julia und verzog das Gesicht. »Sonst nichts?« Sie verschränkte die Arme vor der Brust und warf ihrer Mutter einen bösen Blick zu.

Ohne ein Wort zu sagen, schob Gabi den Brotkorb zu ihr.

»Ich dachte, du machst noch die Putenschnitzel …«

»Die sind für morgen Abend.«

»Na prima!« Julia schnaubte. »Und wie soll ich von dem bisschen Grünzeug satt werden?«

»Du warst doch diejenige, die Salat essen wollte.« Doro runzelte die Stirn. »Jedenfalls vorhin, als wir Einkaufen waren.«

Statt einer Antwort wurde Doro mit einem eisigen Blick bedacht. »Ich muss so was wie eine Unterlage im Magen haben, sonst brauche ich gar nicht auf Tour zu gehen«, erklärte Julia.

»Auf Tour?«, fragte Doro.

»Ja, auf Tour. Frag doch nicht so blöd! Wir treffen uns bei Kai, und danach wollen wir alle zusammen noch in den Club.« Sie schob ihren Teller ein Stück von sich. »Aber jetzt muss ich vorher wohl oder übel noch zu Mäckes gehen und mir ein paar Hamburger reinziehen, sonst überleb ich den Abend nicht.«

»Heute ist Donnerstag. Hast du nicht morgen Schule?«, fragte Doro.

»Hast du nicht morgen Schule? Hast du nicht morgen Schule?«, äffte Julia ihre Schwester nach. »Die ersten beiden Stunden fallen aus, und danach habe ich nur Erdkunde bei der blöden Meier. Die kriegt sowieso nichts mit, nicht mal, wenn ich im Unterricht ein Nickerchen mache.« Sie grinste Doro an. »Außerdem hat Mama es erlaubt, weil Kai seinen Geburtstag im Club feiert.«

»Ernsthaft?« Doro sah erstaunt zu ihrer Mutter hinüber, aber die stocherte im Salat, ohne hochzuschauen.

Julia stand auf und stellte ihren Teller auf die Spüle, ehe sie sich an Gabi wandte. »Kannst du mir noch ein paar Euro fürs Essen geben?«, fragte sie.

»Aber du hast doch gerade erst Taschengeld bekommen.«

Julia lächelte zuckersüß. »Aber ich brauch doch auch was für den Club.«

Zu Doros Verblüffung zog Gabi ihr Portemonnaie aus der Hosentasche und zückte mit einem Seufzen einen Schein. »Hier!« Sie drückte ihn Julia in die Hand. »Und komm nicht so spät nach Hause.«

»Versprochen«, sagte Julia strahlend, beugte sich hinunter und küsste ihre Mutter auf die Wange. »Du bist die Beste, Mama!« Sie griff nach ihrem Handy, warf Doro einen triumphierenden Blick zu und stolzierte hinaus. Erst als ein paar Minuten später die Wohnungstür zuklappte, räusperte sich Doro.

Jetzt sah Gabi hoch. »Was?«, fragte sie und legte ihr Besteck so heftig auf den halb vollen Teller, dass es klapperte.

»Du merkst aber schon, dass sie dich hochnimmt, oder?«, fragte Doro. »Ich hätte mich mit knapp sechzehn nicht getraut, dich zu fragen, ob ich in den Club darf. Schon gar nicht, wenn ich am nächsten Tag Schule habe. Du hättest mir ganz schön was erzählt.«

Gabi runzelte die Stirn. »Das kannst du nicht vergleichen«, entgegnete sie scharf. »Julia ist nun mal anders als du. Du hast dir nie viel daraus gemacht, auszugehen. Und ich bin heilfroh, dass sie endlich langsam über die Trennung hinwegzukommen scheint und wieder unter Leute geht, statt sich in ihrem Zimmer zu verkriechen und mit niemandem ein Wort zu reden. Was spricht denn dagegen, dass sie weggeht? Solange ihre Noten nicht drunter leiden, soll sie doch ruhig ein bisschen Spaß haben.«

Verblüfft über den heftigen Ton ihrer Mutter ruderte Doro zurück. »Ich … Ich mein ja nur. Sie ist noch nicht mal sechzehn. Und so wie das klang, gehen sie und ihre Freunde nicht nur zum Tanzen. Was glaubst du, wofür sie eine gute Grundlage braucht?«

»Das ist nur eine Geburtstagsfeier – ganz harmlos. Außerdem kriegen die im Club sowieso nichts Alkoholisches.«

»Brauchen sie vermutlich auch nicht, weil sie bei Kai zu Hause schon vorglühen.«

»Und selbst wenn sie bei Kai noch eine Kleinigkeit trinken – seine Eltern sind da und passen auf, dass keiner über die Stränge schlägt.« Gabi lehnte sich zurück und warf Doro einen wütenden Blick zu. »Warum rechtfertige ich mich eigentlich vor dir? Du klingst schon beinahe so wie Björn. Ganz genauso spießig.«

»Das hat mit spießig nichts zu tun. Ich denke nur, dass ich Julia vielleicht besser einschätzen kann, weil ich ihr Verhalten mit mehr Abstand und darum realistischer betrachte.«

»Realistischer?« Gabi zog spöttisch die Augenbrauen in die Höhe. »Seit wann siehst du Julia denn realistisch? Du bist eifersüchtig auf sie, weil wir ein so enges Verhältnis haben, das ist alles.«

Doro spürte, wie der Ärger in ihrem Magen zu brodeln begann. »Quatsch, eifersüchtig«, stieß sie hervor.

»Aber sicher, das ist es. Seit du wieder hier bist, geht das nun schon so. Alles, was Julia macht, ist verkehrt, und du lässt kein gutes Haar an ihr. Dauernd liegt ihr zwei im Clinch miteinander. Ganz ehrlich, mir steht es bis hier, immer den Puffer zwischen euch zu spielen.« Sie deutete mit der Hand auf ihre Kehle.

»Das liegt daran, dass wir so dicht aufeinanderhocken. Wenn wir …«

»Ich kann auch nichts dafür, dass die Wohnung nicht größer ist. Wenn Björn nicht …«

Das Streitgespräch verlagerte sich auf gefährliches Terrain. Doro musste verhindern, dass Gabi sich lang und breit über die Ungerechtigkeit der Männer im Allgemeinen und die Boshaftigkeit ihres Ex-Gatten im Besonderen auslassen würde, daher unterbrach sie sie hastig. »Ist ja nicht für lange. Höchstens noch ein paar Wochen, dann bin ich wieder weg.«

Gabi lachte bitter. »Erst mal was Neues finden. So wie du auf dem hohen Ross sitzt, kann das dauern.«

»Was bitte soll das denn jetzt heißen?«

»Dass du es gar nicht erst so weit hättest kommen lassen dürfen, dass man dir kündigt. Es gibt nun mal Zeiten, da muss man sich anpassen und sollte sich nicht mit seinen Vorgesetzten anlegen. Jetzt hast du die Quittung bekommen.«

»Es ist doch nicht meine Schuld, dass ich keinen Job mehr

habe. Die haben die ganze Geburtsabteilung zugemacht. Schon vergessen?«

»Nein. Aber deine Kolleginnen haben einen Anschlussvertrag als Krankenschwester bekommen. Du aber nicht.«

»Als ob ich die Einzige gewesen wäre …«

»Zwei von zehn Hebammen mussten gehen. War's nicht so? Dass du zur Klinikleitung gelaufen bist, um dich zu beschweren, hat bestimmt den Ausschlag gegeben, dich vor die Tür zu setzen.«

»Das klingt, als ob ich silberne Löffel geklaut hätte.« Doro presste die Lippen zusammen, um ihre Wut unter Kontrolle zu bringen. Sie holte dreimal tief Luft, ehe sie weitersprach, so ruhig sie es vermochte. »Keine Sorge, sobald ich kann, zieh ich aus und ihr habt endlich wieder Ruhe vor mir.«

Sie sprang auf und lief zur Tür.

»Wo willst du denn jetzt hin?«, hörte sie Gabi rufen.

»An die Luft! Ich geh eine Runde durch den Park, sonst platze ich.«

Sie griff nach dem Schlüssel, warf ihre Jacke über und rannte aus der Wohnung. Der Knauf der Wohnungstür rutschte aus ihren vor Wut zitternden Händen, und sie schlug so heftig ins Schloss, dass es im ganzen Treppenhaus widerhallte.

# Drei

Immer noch wütend stapfte Doro die Straße entlang, doch als sie ein paar Minuten später den Park erreichte, war ihr Ärger über den Streit mit ihrer Mutter schon wieder so gut wie verraucht. Zum Glück war das bei ihr immer so: Laufen war das beste Mittel, wieder einen klaren Kopf zu bekommen.

Das Wetter war aufgeklart, die Wolken, die den ganzen Tag über der Stadt gehangen hatten, waren aufgerissen und hatten einem zartblauen Abendhimmel Platz gemacht. Die ersten Amseln und Meisen probten bereits, und obwohl es erst Ende März war, lag der Geruch von Frühling in der Luft, auch wenn der Wind noch kühl war. Doro schloss den Reißverschluss ihrer Jacke und vergrub die Hände in den Seitentaschen.

In den letzten Wochen war sie etliche Male hier im Park spazieren gegangen, wenn es zu Hause wieder mal Krach gegeben hatte, und es war ihr schon fast zur Routine geworden, einmal dem Rundweg um den Park zu folgen, ehe sie sich auf die Parkbank am Entenweiher setzte, um auf das Wasser zu schauen und den Streit Revue passieren zu lassen.

Jetzt ärgerte sich Doro über sich selbst, dass sie sich von ihrer Familie stets so schnell auf die Palme bringen ließ. Gut, sie war ein emotionaler Mensch und reagierte gelegentlich aufbrausend, aber normalerweise hatte sie sich besser im Griff. Besonders bei der Arbeit im Kreißsaal war sie die Ruhe selbst. Je hektischer es wurde und je kritischer die Lage war, desto besonnener und ruhiger wurde Doro.

»Sie sind ein Fels in der Brandung!«, hatte eine der Assistenzärztinnen in Münster mal nach einer Zangengeburt zu ihr gesagt. »Wenn ich nicht wüsste, dass wir ungefähr im gleichen Alter sind, würde ich sagen, Sie haben schon fünfzig Jahre Berufserfahrung auf dem Buckel.«

Doro lächelte bei der Erinnerung an das Lob. Eine junge Mutter mit Kinderwagen, dessen Räder auf dem hellen Kiesweg knirschten, kam an ihr vorbei und erwiderte Doros Lächeln mit einem Nicken. »Na, auch wieder hier?«, fragte sie. »Schönes Wetter heute, was?«

»Ja, endlich mal!«, erwiderte Doro. »Wird ja auch langsam Zeit für den Frühling.«

»Stimmt. Den Kleinen immer durch den Regen zu schieben, macht echt keinen Spaß.« Die junge Frau, eine sportlich gekleidete Blondine in Doros Alter, blieb stehen und schob den Kinderwagen langsam hin und her. »Aber was tut man nicht alles! Meine Hebamme sagt immer, jeden Tag eine halbe Stunde raus an die frische Luft, egal wie das Wetter ist. Ist gut sowohl für Mutter wie auch fürs Kind.«

»Könnte von meiner Tante Tilda stammen.«

»Tante Tilda? Meinen Sie Tilda Müller? So heißt meine Hebamme.«

Doro nickte nur.

»Das ist ja ein Ding. Ich sag's ja immer, die Welt ist ein Dorf. Tilda ist Ihre Tante?«

»Sozusagen. Tilda ist die Tante meines Stiefvaters. Sie hat mich damals auf die Idee gebracht, auch Hebamme zu werden.«

»Ach, Sie sind auch Hebamme? Das hätte ich wissen müssen. Ich habe eine halbe Ewigkeit gebraucht, bis ich jemanden gefunden habe, der die Nachsorge nach Pauls Geburt übernimmt. Nichts gegen Tilda – sie ist wirklich klasse, aber ich hätte doch lieber jemanden in meinem Alter gehabt. Ich …«

Aus dem Kinderwagen war verhaltener Protest zu hören, worauf die Mutter den Wagen etwas energischer hin und her bewegte. Das Quengeln verstummte zwar nicht, wurde aber leiser. »Paul kriegt langsam Hunger«, sagte die junge Frau entschuldigend. »Ich glaube, ich muss mich jetzt mal auf den Weg nach Hause machen. Um ihn hier zu stillen, ist es doch noch entschieden zu kalt.«

»Ja, das wird besser sein. Richten Sie Tilda einen schönen Gruß von Doro aus.«

»Das mach ich!« Pauls Mutter strahlte sie an. »War echt nett, Sie kennengelernt zu haben, Doro. Bis dann!« Sie nickte Doro noch einmal zu und schob den Kinderwagen eilig in Richtung des Parkausgangs. Doro sah ihr nach, bis sie um die Ecke verschwunden war.

Ich hätte mich schon längst bei Tilda melden sollen, dachte Doro schuldbewusst und beschloss, sie morgen früh anzurufen, um sich bei ihr zum Tee einzuladen.

Langsam setzte die Dämmerung ein, und der Gesang der Amseln wurde immer enthusiastischer. Der Park leerte sich zusehends. Doro legte den Kopf in den Nacken, schloss die Augen für einen Moment und sog tief die frische Abendluft in ihre Lunge.

»Zeit, zurückzugehen!«, murmelte sie und beschloss, auf dem Rückweg noch eine Flasche Weißwein zu besorgen – als kleines Friedensangebot für ihre Mutter sozusagen. Sie würde sich bei ihr entschuldigen und versprechen, sich künftig nicht mehr einzumischen und ihre Meinung für sich zu behalten. Dann würden die nächsten paar Wochen, bis sie eine neue Stelle gefunden hatte, hoffentlich friedlich verlaufen.

Gerade als sie aufstehen wollte, klingelte ihr Handy und sie nestelte es aus ihrer Tasche hervor. Die Handynummer auf dem Display sagte ihr nichts, aber Doro konnte sich Nummern ohnehin nicht merken und machte sich zudem nicht die Mühe, eine Kontaktliste zu führen. Sie nahm das Gespräch an und meldete sich mit einem schlichten Hallo.

»Döwe, bist du das?«, hörte sie eine Frauenstimme sagen. »Hier ist Janna! Gott, was hab ich mich gefreut, als ich eben deine Mail gelesen habe. Ich bin auf- und abgesprungen wie ein Gummiball und musste sofort zurückrufen. Mo hat schon gedacht, ich hab sie nicht mehr alle. Sag mal, ich hoffe, ich störe nicht gerade?«

»Nein, nein, gar nicht!«, stammelte Doro, ein bisschen überwältigt von Jannas Redeschwall. »Döwe. Meine Güte, ich glaube, mich hat seit hundert Jahren niemand mehr so genannt.«

»Das war doch dein Spitzname in der Schule. Döwe … weißt du nicht mehr?«

»Doch, natürlich. Weil wir zwei Dorothees in der Klasse hatten. Die andere war Dorothee Voigt, aber die konnte Spitznamen nicht ausstehen.«

Janna lachte. »Und jeder hat dich Döwe genannt. Sogar die Lehrer. Bis auf …«

»Frau Dr. Tiemann«, fiel Doro ein und grinste, als sie an das sauertöpfische Gesicht ihrer Biologielehrerin dachte. »Aber die konnte sich sowieso keine Namen merken und sagte immer nur …«

»Du dahinten …«, sagten beide gleichzeitig und lachten.

»Meine Herren, wie lange ist das her, dass wir uns zuletzt gesehen haben?«, fragte Janna, als sie sich wieder beruhigt hatten. »Siebzehn, achtzehn Jahre? Die Zeit fliegt nur so. Und du bist immer noch in Düsseldorf?«

»Wie man es nimmt. Eigentlich bin ich *wieder* in Düsseldorf«, sagte Doro. Ohne zu zögern erzählte sie ihrer Schulfreundin, die sie seit einer Ewigkeit weder gesehen noch gesprochen hatte, dass sie inzwischen Hebamme geworden und gerade auf

Jobsuche sei, weswegen sie kurzfristig wieder bei ihrer Mutter eingezogen war. Sie wunderte sich ein wenig über sich selbst. Es war, als wären diese Jahre wie weggefegt und sie spräche wieder mit ihrer allerbesten Freundin auf der ganzen Welt – was Janna für sie in der Zeit in Flörsheim auch gewesen war.

»Und du? Wo hat es dich hin verschlagen?«, fragte Doro, als sie mit ihrer Erzählung zum Ende gekommen war.

»Ich wohne jetzt seit ziemlich genau einem Jahr auf Sylt.« Und dann berichtete Janna, dass sie nach dem Tod der Eltern ihre Großmutter nach Sylt begleitet hatte, eigentlich nur für einen kurzen Besuch. Doch dann seien beide dortgeblieben und hatten sich ein neues Leben aufgebaut. Ihre Großmutter Johanne betrieb noch immer die Pension *Friesenrose*. Sie selbst half dort mit und sei nebenher als Malerin recht erfolgreich.

»Sei mal nicht so bescheiden, Janna! Ein Bild in einer Galerie in der Düsseldorfer Innenstadt? Das ist schon mehr als ›ganz erfolgreich‹.«

Jannas helles Lachen war herzerwärmend. »Sagen wir es mal so, ich bin zufrieden.« Im Hintergrund war eine sonore Bassstimme zu hören.

»Mo sagt gerade, ich soll nicht immer so furchtbar tiefstapeln«, sagte Janna.

»Mo?«

»Mo ist mein Freund. Eigentlich heißt er Rüdiger.« Wieder vernahm Doro die Bassstimme, etwas schepperte, und Janna sagte aua!, ehe sie wieder lachte. »Er sagt, das soll ich niemandem verraten, und hat mich zur Strafe mit einem Stofftier beworfen.«

»Klingt nett.«

Doro erhob sich von der Parkbank und schlenderte, das Handy am Ohr, langsam auf den Ausgang des Parks zu.

»Ist auch nett«, hörte sie Janna sagen. »Du solltest ihn mal kennenlernen. Der Kerl hat ein furchtbar loses Mundwerk und ist völlig verrückt. Aua! Hörst du wohl auf damit?« Offenbar hatte der verrückte Mo wieder mit etwas nach Janna geworfen. »Wie sieht es denn bei dir mit dem Liebesleben aus?«, fragte Janna nach einer kurzen Pause.

»Findet nicht statt«, sagte Doro. »Derzeit mangels Masse, früher aus Mangel an Zeit. Finde mal einen Mann, der sich mit dem ewigen Schichtdienst abfinden kann.«

»Stimmt natürlich. Das ist sicher nicht einfach«, sagte Janna mitfühlend. »Aber sag mal, das bringt mich auf eine Idee. Wenn du im Moment keinen Job und keinen Mann hast, den du betüddeln musst, solltest du doch gerade jede Menge Zeit haben. Wie wäre es, wenn du für ein paar Tage zu uns nach Sylt kommst?«

»Ich … ich weiß nicht recht.«

»Ach, komm schon! Wir haben ein Gästezimmer in der Wohnung, und wenn du mit Mos Zimmerdekoration aus BVB-Flaggen und Star-Wars-Figürchen leben kannst, ist es eigentlich ganz gemütlich. Noch ist die Insel nicht voll, da ist in der Pension auch nicht viel zu tun. Ich helfe zwar vormittags dort aus und gebe unter der Woche ein paar Malkurse, aber sonst habe ich jede Menge Zeit. Wir können die ganze Zeit in Erinnerungen schwelgen und uns abwechselnd von Mo und meiner Oma bekochen lassen. Die wird sich auch sehr freuen, wenn du herkommst. Das wird bestimmt klasse. Was meinst du?«

Doro holte tief Luft. Das Vernünftigste wäre natürlich, sofort freundlich, aber bestimmt abzulehnen. Erstens hatte sie kein Geld übrig, um im mondänen Sylt Urlaub zu machen, und zweitens war sie ja eigentlich auf dem Sprung zu einem neuen Job und musste für Vorstellungsgespräche zur Verfügung stehen. Aber sie brachte es einfach nicht fertig.

»Ich … ich kann es dir nicht versprechen, Janna«, sagte sie

vorsichtig. »Lust hätte ich schon. Wirklich …«, fügte sie hinzu. »Aber … ich hab da noch ein paar Bewerbungen laufen … und außerdem …«

»Ach, komm schon, gib dir einen Ruck. Lass dir ein bisschen Nordseeluft um die Nase wehen.«

»Ich überleg es mir, ja?«, antwortete Doro ausweichend.

»Das ist doch schon mal ein Anfang. Ruf mich einfach an und gib mir Bescheid, okay?« Wieder war im Hintergrund die Männerstimme zu hören. »Mo sagt auch, dass er sich freut. Er hat gern Damenbesuch.«

Doro lachte und versprach, Janna zurückzurufen, sobald sie geklärt hatte, ob sie es einrichten konnte.

»Aber nicht vergessen, hörst du?«, sagte Janna.

»Nein, ganz sicher nicht. Und grüß deine Oma von mir!«

»Werde ich ausrichten. Bis morgen dann. Oder spätestens bis übermorgen. Tschüss, Döwe.«

Ungläubig schüttelte Doro den Kopf und betrachtete einen Moment das dunkle Display, ehe sie das Handy wieder in die Tasche zurücksteckte.

Da denkt man jahrelang nicht an eine Person, und kaum hat man ein paar Worte mit ihr gewechselt, ist es, als seien nur ein paar Tage vergangen, seit man sich zuletzt gesehen hat, dachte sie.

Nachdenklich machte sie sich auf den Heimweg.

Janna auf Sylt zu besuchen schien ein reizvoller Gedanke. Wieder mal Seeluft zu schnuppern, an den endlosen Sandstränden spazieren zu gehen und all die Erinnerungen an die Insel wiederaufzufrischen wäre toll, aber je weiter sie lief, desto mehr zweifelte sie, dass das machbar war. Was sie an Arbeitslosengeld bekam, war wahrlich nicht viel. Es reichte gerade für einen Beitrag zu Mamas Haushaltskasse und den Unterhalt für ihren knallroten Corsa namens Hugo, den Opa ihr geschenkt hatte, als sie ihre Ausbildung abgeschlossen hatte. Sie hatte sich geschworen, ihr Erspartes für die Praxis auf gar keinen Fall anzurühren. Während sie die Treppe zu Gabis Wohnung hochstieg, war sie entschlossen, Janna am nächsten Morgen anzurufen und abzusagen.

Doro steckte den Schlüssel ins Schloss, als ihr einfiel, dass sie ja eigentlich noch eine Flasche Wein hatte besorgen wollen. Sie wollte schon wieder umdrehen, da wurde die Tür von innen aufgezogen. Im Türrahmen stand Gabi und machte ein betretenes Gesicht. Vermutlich hatte sie auf das Geräusch des Schlüssels gewartet.

Sie zog Doro in ihre Arme und drückte sie fest an sich. »Es tut mir leid«, sagte sie leise. »Ich hätte nicht so überreagieren dürfen.«

»Nein, mir tut es leid«, gab Doro zurück. »Ich und meine blöde Angewohnheit, überall meinen Senf dazugeben zu müssen.«

Gabi schob ihre Tochter ein bisschen von sich weg, um sie ansehen zu können, und lächelte, obwohl ihre Augen ein wenig glänzten. »Meine Güte, wenn so was in einem amerikanischen Film passiert, schimpfen wir, was das für eine unrealistische Schnulze ist.«

Doro musste lachen, obwohl sie einen Kloß im Hals fühlte. »Stimmt«, sagte sie. »Fehlt nur noch das ›Ich liebe dich, Mom!‹«

»Na, komm schnell rein, ehe sich die Nachbarn über unsere Gefühlsduselei das Maul zerreißen.« Gabi zog Doro mit ins Wohnzimmer, wo eine geöffnete Weinflasche und zwei Gläser auf dem Tisch standen. »Ich dachte mir, wir hätten uns ein Glas verdient«, sagte sie und schenkte ein. »Statt einer Friedenspfeife sozusagen.«

»Wir müssen tatsächlich miteinander verwandt sein.« Doro nahm das gefüllte Glas entgegen. »Ich wollte auch schon welchen besorgen, aber dann bin ich ganz von dem Gedanken abgekommen. Mein Handy klingelte, und du glaubst nicht, wer dran war.«

Gabi fuhr zu ihr herum und machte große Augen. »Jemand mit einem Jobangebot?«

»Das leider nicht. Nein, es war Janna Neumann. Ich habe doch vorhin erzählt, dass ich ihr eine Mail geschrieben hab, weil ich eines ihrer Bilder in einer Galerie gesehen hab. Jedenfalls, sie hat sofort angerufen, so sehr hat sie sich gefreut, von mir zu hören. Wir haben uns ein bisschen festgequatscht, darum komm ich auch so spät.«

»Ach, schade, ich dachte einen Moment, jemand habe dir eine Stelle als Oberschwester angeboten. Zu blöd.« Gabi zwinkerte ihr zu. Sie griff nach ihrem Glas, setzte sich auf die Couch und klopfte mit der Hand auf den Platz neben sich. Gehorsam nahm Doro Platz.

»Janna Neumann … Was macht sie denn jetzt so?«, fragte Gabi. Ob das, was sie auf dem Gesicht ihrer Mutter las, wirklich echtes Interesse war, oder sie nur bemüht war, ein Gespräch in Gang zu bringen, vermochte Doro nicht zu sagen. Eigentlich war es auch egal. Der gute Wille zählte.

»Stell dir vor, sie wohnt jetzt auf Sylt«, sagte Doro. »Ihre Eltern sind inzwischen gestorben, aber ihre Oma lebt noch. Die führt immer noch die Pension, in der ich damals gewohnt habe.« Doro nippte an ihrem Weinglas. »Janna hat mich eingeladen, ein paar Tage zu ihr nach Sylt zu kommen und sie zu besuchen. Eigentlich schade, dass das nicht geht«, setzte sie leiser hinzu und betrachtete das Glas, das sie zwischen den Fingern drehte.

»Wieso sollte es nicht gehen?«, fragte Gabi.

Doro sah erstaunt hoch. »Weil ich arbeitslos bin und kein Geld für einen Inselurlaub hab«, sagte sie und bedauerte sofort ihren gereizten Ton. »Du weißt doch, was ich im Moment an Geld bekomme, und da ist Urlaub echt nicht drin. Außerdem, was ist denn, wenn ich zu einem Bewerbungsgespräch eingeladen werde, während ich weg bin?«

»Das meiste kommt doch heute sowieso per E-Mail. Nimm einfach deinen Rechner mit und mach Termine von dort aus. Und wenn Post für dich kommt, rufe ich dich sofort an.« Gabi rückte ein bisschen von ihr weg und betrachtete sie stirnrunzelnd. »Das klingt ja beinahe so, als würdest du nach Ausreden suchen, nicht nach Sylt zu fahren.«

»Das sind keine Ausreden. Es geht eben nicht.«

»Blödsinn!«, sagte Gabi entschieden. »Wenn sie dich eingeladen hat, wirst du wohl kaum den vollen Preis für ein Zimmer in der Pension bezahlen müssen. Außerdem ist im Moment keine Saison. Dann musst du nur die Fahrt rechnen, und du sagst doch immer, dass dein Hugo so sparsam ist. Also …«

»Ein paar Hundert Euro sind es in jedem Fall, und die habe ich einfach nicht über.«

»Meine Güte, Mädchen!« Gabi stellte das Glas auf den Tisch, dass es leise klirrte. »Dann nimmst du eben ein paar Euro von deinem angesparten Praxisgeld! Das ist doch keine Schande. Statt mal wegzufahren und es dir gutgehen zu lassen, hast du seit Jahren jeden Euro zur Bank getragen. Du warst zuletzt mit Lukas in Urlaub, und das ist wie lange her? Sechs Jahre?«

»Sieben.«

»Egal. Jedenfalls viel zu lange. Kein Wunder, dass du überempfindlich und zickig bist. Du musst mal raus – was anderes sehen als immer nur deine Arbeit. Einfach mal entspannen und das Leben genießen. Seit du auf die Praxis sparst, hast du dir nichts mehr gegönnt, nicht mal ein Eis in der Eisdiele oder einen Cappuccino im Café, weil dir das zu teuer war.«

Doro antwortete nicht. Sie biss die Zähne fest zusammen,

um nicht auf das »zickig« von ihrer Mutter zu reagieren. Sie wollte um jeden Preis vermeiden, dass es gleich wieder zum Streit kam.

»Ein paar Tage auf Sylt ... Meine Güte, ich würde mir alle Finger danach lecken.« Gabi sah schwärmerisch nach oben an die Zimmerdecke. »Die ganze Insel voller Promis, die ihre Pelzjacken spazieren tragen. Endloser Sandstrand, Wellen und mondänes Leben. Und du bist dorthin eingeladen. Du müsstest Prügel kriegen, wenn du nicht zusagst!« Sie legte einen Arm um Doros Schultern und zog sie an sich. »Was meinst du wohl, wie gut es dir geht, wenn du erst mal eine Woche Sonne und Nordseeluft getankt hast. Du kommst gut gelaunt und erholt wieder, und dann legst du bestimmt nicht mehr jedes Wort auf die Goldwaage.«

»Mach ich ja gar nicht«, sagte Doro bitter. »Aber ich hatte mir geschworen, dass ich das Geld für die Praxis nicht anrühren würde, komme, was da wolle.«

»Verstehe ich. Verstehe ich alles.« Doro spürte, wie Gabis Hand über ihre Schulter strich. »Von dieser Idee mit der Praxis redest du schon seit deiner Ausbildung, eigentlich sogar noch länger. Immer wolltest du so eine Hebammenpraxis aufmachen, wie Tilda eine hat, und ich habe deine Zielstrebigkeit bewundert. Alles andere war unwichtig – sogar Lukas.«

Doro nickte nur. Gabi hatte recht. Dass Lukas und sie sich getrennt hatten, hatte hauptsächlich daran gelegen, dass sie jeden Nacht- und Wochenenddienst gemacht hatte, den sie hatte ergattern können. Die Fernbeziehung während ihrer Ausbildung war schon nicht leicht gewesen, aber ihre ständige Abwesenheit hatte ihrer Liebe den Rest gegeben.

Ihre Mutter neben ihr holte tief Luft und seufzte. »Aber weißt du, vielleicht solltest du dir das noch mal gut durch den Kopf gehen lassen, Doro. Manchmal muss man realistisch bleiben und Träume loslassen, die sich nicht erfüllen lassen. Ich habe vor einiger Zeit mal mit Tilda darüber geredet, was du vorhast, und sie sagte zu mir, derzeit eine Hebammenpraxis aufzumachen, grenzt an Wahnsinn. Wusstest du, dass sie ihre Praxis zum Jahresende schließt und in Rente geht?«

Doro rückte ein Stück von ihrer Mutter weg und sah sie erschrocken an. »Was? Nein, das wusste ich nicht. Aber so alt ist sie doch noch gar nicht.«

»Im Herbst einundsechzig geworden. Aber das ist nicht der Grund. Tilda sagte, die Haftpflichtversicherung, die sie als Hebamme haben muss, ist so teuer, dass es sich überhaupt nicht mehr lohnt, als freie Hebamme zu arbeiten. Ehe sie bei jeder Geburt draufzahlt, will sie lieber aufhören, auch wenn ihr die Arbeit immer noch Spaß macht. Die Praxisräume sind schon vermietet. Da kommt ein Kosmetikstudio rein.«

»Ein Kosmetikstudio …«, wiederholte Doro tonlos. Ein hohles Gefühl der Enttäuschung machte sich in ihr breit. Dass Tilda ihre Praxis schließen wollte, schien so unwirklich. Eher hätte sie glauben können, ihre Mutter habe behauptet, die Sonne drehe sich um den Mond. Doro kam sich vor, als habe sie ihre einzige Verbündete in einem aussichtslosen Kampf verloren.

Ihre Mutter warf ihr einen Seitenblick zu und griff dann seufzend nach der Flasche, um ihnen beiden nachzuschenken.

»Und jetzt rufst du Janna an und sagst ihr, dass du nach Sylt kommst.«

# Vier

Janna war hellauf begeistert. »Echt? Du kommst wirklich? Ach, Mensch, ich freu mich so! Wann kannst du hier sein? Morgen? Übermorgen?«

»So schnell schon? Passt dir das denn?«

»Ja, klar, je eher, desto besser. Wir haben Zeit, nicht wahr, Mo?«

Wieder war im Hintergrund die Bassstimme ihres Freundes zu hören, der offenbar halblaut einen Einwand vorbrachte.

»Stimmt, das hatte ich ganz vergessen!«, antwortete Janna halblaut. »Aber das macht doch nichts, wenn sie da auch dabei ist, oder?«

Mo lachte. »Da kriegt sie ja gleich den richtigen Eindruck von unseren Freunden!«, tönte es aus dem Lautsprecher des Telefons, und Janna kicherte.

»Es ist so: Übermorgen ist der Dienstabend der Feuerwehr, und da trifft sich die ganze Truppe zum Angrillen in der *Friesenrose*«, erklärte sie. »Mo ist der Brandmeister der hiesigen Freiwilligen Feuerwehr, und ich bin inzwischen auch bei dem Verein, darum müssten wir beide auf alle Fälle hingehen. Keine Sorge. Die Leute sind alle wirklich nett, und es wird bestimmt ein lustiger Abend. Also, wenn du dich vor einer Horde Feuerwehrleuten in Bierlaune nicht fürchtest, würden wir uns freuen, wenn du mitkommst. Aber es macht natürlich auch nichts, wenn du lieber bei uns in der Wohnung bleiben möchtest. Ganz egal, Hauptsache, du kommst her.«

Doro zögerte eine Sekunde und war versucht, die Reise nach Sylt zu verschieben. Aber aufgeschoben ist meistens dann doch aufgehoben, dachte sie.

Sie sah hoch und blickte direkt in die erwartungsvollen Augen ihrer Mutter und ihr fiel der Satz ein, den Gabi eben gesagt hatte. »Du musst mal was anderes sehen als immer nur deine Arbeit. Es dir mal gut gehen lassen.«

Wenn ihr erster Sylt-Urlaub nach fast zwanzig Jahren gleich mit einer Party starten würde, dann wäre das doch wirklich mal was anderes.

»Abgemacht«, sagte sie. »Dann fahre ich übermorgen, und ich komm zum Angrillen mit. Wenn deine Oma ihren genialen Kartoffelsalat macht, wäre alles andere sowieso eine Sünde.«

Janna lachte. »Das stimmt! Erzähl ihr das mal übermorgen, das wird sie bestimmt freuen.«

Doro versprach es.

»Es ist immer noch so unwirklich, dass du zu Besuch kommst«, sagte Janna, und ihre Stimme klang ein wenig rau am Telefon. »Ein bisschen so, als würde ein Teil meiner Vergangenheit wiederauferstehen.«

»Ja, ich weiß, was du meinst«, sagte Doro leise. Ein Teil der Vergangenheit, in der ich eine beste Freundin hatte, mit der ich über alles reden konnte, setzte sie in Gedanken hinzu und sehnte sich plötzlich danach, Jannas Meinung zu der Situation, in der sie steckte, zu hören.

Die Nordsee präsentierte sich in ihrer ganzen Pracht, als der Autozug zwei Tage später von Niebüll nach Westerland den Deich hinter sich ließ und gemächlich über den Hindenburgdamm rumpelte. Die Flut bedeckte das Watt zwischen Festland und Insel, und der Nordwind, der die Wasseroberfläche kräuselte, trieb hohe Wolkentürme vor sich hier, unter denen bläuliche Regenschleier hingen. Zwischen den Wolken blitzte aber immer wieder azurblauer Himmel hervor, und die Abendsonne malte helle Flecken auf das Wasser darunter.

Trotz des kühlen Windes ließ Doro die Fensterscheibe herunter und sog die Seeluft tief in ihre Lunge. Sieht aus wie gemalt, dachte sie. Sie fühlte Nervosität in sich aufsteigen, wenn sie an das Wiedersehen mit Janna dachte. Achtzehn Jahre war es her, dass sie sich zuletzt gesehen hatten. Das war wahrlich kein Pappenstiel.

Wenn sie sich wenigstens noch einen Moment allein beschnuppern könnten, wäre alles leichter, aber Doro hatte wegen einer Vollsperrung über zwei Stunden lang im Stau gestanden. Als sie Janna anrief, um ihr wegen der Verspätung Bescheid zu geben, hatte diese am Telefon gemeint, am besten solle Doro gleich zur *Friesenrose* kommen. Sie würde den Kartoffelsalat und die Bratwürstchen gegen jeden frechen Zugriff der Feuerwehrkameraden verteidigen.

Hoffentlich erkenne ich Janna wenigstens, sonst wird das Ganze megapeinlich, dachte Doro seufzend, während sie den Blick über die Wasserfläche schweifen ließ.

Ganz plötzlich brach die Sonne gleißend zwischen den Wolken hervor und malte einen strahlend hellen Regenbogen vor die Wolken, die über dem Festland hingen. Doro reckte den Kopf aus dem Fenster, um besser sehen zu können, und entdeckte schließlich oberhalb des bunten Farbbandes noch einen zweiten, schwächeren Regenbogen, der aber an zwei Stellen unterbrochen war.

»Schade«, murmelte sie. »Kein Wunsch frei.« Trotzdem nahm sie den Regenbogen als gutes Zeichen und ließ ihn nicht aus den Augen, bis er kurz vor der Einfahrt in den Bahnhof von Westerland verschwand.

Nachdem sie den Autozug verlassen hatte, hielt sie vergeblich nach einem Blumengeschäft Ausschau und fuhr schließlich kurz entschlossen auf den Parkplatz eines Discounters, wo sie für Jannas Großmutter einen in Zellophan eingeschlagenen Tulpenstrauß erstand, ehe sie sich auf den Weg nach Morsum machte. Kurz hinter Westerland ließ der Verkehr merklich nach. Noch schien die Insel in einem tiefen Dornröschenschlaf zu liegen, die im Sommer allgegenwärtigen Touristen waren noch fern.

Kein Wunder, dachte Doro, während sie der Straße durch die Marsch folgte, die über weite Strecken parallel zur Eisenbahnlinie verlief. Im Moment sind nirgendwo Ferien. Jetzt sind höchstens Rentner oder Millionäre hier.

Die Stimme des Navigationsgerätes, das sie sich bei Björn für die Fahrt geliehen hatte, riss sie aus ihren Überlegungen. »In zweihundert Metern links abbiegen, dann haben Sie Ihr Ziel erreicht. Das Ziel befindet sich auf der linken Seite.«

Doro setzte den Blinker und bog in die schmale Straße ein, die an beiden Seiten von Bäumen begrenzt war, deren noch kahle Wipfel sich alle in eine Richtung zu neigen schienen. Auch vor achtzehn Jahren waren diese Bäume schon da gewesen, und sie schienen sich überhaupt nicht verändert zu haben. Sie erinnerte sich, dass Jannas Vater ihr damals erklärt hatte, dass die Bäume wegen des immerwährenden Westwindes so schief waren und wegen der salzigen Luft nur langsam wuchsen.

»Sie haben das Ziel erreicht«, stellte das Navigationsgerät fest.

Doro hielt an und sah aus dem Seitenfenster. Als wäre die Zeit stehen geblieben, dachte sie.

Genau so hatte sie die Pension von Jannas Großeltern in Erinnerung. Ein lang gestrecktes, reetgedecktes Gebäude mit hohem Friesengiebel als Eingang, das sich zwischen die Bäume duckte, die den Garten umstanden. Über der grün gestrichenen

Tür prangte in goldenen geschnörkelten Lettern der Name *Friesenrose*, hinter etlichen der Fenster im Erdgeschoss und im ersten Stock brannte bereits Licht, weil es langsam zu dämmern begonnen hatte.

Obwohl sie nur ein einziges Mal für ein paar Tage hier gewesen war, hatte Doro plötzlich das Gefühl, nach langer Zeit zu Hause angekommen zu sein, und spürte, wie ihr die Kehle eng wurde.

Entschieden schüttelte sie den Kopf. »Sentimentale Kuh!«, sagte sie zu sich selbst. »Sieh lieber zu, dass du den Wagen geparkt kriegst und geh rein. Janna wartet sicher schon.«

Das Auto abzustellen erwies sich als schwieriger als gedacht. Obwohl Hugo in die Kategorie Kleinwagen fiel, fand sich auf dem Hof der Pension kein Plätzchen mehr für ihn, sodass Doro rückwärts wieder von der Auffahrt lenken musste, um ihn hinter eines der anderen Fahrzeuge zu stellen, die in langer Reihe unter den Straßenbäumen parkten.

Scheint ja mächtig was los zu sein!, dachte Doro. Sie griff nach Handtasche, dem Blumenstrauß für Jannas Oma und ihrer dicken Windjacke und stieg aus dem Wagen. Von der *Friesenrose* schallte gedämpfte Musik und lautes Gelächter zu ihr herüber. Während sie auf die Eingangstür zuging, machte sie in den Bäumen hinter dem Haus bunte Lampions aus.

»Die sitzen ernsthaft bei zehn Grad draußen im Garten?« Doro musste grinsen und zog den Reißverschluss ihrer Jacke zu. »Sind wirklich harte Kerle, diese Feuerwehrmänner.«

Als auch nach ihrem dritten Klingeln niemand die Haustür für sie öffnete, beschloss sie, ums Haus herum in den Garten zu gehen. Den Weg hatten sie als Kinder immer genommen, wenn sie vom Strand zurückgekommen waren. In der zunehmenden Dämmerung lief sie den schmalen Weg zwischen den Blumenbeeten entlang, in denen dicht an dicht Hyazinthen, Tulpen und Narzissen standen. Schließlich kam sie um die Ecke und wäre um Haaresbreite in einen Mann hineingelaufen, der ein Stück abseits von der lärmenden Gesellschaft am Grill stand. Er schoss herum, die Grillgabel in der Hand, an der ein Steak hing, und starrte sie verdutzt an.

»Ich … äh, Entschuldigung«, stammelte Doro. »Ich wollte nicht …«

»Sie müssen Döwe sein.« Er grinste sie an. Er mochte Mitte dreißig sein, war sehr groß, breitschultrig und unverschämt gut aussehend. Wie ein Model für Sportbekleidung, schoss es Doro durch den Kopf, und sie spürte, wie sie unter seinem Blick rot wurde.

Sonnengebleichtes, welliges Haar fiel ihm bis beinahe auf die Schultern und umrahmte ein schmales Gesicht, das so tief gebräunt war, dass seine Augen himmelblau strahlten. Doro brauchte eine Sekunde, ehe sie sich von seinem Anblick losriss.

»Doro!«, korrigierte sie und streckte ihm die Hand hin. »Döwe war mein Spitzname in der Schule.«

Sein Lächeln vertiefte sich. Er legte das Steak auf den Grill zurück, dann die enorme Fleischgabel auf den Tisch neben dem Grill und zog den Arbeitshandschuh aus, den er gegen die Hitze trug, um ihre Rechte zu nehmen und sie zu schütteln.

»Achim Büsing«, stellte er sich vor. »Wollen wir gleich du sagen? Wir duzen uns hier alle.«

Ehe Doro antworten konnte, ertönte aus Richtung der Gartentische ein hohes Quietschen. Eine schmale Gestalt löste sich aus der Menge, die dort versammelt stand, lief auf sie zu und umarmte sie stürmisch.

»Döwe! Ach, ist das schön, dass du endlich da bist!«

Alle Bedenken, ob es wirklich eine so gute Idee war, nach Sylt zu kommen, waren mit einem Schlag wie weggewischt. Janna war noch immer Janna, ihre allerbeste Freundin aus Kindertagen. Doro hätte sie unter Hunderten auf den ersten Blick erkannt. Dieselben halblangen, blonden Haare, die sie in einem einfachen Pferdeschwanz trug, die blauen Augen, die schmale Nase, die hohe Stirn, all das fand sie bei der Erwachsenen ebenso wie bei dem zwölfjährigen Kind, an das sie sich erinnerte.

»Du hast dich überhaupt nicht verändert«, sagte Doro und meinte es auch so.

Janna zeigte mit dem ausgestreckten Finger auf sie. »Komisch, das wollte ich auch gerade sagen. Komm, ich muss dich allen vorstellen.« Sie griff nach Doros Hand und wollte sie mit sich ziehen, hielt dann aber inne. »Mach ihr mal einen großen Teller, Achim! Mit allem, was du hast«, sagte sie zu dem Sportmodemodel am Grill. »Die Ärmste muss doch völlig ausgehungert sein, nach der langen Fahrt.«

Noch ehe Achim auch nur den Mund öffnen konnte, um zu antworten, führte Janna Doro zu den Gartentischen weiter.

»Leute, das ist Dorothee!«, rief sie über den Lärm hinweg in die Runde. Offenbar hatte Janna schon allen erzählt, wer sie war, denn jetzt verstummte jedes Gespräch und alle Augen wandten sich Doro zu. Unter den neugierigen Blicken spürte sie, wie ihre Wangen zu glühen begannen. Eigentlich litt sie nicht unter Schüchternheit, aber die ungeteilte Neugier solch einer großen Menschenmenge war doch ein bisschen viel für sie. »Schönen guten Abend«, sagte sie heiser.

»Schönen guten Abend?«, fragte einer der Männer, ein stämmiger Hüne mit rostrotem Vollbart, und zog die Augenbrauen hoch. »Moin heißt das bei uns! Schon vergessen? Ich dachte, du warst schon mal hier.«

Janna lachte und wandte sich dann zu Doro um. »Döwe, darf ich vorstellen? Das ist mein Freund Mo.« Sie ging zu ihm und knuffte ihn in die Seite. »Benimm dich gefälligst«, sagte sie, ehe sie ihm einen Kuss auf die Wange gab, wozu sie sich auf die

Zehenspitzen stellen musste. »Ist doch schon eine Ewigkeit her, dass sie hier war.«

»Umso schöner, dass sie wiedergekommen ist.« Mo grinste breit und umarmte Doro kurz und freundschaftlich. »Herzlich willkommen auf Sylt«, fügte er hinzu. »Also, wenn dann alle da sind, können wir ja endlich anfangen zu essen«, rief er und rieb sich die Hände. »Ich fall allmählich schon vom Fleisch!« Alle Umstehenden lachten, so ansteckend, dass auch Doro mit einfiel.

Es wurde ein sehr schöner Abend. Doro saß zwischen Janna und ihrer Großmutter Johanne, die sich sehr über die mitgebrachten Supermarkttulpen und noch viel mehr darüber freute, dass alle ihren Kartoffelsalat über den grünen Klee lobten. Das sei doch eigentlich ein ganz einfaches Rezept, das jeder nachmachen könnte, wurde sie nicht müde zu sagen.

Doro betrachtete sie verstohlen und musste feststellen, dass das Alter mit Oma Johanne nicht gnädig umgegangen war. In ihrer Erinnerung war sie eine patente Frau Mitte fünfzig gewesen, jetzt aber war sie klein und ein bisschen krumm, hatte schlohweiße Haare und tiefe Falten um die Augen, die aber noch immer vor Energie blitzten. Sie unterhielt sich mit ihrer Freundin Claire, einer hochgewachsenen Grauhaarigen um die siebzig, die neben ihr auf der Gartenbank saß. So wie Doro verstanden hatte, war Claire im letzten Jahr endgültig in die *Friesenrose* gezogen, in der sie früher jedes Jahr Urlaub gemacht hatte. Auch sie, so erzählte sie Doro, half in der Pension mit. Nebenbei sei sie noch für das Alfred-Wegener-Institut hier auf der Insel tätig, halte Vorträge, leite gelegentlich Wattwanderungen für Touristen, und jetzt im Frühling sei sie fast ständig unterwegs, um die Zugvögel im Watt zu zählen.

Claire brach ein Stück ihrer Bratwurst ab, hielt es mit zwei Fingern in die Höhe und blickte nach unten neben die Gartenbank. »Mach sitz!«, sagte sie mit gedämpfter Stimme. Erst jetzt bemerkte Doro den kurzbeinigen Jack Russell Terrier, der neben der Bank saß und mit Genuss das Stück Bratwurst verdrückte.

»Gutes Mädchen, Dottie!«, sagte Claire leise, dann zwinkerte sie Doro zu und legte den Zeigefinger an die Lippen. »Sie soll eigentlich nichts vom Tisch bekommen. Aber sie liebt Bratwurst nun mal über alles, und wo sie schon zu Hause ausquartiert wurde, braucht sie ein kleines Trostleckerchen. Morgen trainieren wir das wieder ab, wenn wir ins Watt gehen und Gänse zählen, was, Dottie?«

»Ausquartiert?«, fragte Doro.

Claire nickte. »Dottie ist Jannas Hündin, und weil sie nicht wusste, ob du mit Hunden zurechtkommst, meinte sie, es sei besser, sie bleibt ein paar Tage bei uns in der *Friesenrose*.«

Doro machte große Augen. »Wie kommt sie denn darauf, ich liebe Hunde!« Sie streckte die Hand nach dem kleinen Jack Russell aus, zog sie dann aber wieder zurück. »Oder beißt sie?«

»Ach wo. Eigentlich ist Dottie lieb und gut erzogen, aber eben noch jung und ziemlich eigensinnig. Sie ist der festen Überzeugung, dass das Gästebett in Mos Wohnung ihr gehört. Nur ihr ganz allein, nicht wahr?«

Claire beugte sich vor, um die Hündin zu kraulen, die aber mehr daran interessiert schien, ob noch ein weiteres Wurststück den Weg zu ihr finden würde. Erwartungsvoll schaute sie zu Claire hoch und winselte.

»Na komm, du Gierschlund, morgen müssen wir früh aus den Federn.« Claire griff nach der Hundeleine, die an der Gartenbank befestigt war. »Außerdem wird es mir allmählich wirklich zu kalt hier draußen. Wie ist es mit dir, Johanne?«

Auch Jannas Großmutter erhob sich. »Für mich wird es auch Zeit. Gute Nacht, zusammen. Und hinterlasst nicht so ein Chaos, bitte«, rief sie den Feuerwehrleuten zu.

Mo machte ein entrüstetes Gesicht. »Wir? Wann hätten wir je so was gemacht!« Dann lachte er. »Nee, keine Sorge, Johanne, wir räumen alles weg, ehe wir uns auf die Socken machen.« Er sah den beiden alten Damen hinterher, bis sie im Haus verschwunden waren. »So, Leute, der gemütliche Teil des Abends ist eingeläutet. Reicht mir noch 'ne Flasche Bier rüber.«

Eine Stunde später war die Runde beträchtlich zusammengeschrumpft. Nur noch ungefähr ein Dutzend Leute – der harte Kern, wie Janna sagte – saß um den großen Gartentisch herum, neben dem der pilzförmige Terrassenstrahler für ein wenig Wärme sorgte. Es wurde viel getrunken und noch mehr gelacht. Alle schienen sich sehr gut zu kennen, weil die meisten nicht einmal die Pointen der Witze abwarteten, die erzählt wurden, ehe sie loslachten.

Nachdem Doro gegessen und ein Bier getrunken hatte, spürte sie, wie allmählich die Müdigkeit in ihr hochkroch. Es fiel ihr immer schwerer, Mo zu folgen, der den Alleinunterhalter gab. Ihre Augenlider wurden bleischwer, und ganz allmählich bekam sie trotz der Wolldecke über ihren Knien eiskalte Füße. Schließlich konnte sie ein Gähnen nicht mehr unterdrücken.

»So müde?«, sagte Achim lächelnd, der ihr schräg gegenüber auf einem Gartenstuhl saß. Bislang hatte er sich nicht viel an der Unterhaltung der anderen beteiligt und als Reaktion auf Mos Witze nur verhalten gegrinst, statt wie die anderen lauthals zu lachen. Doro hatte den Eindruck, dass er mit seinen Gedanken woanders war. Ihr war allerdings nicht entgangen, dass er sie immer wieder aus den Augenwinkeln heraus beobachtete.

»Es war eine lange Tour«, gab Doro zurück. »Ich bin in aller Frühe losgefahren und wollte nachmittags hier sein, aber kurz hinter Bremen war die Autobahn gesperrt, das hat mich drei Stunden gekostet.«

Achims Lächeln vertiefte sich. »Dann ist es ja kein Wunder. Die Seeluft tut natürlich ein Übriges. Vielleicht solltest du Janna Bescheid geben, dass du gern gehen würdest. Oder du schleichst dich in die *Friesenrose*, um dich hinzulegen. Soweit ich weiß, haben die noch ein paar Zimmer frei.«

»Nein, nein, es geht schon. Ich bin es gewohnt, gegen die Müdigkeit anzukämpfen. Bringt der Job mit sich.«

»Was machst du denn beruflich?«

Irgendetwas ließ Doro zögern. Viele Männer fanden ihren Beruf eher abschreckend. Aber andererseits, was machte das schon? Sie war ja nicht hier, um einen Mann kennenzulernen. Nicht einmal einen, der so attraktiv war wie Achim.

»Ich bin Hebamme«, antwortete sie und wartete auf seine Reaktion.

»Oh«, sagte er. »Stimmt, dabei muss man sich wirklich die Nächte um die Ohren schlagen. Das kenn ich gut.«

»Hast du Kinder?«

»Das nicht, aber ich hab schon etlichen auf die Welt geholfen – allerdings hatten die Babys vier Beine. Meinem Vater gehört der Nachbarhof, und ich habe mal Pferdewirt gelernt, bevor …« Er brach ab und sah einen Moment lang auf seine Hände hinunter. Dann griff er nach seiner Bierflasche und leerte sie in einem Zug. »Ich mach mich mal auf den Heimweg. Vielleicht sehen wir uns ja noch, wenn du ein paar Tage hierbleibst.« Damit stand er auf und klopfte auf die Tischplatte. »Gute Nacht, zusammen.«

»Nacht, Achim.« Mo hob die Hand zum Gruß. »Schön, dass du es einrichten konntest.«

Achim nickte ihm zu, dann machte er kehrt und verschwand in der Dunkelheit des Gartens.

Als sei Achims Aufbruch das Signal für das Ende des Grillabends gewesen, löste sich die Feiergesellschaft in wenigen

Minuten auf. Nur Mo und zwei weitere junge Männer blieben zurück, um aufzuräumen und die Gartenmöbel wieder im Schuppen zu verstauen, während Janna auf Doro zukam. »Was meinst du, wollen wir auch los?«

»Musst du nicht noch mit aufräumen?«

Janna schüttelte den Kopf. »Nee, die haben vorher ausgelost, wer diesmal zum Räumkommando gehört. Wir können schon fahren.«

»Prima. Ich muss zugeben, ich bin ziemlich erschossen.«

»Ach Mensch, Döwe, warum sagst du denn nichts? Ich hätte dir doch den Schlüssel geben können, dann hättest du schon ins Bett gehen können.«

Doro winkte ab. »So schlimm ist es nicht. Es war doch ein lustiger Abend.«

Janna strahlte. »Schön, dass es dir gefallen hat. Sind wirklich nett, die Feuerwehrleute, oder?«

Sie hakte sich bei Doro ein, und die beiden gingen um das Haus herum zu den Autos. »Jetzt packen wir nur noch deine Koffer in unser Auto um, und dann nichts wie ins Bett.«

»Wir können auch mit meinem Hugo fahren«, sagte Doro. »Ich hatte nur ein Bier, und das ist schon eine Weile her.«

»Umso besser. Dann sind wir schneller zu Hause.« Janna öffnete die Beifahrertür und ließ sich auf den Sitz plumpsen. »Gut, dass morgen Freitag ist, dann können wir ausschlafen und in aller Ruhe frühstücken. Mo muss zur Arbeit in die Bank, und wir haben den ganzen Vormittag Ruhe vor ihm. Er hat schon eine ellenlange Liste gemacht, was wir am Wochenende alles unternehmen könnten. Wir werden ihn etwas bremsen müssen, sonst kommen wir gar nicht zum Luftholen.« Sie schnallte sich an. »Kaum zu glauben, dass ein Mann seiner Statur so einen Tatendrang hat.«

»Du scheinst wirklich sehr glücklich mit ihm zu sein. Du

strahlst geradezu und bist so locker und gelöst. Ich hatte dich stiller in Erinnerung.«

»Ich bin sehr glücklich«, erwiderte Janna ernst. »Nachdem meine Mutter im letzten Jahr gestorben ist, hatte ich eine ziemlich harte Zeit, in der sich mein Leben völlig auf den Kopf gestellt hat. Mo hat mir da rausgeholfen. Er war auch der Erste, der an meine Malerei geglaubt hat. Er ist nicht nur mein Freund, er ist außerdem noch mein bester Freund, wenn du verstehst, was ich meine.«

Doro betrachtete sie von der Seite. »Doch, verstehe ich. Ich glaube, das sind gute Voraussetzungen für eine lange Beziehung.«

»Das hoffe ich doch sehr.« Janna zog die Schultern hoch und mummelte sich in ihre Jacke ein wie in eine Decke. »Mann, bin ich müde! Zum Glück ist es nicht weit bis zu unserer Wohnung. Einfach immer geradeaus und am Ende der Straße rechts. Eigentlich hätten wir auch gut laufen können, aber ich bin viel zu fußlahm.«

»Und ich hätte keine Lust gehabt, die Koffer zu schleppen.« Doro steckte den Schlüssel ins Zündschloss und startete den Motor.

# Fünf

Ein melodisches Ding-dong-ding, Ding-dong-ding, das allmählich immer lauter wurde, drängte sich in Doros Schlaf und zog sie aus einem wirren Traum in die Wirklichkeit.

Schlaftrunken tastete sie auf dem kleinen Tisch vor dem Gästebett herum, bis sie den Störenfried in der Hand hielt. Erst dann öffnete sie die Augen, stellte die Weckfunktion des Handys ab und angelte nach ihrer Brille. Gestern Abend war sie todmüde ins Bett gefallen und hatte nicht daran gedacht, den Wecker abzustellen, als sie das Handy an das Ladegerät gehängt hatte.

Sieben Uhr. Einen Moment lauschte sie angespannt, ob sie vielleicht Janna und Mo geweckt hatte, aber in der Wohnung war kein Geräusch zu hören.

In Düsseldorf hatte sie sich unter der Woche stets den Wecker gestellt und war um kurz nach sieben aufgestanden. Niemand sollte ihr vorwerfen können, den ganzen Tag nur auf der faulen Haut zu liegen. Nicht dass Gabi ein einziges Wort darüber verloren hätte, aber Doro wollte es erst gar nicht dazu kommen lassen. Jeden Morgen setzte sie sich im Bademantel zu Gabi und Julia an den Küchentisch, um mit ihnen zu frühstücken, ehe sie ins Bad ging.

Aber jetzt war sie ja auf Sylt. Keine Mama, die sich über ihre Chefs und Arbeitskollegen beschwerte, keine mürrische Julia, die in ihre Cornflakes nörgelte. Doro hatte wirklich und wahrhaftig zehn ganze Tage Urlaub.

Das Handy noch in der Hand rollte sie sich auf den Rücken zurück und ließ den Blick in dem kleinen Raum herumwandern, der offenbar sowohl als Gäste-, wie auch als Arbeitszimmer diente. An der Wand gegenüber des Schlafsofas stand ein kleiner Schreibtisch mit einem aufgeklappten Notebook, darüber hing eine Pinnwand, an der Urlaubs- und Weihnachtskarten, Fotos und Sticker ein buntes Durcheinander bildeten. Oben über der Pinnwand hatte Mo zwei Fanschals des BVB über Kreuz angebracht wie die Knochen auf einer Piratenflagge.

Nicht gerade mein Verein, aber immerhin ein Fußballfan, dachte Doro und grinste.

Neben dem Schreibtisch stand eine hohe Glasvitrine, in der sich ein buntes Sammelsurium von Figuren und Filmdevotionalien befand. Aus der Ferne erkannte Doro den eisernen Thron aus *Game of Thrones*, zwei Lichtsäbel und eine Dath-Vader-Büste. Neugierig geworden schwang sie sich aus dem Bett und trat näher.

Soso, Janna ist also mit einem Filmfan zusammen, dachte sie. Auf vier verstaubten Glasböden tummelten sich Sammelfiguren und Miniaturen nach Themengebieten sortiert. Doro konnte etliches nicht zuordnen, aber ein paar der Objekte kamen ihr vertraut vor. Ganz unten gab es ein paar kleine Raumschiffmodelle aus *Star Wars* und *Star Trek*, Dr. Who's blaue Telefonzelle, den Schild von Captain America und Thors Hammer Mjölnir. Weiter oben fand sich ein Zauberstab auf einem Holzständer – Doro tippte, dass er Harry Potter gehörte. Nur auf dem obersten Glasboden fehlte die Staubschicht. Dort stand die Figurine eines bärtigen Mannes im Umhang, der ein Schwert zog. Doro identifizierte ihn erst nach einem Moment als Aragorn aus dem Herrn der Ringe – hauptsächlich deshalb, weil zu seinen Füßen der »eine« Ring an einer Silberkette lag.

Sie drehte sich zu ihrer Schlafstatt um, über der ein gerahmtes Filmplakat des allerersten Star-Wars-Films hing. Auch das passte perfekt ins Bild. Dies war das Arbeitszimmer eines großen Jungen.

Mo ist ja ein echter Nerd, dachte Doro amüsiert. Aber das macht ihn irgendwie sympathisch.

Durch die Jalousie vor dem Fenster lachte die Morgensonne und warf helle Streifen auf die Bettdecke. Sich jetzt wieder hinzulegen, lohnte sich eigentlich nicht. Vielleicht könnte sie ganz leise aus der Wohnung schleichen, einen kleinen Spaziergang durch den Ort machen und schon mal Brötchen für alle besorgen. Sie hatte Hugo gestern vor dem Nachbarhaus geparkt, in dem sich eine kleine Bäckerei befand.

Leise zog sie sich an und ging auf Zehenspitzen auf den Flur hinaus. In diesem Moment öffnete sich die Küchentür, die Mo mit seiner massigen Gestalt beinahe ausfüllte. Er sah sich nach hinten über die Schulter um. »Ja. Bring ich mit. Bis nachher«, sagte er halblaut. Dann drehte er sich zu Doro um und schrak zusammen.

»Heilige Kuh!« Er griff sich mit der Hand an die Brust und keuchte theatralisch. »Du darfst einen alten Mann doch nicht so erschrecken. Das macht meine Pumpe nicht mehr mit.«

»Entschuldigung«, sagte Doro zerknirscht. »War keine Absicht. Ich wusste nicht, dass ihr schon wach seid.«

»Alles gut«, sagte Mo grinsend. »Ich habe heute Schlüsseldienst in der Bank, da muss ich immer zeitig aus dem Haus, sonst schimpft das gemeine Fußvolk.«

»Haben wir dich aufgeweckt?« Janna kam ebenfalls aus der Küche und knuffte ihren Freund. »Ich hab dir doch gesagt, du sollst nicht so rumpoltern.«

»Nein, ich habe keinen Mucks von euch gehört. Ich dachte, ihr zwei schlaft noch, da wollte ich schon mal Brötchen kaufen gehen«, sagte Doro.

»Zu spät!« Mo deutete auf den gedeckten Tisch in der winzigen Küche. »Ich war vorhin schon unten. Die geben mir in der Bäckerei auch schon vor der Ladenöffnung was. Wohl aus Mitleid, weil ich immer so hungrig aussehe.« Er wandte sich zu Janna um. »Sehe ich präsentabel aus, oder habe ich mich mit Marmelade bekleckert?« In seinem dunkelblauen Anzug samt Hemd und Krawatte sah er aus wie ein Seeräuber, der sich als Geschäftsmann verkleidet hatte.

Janna musterte ihn. »Alles bestens. So darfst du unter Leute gehen.«

»Prima.« Mo beugte sich zu Janna hinunter und küsste sie auf die Wange. »Ich bin kurz nach Mittag wieder hier, dann können wir zusammen auf Sightseeingtour gehen. Habt einen schönen Vormittag, ihr zwei.« Mit einem Augenzwinkern nickte er Doro zu, griff nach einer Aktentasche, die an der Garderobe stand, und verschwand durch die Wohnungstür.

»Tut mir echt leid, wenn wir dich geweckt haben. Willst du einen Kaffee, oder trinkst du einen Tee mit mir?«, fragte Janna. Sie trug einen viel zu großen dunkelblauen Männerbademantel, der vermutlich Mo gehört, und zog den Gürtel enger.

»Tee wäre prima«, antwortete Doro.

Doro nahm an dem winzigen Küchentisch Platz, während Janna Mos Frühstücksgeschirr auf die Spüle räumte und Becher und Brettchen vor Doro stellte. Kopfschüttelnd betrachtete sie den völlig überladenen Tisch. »Typisch Mo«, sagte sie und ließ sich auf einem Stuhl nieder. »Ich frage mich, wer das alles essen soll! Wenn er einkauft, wird hinterher eine ganze Kompanie davon satt. Also, bitte keine Hemmungen, lang tüchtig zu!«

Doro nahm sich ein Brötchen aus dem überquellenden Korb und schnitt es auf. »Du isst nichts?«, fragte sie.

»Ich bin frühmorgens sowieso nicht so ein großer Esser«, erwiderte Janna und schenkte beiden Tee ein. »Aber im Moment mag ich gar nichts essen. Muss mir wohl einen Virus eingefangen haben.«

»Oder war eines der Bierchen gestern schlecht?«, fragte Doro augenzwinkernd.

»Das kann es nicht sein. Ich mag kein Bier, und auf Wein hatte ich gestern auch keine Lust.«

»Wenn es dir nicht gut geht, dann können wir aber auch gern auf die Sightseeingtour über die Insel verzichten. Die läuft uns ja nicht weg.«

»Nein, nein, das wird bestimmt gleich wieder besser. Ich trinke jetzt was Warmes, und dann geht's mir schon wieder gut. Prost Tee!« Janna hob die Tasse in Doros Richtung, ehe sie über die dampfende Flüssigkeit blies, um sie abzukühlen. Sie trank in kleinen Schlucken, während Doro herzhaft in ihr Käsebrötchen biss.

»Wir können es uns heute Vormittag gemütlich machen«, meinte Janna nach einer Weile. »Allerdings würde ich gern noch kurz in der *Friesenrose* vorbeischauen und nach dem Rechten sehen. Wenn du Lust hast, zeig ich dir mein Atelier. Danach könnten wir mit Dottie einen kleinen Spaziergang machen und Püppi besuchen.«

»Püppi?« Doro runzelte die Stirn. So allmählich kam sie bei den vielen neuen Namen nicht mehr mit. »Wer ist das denn?«

»Mein Pferd! Ja, du hast richtig gehört«, sagte Janna, weil sie Doro die Verblüffung offenbar angesehen hatte. »Ich hab im letzten Jahr ein Pferd geschenkt bekommen. Eine bildhübsche dreijährige Friesenstute, die eigentlich Taya heißt, aber nur Püppi genannt wird. Sie steht bei den Nachbarn von meiner Oma auf der Weide.«

»Wer hat dir denn einfach so ein Pferd geschenkt?«

»Das ist eine komplizierte Geschichte.« Janna nahm einen großen Schluck von ihrem Tee, ehe sie zu erzählen begann. Im letzten Frühling hatte ein heftiger Gewittersturm ein Zugunglück auf dem Hindenburgdamm verursacht, dabei war einer der Waggons entgleist. Es hatte einen Schwerverletzten und eine Tote gegeben, Vater und Tochter, die mit einem Pferdeanhänger am Auto unterwegs gewesen waren. Auch das Pferd hatte Verletzungen abbekommen, und der herbeigerufene Tierarzt hatte die Stute schon einschläfern wollen, aber Achim habe sich strikt geweigert, das hinzunehmen.

»Achim ist der, der dir gestern am Tisch gegenübersaß und mit dem du dich eine Weile unterhalten hast«, erklärte Janna. »Er hat den Tierarzt überredet, Püppi eine Chance zu geben. Der Tierarzt hat sie noch auf dem Waggon operiert, und Achim hat sie nach der Operation mit zum Hof seines Vaters genommen, bis sich geklärt hatte, was mit der Stute passieren soll. Der Vater der Besitzerin wollte sie ursprünglich verkaufen, weil er durch sie immer an seine tote Tochter erinnert wurde. Aber schließlich fand er, Püppi solle dort bleiben, wo sie geliebt wird und er sie von Zeit zu Zeit besuchen kann. Da hat er sie mir geschenkt, weil ich inzwischen so an dem Tier hänge.«

»Wow, das nenn ich großzügig.« Doro nickte anerkennend. »Reitest du sie?«

Janna zuckte mit den Schultern. »Was man so reiten nennt. Püppi ist eigentlich ein Dressurpferd, aber nach dem Unfall ist sie für den Profisport nicht mehr fit genug. Ich hab sie im letzten Herbst langsam wieder an den Sattel gewöhnt und sie ein bisschen bewegt, aber jetzt ist sie hochtragend, und dann möchte ich ihr das nicht zumuten.«

»Verständlich.« Doro angelte sich eine Scheibe Schinken und platzierte sie auf der zweiten Brötchenhälfte. »Dieser Achim scheint nett zu sein«, sagte sie, bemüht, es möglichst beiläufig klingen zu lassen.

»Ja, nett schon, aber ein bisschen oberflächlich.« Janna

nahm ein Croissant aus dem Korb und brach sich ein kleines Stückchen davon ab, das sie in den Mund steckte und langsam kaute. »Als ich dreizehn oder vierzehn war, war ich furchtbar in ihn verschossen. Typische Teenieschwärmerei eben. Aber da wollte er nichts von mir wissen. Und als er später was von mir wollte, gab es schon Mo«, sagte sie. »Was Achim angeht, solltest du vorsichtig sein. Er hat den Ruf, ein ziemlicher Weiberheld zu sein. Wie die meisten Surfer übrigens.« Sie zwinkerte Doro lächelnd zu, wurde dann aber ernst. »Ganz ehrlich, Doro. Sei vorsichtig, was Achim angeht. Der bricht dir das Herz und trampelt dann darauf herum.«

Dottie wartete schon an der Eingangstür der *Friesenrose*, als Janna aufschloss. Bellend hüpfte sie um die beiden Frauen herum wie ein schwarzweißer Gummiball und gab erst Ruhe, als Janna sich mit erhobenem Zeigefinger vor sie stellte und ihr mit strengem Gesicht befahl, Sitz zu machen. Sofort kam die kleine Jack-Russell-Hündin der Aufforderung nach und wartete schwanzwedelnd, bis sie ein Leckerchen bekommen hatte.

»Respekt, die hast du gut erzogen«, sagte Doro beeindruckt. »In dem Stall, in dem ich früher geritten habe, gab es drei Jack Russells, aber die haben grundsätzlich nur das gemacht, was sie wollten.«

»Ist nicht mein Verdienst. Das war das vorige Frauchen«, erwiderte Janna. »Dottie hat ebenfalls Ria Nissen gehört, der Besitzerin von Püppi. Sie muss eine absolute Tiernärrin gewesen sein. Ihr Vater sagt, ich sehe ihr ziemlich ähnlich.«

»Ach, darum …«, sagte Doro. »Ist das denn nicht ein bisschen merkwürdig? So als Ersatz für die tote Tochter zu dienen?«

»Nein, so ist es nicht. Jedenfalls jetzt nicht mehr«, erklärte Janna. »Hans kommt alle paar Wochen übers Wochenende auf die Insel und ist inzwischen mehr so was wie ein Freund der

Familie. Zugegeben, für mich ein väterlicher Freund. Er hat in Hamburg ein Architekturbüro und darüber schon etliche meiner Bilder vermittelt.« Sie beugte sich zu der Hündin hinunter und kraulte sie hinter den Ohren. »Na, meine Süße? Bist du von Oma und Claire tüchtig verwöhnt worden?«

Die Küchentür öffnete sich, und Jannas Großmutter steckte den Kopf heraus. »Ach, ihr zwei seid das. Ich hab mich schon gewundert, warum Dottie so einen Spektakel veranstaltet. Habt ihr schon gefrühstückt oder möchtet ihr noch was?«

»Ich nicht«, sagte Janna und gab Johanne einen flüchtigen Kuss auf die Wange. »Wir sind gerade erst vom Frühstückstisch aufgestanden.«

»Dann vielleicht noch eine Tasse Tee? Ich hab gerade für Claire und mich den Kessel aufgesetzt.«

»Eigentlich …«, begann Janna und warf dabei Doro einen fragenden Blick zu.

Doch Johanne winkte ab. »Blödsinn, für eine Tasse Tee ist immer Zeit.« Sie wandte sich um und rief in die Küche hinein. »Nimm mal die große Kanne, Claire. Janna und Dorothee trinken auch mit.«

Janna zwinkerte Doro zu und zuckte verlegen lächelnd mit den Schultern, ehe sie ihr die Küchentür aufhielt.

Die Wohnküche war noch immer so, wie Doro sie in Erinnerung hatte. Eigentlich handelte es sich um einen Nebenraum der bis zur Decke hochgefliesten Pensionsküche, der schon damals als Pausenraum und Aufenthaltsort für die Familie gedient hatte. Das kleine Zimmer war mit einem Ostfriesensofa, einem Esstisch und einer schmalen Anrichte wohnlich eingerichtet. An der Wand über dem Sofa hingen vier gerahmte Aquarelle, die mit JN signiert waren. Neugierig trat Doro näher. Sie zeigten mit wenigen Strichen hingeworfene Strandszenen unter dramatischen Wolkenformationen und gefielen ihr noch besser als das Bild der *Friesenrose*, das sie im Schaufenster der Düsseldorfer Galerie gesehen hatte.

»Wirklich gut, nicht wahr?«, fragte Claire, die mit einer großen Teekanne in der Hand aus der Pensionsküche kam. Sie stellte die Kanne auf dem Stövchen auf dem Tisch ab und nickte Doro lächelnd zu. »Ich habe schon früher immer gesagt, Janna hat Talent.«

Janna lachte. »Ihr macht mich noch ganz verlegen.« Sie ließ sich auf einem der Stühle nieder und griff nach der Kanne, um die Becher auf dem Tisch zu füllen.

»Wieso? Es stimmt doch!« Johanne holte eine Keksdose aus der Anrichte und stellte sie auf den Tisch. »So, den trockenen Tee kann man nicht runterwürgen. Langt zu, Deerns!«

Auch sie setzte sich auf einen der Stühle und verzog dabei kurz das Gesicht.

»Alles in Ordnung, Oma?«, fragte Janna.

»Ja, sicher. Das ist nur das vermaledeite Rheuma in der Hüfte. Alt werden ist eben nichts für Feiglinge.«

Claire warf Johanne über die Brille hinweg einen scharfen Blick zu. »Vor allem nichts für Feiglinge, die nicht damit zum Arzt gehen.«

»Ach, Blödsinn, Arzt. Der sagt nur, dass ich die Hüfte einschmieren soll. Das weiß ich auch so.« Johanne griff nach einem Helgoländer Taler und steckte ihn in den Mund. »Nichts, worüber du dir Gedanken machen musst, Janna«, nuschelte sie kauend.

»Das geht jetzt schon drei Tage so. Vermutlich hast du dich übernommen.«

»Quatsch, übernommen. Alles gut.«

Claire verdrehte die Augen und schüttelte missbilligend den Kopf, ehe sie sich zu Janna wandte. »Ich weiß ja, wir hatten gesagt, du kannst ruhig ein paar Tage freimachen, aber …«

»Claire!«, sagte Johanne warnend.

»… es wäre sicher besser, wenn du morgen wenigstens zum Bettenwechsel vorbeikommst«, fuhr Claire unbeirrt fort. »Die neuen Leute vom Institut reisen morgen an, und das sind sieben Zimmer, die sauber gemacht werden müssen.«

»So ein Tünkram. Janna hat Besuch, und wir kommen auch prima allein klar.«

Claire ignorierte Johannes Einwurf. »Das sind höchstens zwei Stunden, die du herkommen müsstest.«

»Kein Problem«, sagte Janna sofort. »Mo wollte morgen zwar mit uns nach Hörnum fahren, aber das können wir auch nächste Woche noch machen.«

»Kommt ja gar nicht infrage!«, meinte Johanne entschieden. »Ihr werdet morgen schön euren Ausflug machen. Wir kommen schon zurecht, Claire und ich.«

»Aber …«

Mit wachsender Unruhe hatte Doro das beginnende Streitgespräch zwischen Janna und ihrer Großmutter verfolgt. Schließlich räusperte sie sich.

»Das ist doch alles kein Problem«, sagte sie mit erhobener Stimme, um die beiden zu übertönen. »Ich komme einfach mit her und helfe euch, dann sind wir ruckzuck mit der Arbeit fertig und können hinterher immer noch nach Hörnum fahren. Ich bin immerhin gelernte Krankenschwester. Wenn jemand in Rekordzeit Betten beziehen kann, dann ich.«

»Aber du hast doch Urlaub und bist nicht zum Arbeiten hier!«, sagte Janna.

Doro winkte ab und grinste. »Das ist keine Arbeit, das ist Training. So komme ich wenigstens nicht völlig aus der Übung.«

Nach dem Tee führte Janna ihre Freundin in ihr kleines Atelier hinüber, das Mo und die Feuerwehrleute für sie im letzten Jahr in Opas ungenutzter Werkstatt eingerichtet hatten.

»Hier entstehen also deine Meisterwerke.« Neugierig blickte Doro sich um.

»Ach was, Meisterwerke.« Janna lachte verlegen. »So gut bin ich wirklich nicht. Aber ich gebe zu, die Landschaftsbilder verkaufen sich inzwischen ganz ordentlich.«

»Kannst du davon leben?«

»Vom Verkauf der Bilder allein nicht, aber ich gebe Kurse für interessierte Laien und für die Kids aus dem Erholungsheim in List. Damit komme ich zurecht. Vor allem, weil Mo nichts davon wissen will, dass ich mich an der Miete beteilige. Er meint, dafür, dass ich seine Macken ertrage, müsste ich eigentlich Geld von ihm bekommen.«

Doro lachte. Sie ließ den Blick weiter in dem kleinen Raum herumschweifen und blieb an einem überlebensgroßen, halb fertigen Portrait eines sehr nachdenklich dreinblickenden Mo hängen, das auf einer Staffelei in der Ecke stand. »Wow!«, sagte sie. »Das da ist wirklich klasse. Die Augen leben geradezu.«

»Danke schön.« Janna freute sich sichtlich über das Kompliment. »Wie sieht es aus, wollen wir einen kleinen Spaziergang machen und ich stelle dir Püppi vor?«

Obwohl die Sonne von einem blank geputzten Frühlingshimmel schien, war es draußen kühl. Eine frische Brise wehte von See her und rauschte in den Alleebäumen, an deren Ästen sich die ersten Blätter öffneten. Janna führte Dottie an der Leine, die es so eilig hatte, dass sie sich ins Halsband lehnte wie ein Ackergaul und immer wieder röchelte, weil sie sich selbst die Luft abschnürte.

Eine Weile gingen Janna und Doro schweigend nebeneinander her, ehe Janna schließlich das Wort ergriff. »Du musst morgen wirklich nicht mitkommen. Oma, Claire und ich sind ein eingespieltes Team, und ich glaube nicht, dass wir viel länger als zwei Stunden brauchen. Du kannst schön ausschlafen und dann mit Mo in aller Ruhe frühstücken. Ich habe schon ein rabenschwarzes Gewissen, weil ich überhaupt in Erwägung gezogen habe, dich mit einzuspannen.«

Doro hob protestierend die Hände. »Mach dir doch bitte keinen Kopf deswegen, Janna. Ganz ehrlich, ich tu das gern. Früh aufzustehen bin ich gewöhnt, das macht mir nichts aus, und so haben wir beide mal ein bisschen Zeit allein und können quatschen. Bislang war dafür ja kaum Gelegenheit.«

Janna warf Doro einen schnellen Blick von der Seite zu. »Also doch«, sagte sie.

»Was, also doch?«

»Dir liegt doch was auf der Seele, oder? Das hab ich schon gemerkt, als du gestern Abend angekommen bist. An diesen Ausdruck in deinen Augen erinnere ich mich noch von früher. Du lachst, aber deine Augen bleiben dabei nachdenklich. Irgendwas geht dir im Kopf herum.«

Doro fühlte sich ertappt und war gleichzeitig froh, dass der Draht, den es zwischen den Freundinnen früher gegeben hatte, noch immer existierte.

»Na komm schon, was ist los?«, fragte Janna. »Familie, Beziehung oder Job? Wo drückt der Schuh?«

Einen Moment lang suchte Doro nach den richtigen Worten. »Es ist ein bisschen von allem, fürchte ich«, sagte sie dann und wich dabei Jannas Blick aus. »Na ja, bis auf Beziehung, weil ich im Moment gar keine habe. Woran ich wirklich zu knapsen habe, ist die berufliche Situation.«

»Ich war zwar nie arbeitslos, aber das muss wirklich ein blödes Gefühl sein. Ich weiß, es hilft dir zwar nicht weiter, aber ich bin davon überzeugt, dass du bald eine neue Stelle finden wirst. Es werden doch überall händeringend Pflegekräfte gesucht. Gilt das denn nicht auch für Hebammen?«

Doro seufzte. »Schon. Bei den großen Kliniken trifft das zu, auf der anderen Seite werden immer mehr Geburtsstationen in kleineren Kliniken dichtgemacht.«

»Dann bewirb dich bei den großen Kliniken.«

»Das habe ich, aber ich kriege nur Absagen. Außerdem will ich eigentlich gar nicht an eine Klinik.« Doro sah hoch und direkt in Jannas fragende Augen. »Ich wollte immer eine eigene Praxis haben – als freie Hebamme selbstständig sein, so wie meine Tante Tilda. Was anderes kam für mich nie infrage.«

»Aber dann mach das doch. Ich verstehe nicht so ganz, wo das Problem dabei ist.«

»Den freien Hebammen wird das Leben immer schwerer gemacht, und immer mehr geben auf. Da sind die vielen Auflagen, der ganze Verwaltungsaufwand und dann die irrsinnig teure Haftpflichtversicherung, die du abschließen musst. Hebamme war nie ein lukrativer Beruf, aber jetzt lohnt es sich gar nicht mehr. Vielleicht hast du es ja gelesen, es geht immer wieder mal durch die Presse. Selbst Tante Tilda, die immer mit ganzem Herzen bei dem Beruf war, gibt auf. Und da soll ich anfangen?«

Janna antwortete nicht.

»Verstehst du, Janna, ich bin unglaublich gern Hebamme. Für mich ist das der schönste Beruf der Welt. Einer Frau durch die Geburt zu helfen und schließlich so ein perfektes kleines Wesen auf die Welt zu holen – was Tolleres gibt es nicht. Ich wollte nie was anderes machen, und ich will auch jetzt nichts anderes, aber alle raten mir davon ab. Alle sagen, du musst die Idee mit der Praxis aufgeben. Am besten, du suchst dir einen anderen Beruf, irgendwas Bequemes, was Sicheres – vielleicht was im Büro. Aber ich kann nichts anderes, und vor allem will ich nichts anderes.« Doro hob in einer hilflosen Geste die Arme. »Ich habe einfach keinen Plan B!«

Janna blieb stehen und legte ihren Arm um Doros Schulter. »Ich weiß ziemlich genau, wie es dir geht«, sagte sie. »Mir hat man damals das Kunststudium ausgeredet, und ich bin Buchhalterin geworden, weil es ein sicherer Beruf ist. Vor allem, weil mein Vater es so wollte«, fügte sie hinzu. »Ich habe den Traum von der Malerei so gründlich begraben, dass ich jahrelang keinen Pinsel angefasst habe. Klar, ich habe als Assistentin der Geschäftsleitung gutes Geld verdient und mir eingeredet, dass ich glücklich bin. War ich aber nicht. Man sollte seine Träume nicht beerdigen.«

»Und wenn ich es doch tun muss?«

»Dann sollte Plan B so gut sein, dass er eine echte Alternative zu deinem Traum ist. Da wird uns bestimmt mit vereinten Kräften was Gutes einfallen, glaub mir. Wozu sind Freunde da?«

Dottie, die verwundert von einer zur anderen gesehen hatte, als die beiden Frauen stehen geblieben waren, kläffte ungeduldig, ehe sie die Leine in die Schnauze nahm und daran zerrte.

»Nun zieh doch nicht so, du verrücktes Huhn, wir gehen ja schon weiter!«, sagte Janna zu der Hündin. »Dottie hat es immer schrecklich eilig, wenn wir zu Büsings rübergehen«, erklärte sie Doro. »Sie kann es gar nicht abwarten, mit Waltraut zu spielen. Das ist Onkel Ennos alte Hündin«, ergänzte sie. »Waltraut geht Dotties Rumgezappel zwar auf die Nerven, aber eigentlich sind die beiden ein Herz und eine Seele.«

Sie gingen weiter und bogen schließlich in eine Auffahrt ein, die zwischen zwei Wiesen auf einen lang gestreckten Bauernhof zuführte. Janna ließ Dottie von der Leine, die sofort wie ein geölter Blitz auf die Stallungen zuschoss und hinter der halb offenen Dielentür verschwand. Aus dem Inneren war lautes Bellen zu hören.

»Sie scheint Waltraut schon gefunden zu haben«, sagte Janna lachend, dann beschirmte sie die Augen mit der Hand und ließ den Blick über die beiden Weiden neben der Auffahrt schweifen. »Nanu, die Pferde sind ja noch gar nicht draußen«, sagte sie verwundert. »Normalerweise hat Achim sie um diese Zeit längst auf die Koppel gebracht.« Mit energischen Schritten ging Janna auf das Dielentor zu und verschwand im Stall. Doro folgte ihr.

Es dauerte einen Augenblick, bis ihre Augen sich an das trübe Licht im Inneren gewöhnt hatten, dann sah sie sich neugierig um und verglich dieses Gebäude mit dem Reitstall, in dem sie mehrere Jahre lang ein- und ausgegangen war. Der Hof schien zwar alt, dafür sprachen die grauen, zerkratzten Balken, aber sehr gepflegt. Die Wände schienen frisch gekalkt zu sein und strahlten in makellosem Weiß, der Lehmboden war sorgfältig gefegt, sodass nicht ein Heuhalm auf der Futtergasse herumlag. Über den Heu- und Strohballen, die unter den Fenstern gestapelt lagen, hing Zaumzeug, das von Lederfett glänzte. An der gegenüberliegenden Seite des Stalls befanden sich zwei geräumige Pferdeboxen, in denen Doro zwei große dunkle Silhouetten erkennen konnte. Eines der Pferde hob den Kopf und spitzte die Ohren, als es die Neuankömmlinge sah. Ein leises Wiehern ertönte.

»Hallo, meine Süße«, sagte Janna. »Warum seid ihr zwei bei dem schönen Wetter denn noch drin?« Sie ging zur Box hinüber und strich dem Pferd, das den Kopf über die Tür gestreckt hatte, über die Stirn. Dann griff sie in ihre Tasche und zog ein paar Möhren heraus, von denen sie eine an Doro weitergab. »Hier«, sagte sie grinsend. »Püppi ist bestechlich.«

»Meine Güte, was für eine Schönheit!«, sagte Doro bewundernd, während sie die für eine Friesenstute zierliche Püppi betrachtete. Püppi ließ ihre Hand mit der Möhre nicht aus den Augen und stupste Doro vorsichtig mit der Schnauze an, worauf diese die Möhre in der Mitte durchbrach und der Stute eines der Stücke auf der ausgestreckten Handfläche reichte. Die samtweichen Lippen des Tiers kitzelten auf ihrer Haut. Es knurpselte vernehmlich, als die großen Zähne die Möhre zerkauten. Doro strich die langen Mähnenhaare zurück und klopfte der Stute den Hals.

Doro liebte Pferde. Etwa mit dreizehn Jahren hatte sie wie fast alle Mädchen in ihrer Klasse einen Reitkurs gemacht, aber während es bei den anderen eine pferdeverrückte Phase blieb, hatte Doro Blut geleckt und bis zum Ende ihrer Schulzeit jede freie Minute in einem Reitstall im Nachbarort verbracht. Ein eigenes Pferd war leider ein unerfüllbarer Wunschtraum geblieben, aber sie hatte sich um ein Pflegepferd gekümmert, hatte ausgemistet und die Schulpferde gestriegelt. Dafür hatte sie reiten dürfen, sooft sie wollte. Später hatte sie gelegentlich selbst Anfängerkurse gegeben, um kleinen Pferdenärrinen, wie sie selbst gewesen war, die Grundbegriffe des Reitens beizubringen.

»Ach, Janna«, sagte eine tiefe Stimme hinter ihnen, und sie drehten sich um. In einer offenen Metalltür, die offenbar ins Wohnhaus führte, stand ein älterer Mann, der sich schwer auf einen Gehstock stützte. »Ich hab mir schon gedacht, dass du das bist, als ich die Hunde hörte.«

»Moin, Onkel Enno«, rief Janna lächelnd. »Geht's dir gut heute?«

»Muss ja«, brummte der Mann. »Du kannst mir helfen, die Pferde rauszubringen. Achim ist ganz früh weggefahren und hat sich nicht um die beiden gekümmert.«

Zu Doros Verwunderung ging Janna gar nicht auf seinen vorwurfsvollen Ton ein. »Das ist Dorothee, eine ganz alte Freundin von mir«, stellte Janna sie vor. »Wir kümmern uns gleich um Püppi und Tarzan und bringen sie auf die Weide. Du kannst ruhig wieder reingehen.«

»Kommt ihr dann noch zum Teetrinken in die Küche? Ich sag Wioletta, dass sie Teewasser aufsetzen soll.«

»Heute nicht, Onkel Enno, wir haben keine Zeit für einen Klönschnack. Mo und ich wollen Dorothee nachher noch ein bisschen die Insel zeigen. Wir fahren zum Ellenbogen hoch und gehen spazieren. Aber morgen oder übermorgen kommen wir zum Teetrinken vorbei. Versprochen!«

Enno sah die beiden einen Moment lang verständnislos an, ehe er langsam nickte. »Morgen oder übermorgen … Ist gut«, sagte er mehr zu sich selbst als zu Janna und Doro. Wieder machte er eine kurze Pause. »Soll ich euch vielleicht bei den Pferden helfen?«, fragte er dann. »Wioletta kocht gerade. Sie kann es nicht ausstehen, wenn ich sie dabei weghole.«

»Das brauchst du nicht, Onkel Enno«, sagte Janna. »Wir kommen zurecht. Geh du mal besser wieder rein.«

»Ich kann das aber tun«, behauptete er. »Ich muss doch allmählich wieder in die Gänge kommen, sonst wird das mit dem lahmen Arm nie besser.«

»Nächstes Mal, Onkel Enno, wenn wir mehr Zeit haben und Achim mit dabei ist, ja? Dann kann er die Pferde nehmen, und ich kann dich unterhaken.« Janna nickte dem alten Herrn aufmunternd zu. »Dottie?«, rief sie dann.

Hinter den Heuballen raschelte es, und die kleine schwarzweiße Hündin schoss hinter einer Ecke hervor und flitzte auf die beiden Frauen zu. Ein dunkler Labrador mit altersgrauer Schnauze trottete gemächlich hinterher, setzte sich vor Janna hin und ließ sich den Kopf kraulen. »Na, Waltraut, altes Mädchen?«, sagte Janna. »Geh mal mit Onkel Enno in die Küche und leg dich zu ihm aufs Sofa.« Sie griff nach Waltrauts Halsband und zog sie daran in Richtung Tür, in der noch immer Enno stand. Janna stellte sich auf die Zehenspitzen und küsste ihn flüchtig auf die Wange. »Bis morgen, Onkel Enno«, sagte sie.

»Bis morgen«, brummte er, ehe er sich schwerfällig umdrehte und zusammen mit Waltraut hineinging. Janna schloss die Tür hinter ihm.

»Puh«, machte sie, als sie zu Doro zurückkam. »Das ist ja noch mal gut gegangen. Ich dachte schon, er würde darauf bestehen, mit nach draußen zu gehen.« Sie öffnete die Tür zur Pferdebox, griff nach Püppis Halfter und befestigte eine Leine daran. »Traust du dir zu, sie mal kurz festzuhalten? Dann hole ich Tarzan aus der Box«, sagte Janna. »Keine Sorge, sie ist wirklich lieb.«

»Ist nicht das erste Pferd, das ich halte«, erwiderte Doro und erzählte ihrer Freundin von dem Reitstall, in dem sie früher geholfen hatte.

»Cool, da hast du wesentlich mehr Erfahrung mit Pferden als ich. Ich mache das ja erst seit einem Jahr.«

Janna öffnete die zweite Boxentür und ging zu dem riesigen Rappen hinein. »Na, mein Alter? Du hast noch gar kein Leckerchen bekommen, was? Wie fies von mir.« Sie holte ein Stück Apfel aus der Jackentasche und hielt es dem sichtlich steinalten Friesenwallach vor die Schnauze. »Siehst du, ich hab dich nicht vergessen.«

Nachdem er seinen Apfelschnitz verdrückt hatte, tätschelte Janna ihm den Hals und führte ihn auf den Gang hinaus. »Praktisch, dass du da bist, sonst hätte ich zweimal laufen müssen«, sagte sie.

Nachdem Janna und Doro die Pferde auf der Weide neben der Auffahrt freigelassen hatten, lehnten sie noch einen Augenblick am Gatter und sahen zu, wie Püppi und Tarzan sich über das junge Gras hermachten.

»Was hat Achims Vater denn?«, fragte Doro. »Ist das Alzheimer?«

»Nein. Er hatte im letzten Sommer einen schweren Schlaganfall, von dem er sich nicht wirklich erholt hat. Seither hat er sich sehr verändert. Früher war er nie schlecht gelaunt, aber jetzt ist er immerzu unzufrieden und ungeduldig, vor allem mit sich selbst. Bis zu seiner Krankheit hat er den Hof ganz allein bewirtschaftet – das musste er auch, weil Achim Profisurfer war und in der Weltgeschichte herumgegondelt ist. Ich glaube, es macht Enno schwer zu schaffen, dass er jetzt immerzu auf Hilfe angewiesen ist. Er hat schwere Lähmungen zurückbehalten, und sein Gleichgewichtssinn funktioniert nicht richtig, sodass er immer wieder stürzt. Eigentlich kann er gar nicht allein zu Hause bleiben, aber die Pflegekasse bezahlt nur für eine Kraft, die zweimal am Tag kommen würde. Darum hat Achim Wioletta engagiert, die mit im Haus wohnt, aber eigentlich ist Enno das auch nicht recht. Achim und er streiten oft, weil Achim ihm nichts recht machen kann, und dann sagt Enno immer: ›Warte nur, bis ich wieder ganz gesund bin!‹ Keiner bringt es übers Herz, ihm zu sagen, dass es nicht mehr besser werden wird.« Janna seufzte.

»Da ist nichts mehr zu machen?«, fragte Doro. »Ich bin keine Expertin auf dem Gebiet, aber mit einer guten Reha und viel Geduld …«

Janna schüttelte traurig den Kopf. »Soviel ich verstanden habe, kann Enno schon froh sein, dass er überhaupt wieder aus dem Rollstuhl rausgekommen ist und kurze Strecken wieder gehen kann. Aber sein Arm und die linke Gesichtshälfte werden wohl dauerhaft gelähmt sein, und die Wortfindungsschwierigkeiten werden auch bleiben.«

»Mist. Das muss auch für Achim schlimm sein. Von jetzt auf gleich alles aufzugeben, um den Hof zu übernehmen und seinen Vater zu pflegen? Das ist bitter.«

»Das ist ihm sicherlich nicht leichtgefallen. Er redet nicht darüber – jedenfalls nicht mit mir oder Mo. Zuerst hat er versucht, alles allein zu machen, aber seit ein paar Monaten hat er eine Pflegekraft aus Polen, das macht die Sache sicher leichter. So er kann er wenigstens im Sommer als Surflehrer arbeiten.«

Janna drehte den Kopf und sah zur Straße hinüber, wo ein alter roter Golf mit rasanter Geschwindigkeit auf die Auffahrt zum Hof zuschoss und einbog. »Wenn man vom Teufel spricht …«, sagte sie.

Der Golf hielt neben ihnen, und Achim kurbelte die Scheibe herunter.

»Moin, ihr beiden«, sagte er und lächelte, aber Doro fiel auf, dass sein Lächeln gezwungen wirkte und Achim trotz seiner Bräune sehr blass war. »Danke, dass ihr euch um die Pferde gekümmert habt. Ich wollte die beiden noch rausbringen, ehe ich losmusste, aber da war es noch saukalt und das ist nichts für Tarzans Gelenke.«

»Kein Problem«, sagte Janna. »Dein Papa wollte die Pferde schon auf die Weide bringen. Wir haben ihn gerade noch abhalten können. Hattest du so früh schon einen Surfkurs?«

»Ich habe heute freigenommen. Ich hatte …« Achim brach ab und holte tief Luft. Er biss sich auf die Lippen und sah einen Moment lang starr geradeaus, dann stellte er den Motor ab und stieg aus dem Auto. Er trug einen modisch geschnittenen dunkelblauen Anzug, dazu weißes Hemd und Krawatte und sah noch mehr nach Männermodel aus als gestern Abend. »Was soll die ewige Geheimniskrämerei? Ich kann es euch genauso gut selbst erzählen. Ich hatte einen Termin bei der Bank.«

»Seit wann machst du dich denn so fein, wenn du dich mit Mo triffst?« Jannas Ton war scherzhaft, aber Achim verzog gequält das Gesicht.

»Seit Mo darüber entscheiden muss, ob er uns noch mal Aufschub geben kann oder uns in die Pleite rauschen lässt«, sagte er heiser. »Gut möglich, dass du dir in ein paar Wochen einen neuen Platz für Püppi suchen musst. Ich fürchte, wir müssen den Hof verkaufen.«

# Sechs

»Natürlich darf er eigentlich nichts über die finanziellen Verhältnisse der Bankkunden sagen, das ist mir alles klar, aber trotzdem …«

Janna pfefferte den Kissenbezug, den sie gerade abgezogen hatte, mit Schwung in die Wäschewanne neben sich. Sie schnaubte und schüttelte den Kopf. »Wir sind beide mit Achim befreundet, und Onkel Enno gehört beinahe zur Familie. Wenn Mo mir schon vor ein paar Monaten erzählt hätte, dass es so schlimm um den Hof steht, vielleicht hätten wir dann noch was unternehmen können. Irgendwas wäre uns bestimmt eingefallen. Aber so? Mir steigt immer noch die Galle, wenn ich nur daran denke.«

Doro, die das neue Bettlaken unter der Matratze festgesteckt hatte, richtete sich auf. »Habt ihr euch inzwischen wieder vertragen?«

»Ja, sicher. Gestern Abend noch. Wir können beide nicht lange böse aufeinander sein.«

Obwohl Jannas Reaktion eine andere Sprache sprach, verkniff sich Doro eine Bemerkung und schüttelte stattdessen die Bettdecke auf, die sie frisch beziehen wollte.

Als sie gestern einen Ausflug zum Ellenbogen, Sylts nördlichste Spitze, gemacht hatten, um dort spazieren zu gehen, hatte Janna Mo die ganze Zeit vorgeworfen, ihr nichts von der Situation des Büsinghofs erzählt zu haben. Schließlich war Mo der Kragen geplatzt, und er hatte ihr gesagt, dass er nun mal zum Stillschweigen verpflichtet sei – auch ihr gegenüber. Das müsse sie als Buchhalterin doch eigentlich kennen.

Doro war während des Disputes immer weiter hinter den beiden zurückgeblieben und hatte auf das Meer hinausgeschaut, aus Sorge, sie könne neugierig wirken, aber trotzdem war ihr kein Wort des Streits entgangen. Schließlich waren Janna und Mo schweigend nebeneinander hergestapft, und Doro hatte sich schon gefragt, ob ihr Besuch nicht vielleicht ein Fehler gewesen war. Das Zünglein an der Waage in einem Beziehungskrach zu spielen, war das Letzte, was sie im Moment vertragen konnte.

»Das ist gut«, sagte Doro und nahm einen Bettbezug vom Wäschewagen. »Dann mach einen Haken hinter den Streit mit Mo, und lass uns überlegen, ob, und wenn ja, wie man den Hof noch retten kann. Jetzt, wo Achim selbst darüber gesprochen hat, ist es ja kein Geheimnis mehr.«

»Irgendwas muss uns einfallen.« Janna ließ sich auf den Sessel neben dem Fenster fallen. »Einfach aufzugeben ist keine Option. Enno überlebt es nicht, wenn er sein Zuhause verlassen muss.« Sie rieb sich mit der Hand über die Stirn. »Wenn mir nicht so schwindelig wäre, würde mir das Denken wesentlich leichter fallen. Mein Kreislauf findet im Moment nur in Kniehöhe statt.«

»Nanu? Hast du das öfter?«

»Nein, eigentlich kenne ich so was gar nicht. Keine Ahnung, was ich mir da eingefangen habe. Dauernd ist mir schlecht oder schwindlig, und wenn ich mich abends aufs Sofa setze, schlafe ich spätestens nach zehn Minuten einfach ein.«

»Brütest du was aus?«

Janna sah zu Doro hoch. »Wie meinst du das?«

»Na ja, wirst du krank, oder bist du etwa schwanger?« Doros Lachen blieb ihr im Hals stecken, als sie sah, dass ihre Freundin auf einmal hochrot wurde. »Ups, das war wohl ins Schwarze getroffen.«

»Das kann nicht sein«, sagte Janna. »Ich meine, ich kann nicht schwanger sein. Das ist eigentlich völlig unmöglich. Wir haben doch verhütet.«

»Eigentlich?«, fragte Doro vorsichtig. Sie ließ die Decke auf das Bett fallen, trat zu Janna, ging in die Knie und suchte ihren Blick. In den Augen ihrer Freundin schimmerte es verdächtig.

»Das war nur dieses eine Mal und rein rechnerisch … Es kann einfach nicht sein!«, stammelte Janna.

»Nun mal Butter bei die Fische, Janna. Wie lange bist du schon drüber?«

»Fünf Wochen«, sagte Janna tonlos. »Meine Tage sind nie besonders pünktlich, und zuerst dachte ich, es zieht sich einfach nur ein bisschen hin.« Eine Träne rollte über Jannas Wange und fiel auf ihr T-Shirt.

Doro legte ihre Hand auf Jannas Linke und drückte sie. »Das ist doch kein Grund zu weinen. Eher im Gegenteil. Mo wird sich bestimmt freuen.«

»Aber …«

»Was aber?«

»Ein Kind zu bekommen passt mir jetzt gar nicht in den Kram. Ich meine … Mo und ich sind noch nicht so lange ein Paar. Gerade mal ein knappes Jahr. Wir haben bisher nie darüber gesprochen, ob wir zusammenbleiben und irgendwann Kinder haben wollen. Was ist, wenn es zwischen uns nicht auf Dauer klappt? Und dann diese winzige Bude, in der es nicht einmal ein richtiges Kinderzimmer gibt. Hast du eigentlich eine Ahnung, wie schwer es ist, hier auf Sylt eine bezahlbare Wohnung zu finden? Und was soll mit der Malerei werden? Gerade jetzt, wo es damit richtig ins Laufen kommt und ich den Terminkalender voller Kurse habe. Mit einem Baby geht das alles nicht.«

»So ein Zwerg würfelt das gesamte Leben durcheinander und stellt alles auf den Kopf, das stimmt. Besonders, wenn man nicht damit gerechnet hat. Kein Wunder, wenn man dann Angst hat, das alles nicht zu schaffen.«

Janna nickte nur und wischte sich eine weitere Träne von der Wange.

Doro richtete sich ein wenig auf und nahm ihre Freundin in den Arm. »Jetzt lass mich dir mal sagen, wie ich die Sache sehe. Mo und du, ihr zwei passt zusammen wie Topf und Deckel, und ich bin davon überzeugt, dass ihr wundervolle Eltern werdet. Es ist völlig egal, ob ihr nun seit ein paar Wochen oder ein paar Jahren ein Paar seid«, sagte sie. »Deine Oma und Claire werden sich so sehr darum reißen, babysitten zu dürfen, dass du froh sein wirst, wenn du den Zwerg überhaupt mal zu Gesicht bekommst. Was die Wohnung angeht: Dem Baby ist es völlig schnuppe, wie groß das Kinderzimmer ist, jedenfalls, bis es in die Schule kommt, und das ist noch lange Zeit hin. Sich Sorgen zu machen und zu glauben, dass man das alles nicht schafft, ist völlig normal, glaub mir. Das ging beinahe allen Frauen so, die ich je im Vorbereitungskurs hatte, und sie haben es alle geschafft.« Sie schob Janna auf Armeslänge von sich und sah ihr in die Augen. »Und wenn du das Kind wirklich nicht bekommen willst, wäre das jetzt noch früh genug.«

»Eine Abtreibung?« Jannas Augen weiteten sich, und sie schüttelte entschieden den Kopf. »Ich glaube nicht, dass ich das könnte. Selbst, wenn Mo sich aus dem Staub machen würde, wenn er erfährt, dass er Vater wird, würde ich das nicht tun. Andere Frauen sind auch alleinerziehend und bekommen es hin.«

»Meine Mutter zum Beispiel … Jedenfalls, bevor sie Björn geheiratet hat. Und ich bin doch eigentlich ganz gut geraten.« Doro zwinkerte ihr zu, dann stand sie auf und hielt Janna die

Hand hin, um sie aus dem Sessel hochzuziehen. »Ehe wir hier dein Leben komplett neu verplanen, sollten wir aber erst mal sichergehen, dass du wirklich schwanger bist. Lass uns die letzten beiden Zimmer fertig putzen, dann fahren wir in die nächste Apotheke und holen einen Schwangerschaftstest.«

Mo war nicht da, als sie eine Stunde später in die Wohnung zurückkamen. Auf dem Küchentisch fanden sie einen großen Zettel:

*Bin nach Westerland gefahren und kaufe Gosch leer.*
*Heute Abend gibt es Räucherfisch bis zum Abwinken.*
*Gruß (für Dorothee) und Kuss (für Janna)!*
*Mo*

»Prima«, sagte Doro. »Das ist die Gelegenheit. Ab ins Bad mit dir.« Sie zog die Schachtel mit dem Schwangerschaftstest aus der Handtasche und gab sie an Janna weiter, die in der Apotheke darauf bestanden hatte, dass Doro den Test einsteckte.

»Nicht, dass Mo das Ding noch sieht«, hatte sie gesagt. Sie wollte erst mit ihm sprechen, wenn das Ergebnis des Tests feststand.

Janna verdrehte die Augen. »Die Stunde der Wahrheit!«

»Eher die drei Minuten bis zur Wahrheit«, erwiderte Doro und grinste. »Viel Erfolg.«

Während Janna im Badezimmer verschwand, schlenderte Doro durch den schmalen Flur und sah sich die Aquarelle an den Wänden an. Kaum hatte die Spülung gerauscht, öffnete Janna die Tür und zog Doro mit ins Badezimmer. Sie reichte den Tester an Doro weiter. »Sei so gut und guck du«, sagte sie. »Ich mag gar nicht hinsehen!«

»Als ob das nun etwas ändern würde.« Doro trat ans Fenster, um besser sehen zu können.

Janna klappte den Toilettendeckel hinunter und setzte sich. »Schwanger oder nicht, ich hab ganz weiche Knie«, sagte sie.

Es dauerte nur ein paar Sekunden, bis sich im Fenster des Tests neben dem Kontrollstreifen ein zweiter Streifen abzuzeichnen begann. Doro wartete, bis er deutlich zu sehen war, dann drehte sie sich zu Janna um, die sie erwartungsvoll ansah. »Herzlichen Glückwünsch! Der Test ist aber so was von positiv!«, sagte sie und reichte das Plastikröhrchen an Janna weiter.

»Danke«, sagte Janna leise. Sie nahm den Test entgegen und betrachtete ihn einen Moment lang nachdenklich. »Ich bin wirklich froh, dass du hier bist, Döwe«, sagte sie dann. »In so einem Moment merkt man erst, wie wichtig es ist, eine Freundin zu haben.«

Für eine Sekunde war Doro sprachlos. Sie wollte sagen, dass sie genauso empfand und glücklich war, Janna wiedergefunden zu haben, aber sie brachte es nicht heraus. Verlegen winkte sie ab, doch noch ehe sie etwas erwidern konnte, hörte sie die Wohnungstür zuschlagen und Mos tiefe Stimme, die »Ich bin wieder da« rief. »Und ich bin schwer mit den Schätzen des Orients beladen. Haben wir überhaupt Platz im Kühlschrank?« Aus der Küche war Geklapper zu hören.

Janna sah zu Doro hoch und lächelte schief. »Und jetzt kommt das Schwerste. Ich gebe zu, ich habe ein bisschen Bammel vor Mos Reaktion«, sagte sie leise.

»Er wird sich einfach nur freuen, davon bin ich fest überzeugt. Und du wirst dich fragen, warum du dir überhaupt Sorgen gemacht hast.« Doro ging zur Tür und legte die Hand auf die Klinke. »Ich werde jetzt mal einen schönen langen Spaziergang machen, damit ihr Zeit habt, zu reden. Vielleicht gönne ich mir einen Cappuccino und ein großes Stück Sahnetorte. Das habe ich mir jetzt redlich verdient.«

Ein strahlendblauer Himmel wölbte sich über der Insel, sodass Doro sich entschlossen hatte, sich vor dem Café ein paar Straßen weiter in die Sonne zu setzen. Es war so warm, dass sie auf die Fleecedecke, die über ihrem Stuhl gelegen hatte, verzichtete. Nachdem sie ein Stück Friesentorte verdrückt hatte, zog sie ihr Handy aus der Tasche, um auf die Uhr zu sehen.

Erst eine Stunde war vergangen, seit sie die Wohnung von Mo und Janna verlassen hatte. Mo war erstaunt gewesen, dass Doro auf eigene Faust die Umgebung erkunden wollte und vorschlug, den Plan, zu dritt nach Hörnum zu fahren, auf einen der nächsten Tage zu verschieben. »Ganz wie ihr meint, Ladies«, meinte er achselzuckend. »Aber bei der Räucherfischorgie heute Abend bleibt es doch, oder?«

Doro hatte versprochen, pünktlich zum Essen zurück zu sein, hatte sich ihre Wetterjacke geschnappt und die Wohnung im Eiltempo verlassen.

Eine Stunde war nicht annähernd genug für Mo und Janna, um alles zu besprechen, was es zu besprechen gab, dachte Doro und ärgerte sich ein wenig, dass sie kein Buch mitgenommen hatte, um sich die Wartezeit zu verkürzen.

Dann mache ich jetzt eben einen schönen einsamen Strandspaziergang, dachte sie. Wozu bin ich schließlich auf der Insel?

Sie fragte die Kellnerin, bei der sie bezahlte, nach dem Weg zum Strand.

»Einfach dieser Straße bis zum Bahnhof folgen«, sagte die Bedienung und deutete auf die Straße, an der das Café lag. »Dann links abbiegen und gleich die erste wieder rechts, dann laufen Sie mehr oder weniger direkt auf das Watt zu. Ist eigentlich ganz leicht zu finden.«

»Ihr Wort in Gottes Ohr«, sagte Doro, gab der Kellnerin ein für ihre Verhältnisse fürstliches Trinkgeld und machte sich auf den Weg.

Obwohl sie der Meinung war, der Beschreibung der Kellnerin genau zu folgen, war auch nach einer halben Stunde noch immer kein Strand in Sicht. Die Straße, der sie folgte, war schmal und wurde immer schmaler, bis Doro schließlich auf einem Schotterweg landete. Weit und breit war kein anderer Spaziergänger zu sehen. Schließlich blieb Doro stehen und schaute sich um. Nichts als mit Ginster und Strandhafer bewachsene Dünen um sie herum.

»Na prima«, sagte sie halblaut zu sich selbst. »So eine kleine Insel, und ich verlaufe mich darauf. Das kann wirklich auch nur mir passieren.«

Sie hatte schon immer die Menschen bewundert, die man irgendwo in der Walachei aussetzen konnte und die doch immer so sicher ihren Weg zurückfanden, als hätten sie einen Kompass verschluckt. Ihr eigener Orientierungssinn hingegen glänzte durch Abwesenheit.

Dann wird das eben ein längerer Spaziergang, dachte sie und folgte weiter dem Schotterweg. Schließlich kam sie zu einem Parkplatz, von dem eine Straße wegführte, und entschloss sich, dieser zu folgen, um wieder in die Zivilisation zu gelangen. Als endlich ein gelbes Hinweisschild in Sicht kam, seufzte sie erleichtert. Morsum, drei Kilometer, stand darauf.

Wie gut, dass Janna und Mo das nicht mitbekommen haben, dachte sie. Einmal rund um den Ort gelaufen und den Strand verfehlt. Wie peinlich ist das denn?

Sie folgte dem Hinweisschild. Links und rechts der Fahrbahn standen windschiefe Alleebäume, und ein Stückchen weiter führte eine lange Auffahrt zu einem Gehöft inmitten von Wiesen. Auf einer von ihnen grasten zwei Friesenpferde, die ihr sehr bekannt vorkamen.

Doro steckte Daumen und Zeigefinger der rechten Hand in den Mund und stieß einen schrillen Pfiff aus. Sofort hoben beide

Pferde die Köpfe und trotteten näher. Aber nicht nur Püppi und Tarzan hatten Doro bemerkt. Am Gatter zu ihrer Weide lehnten zwei Männer, unterbrachen ihren Klönschnack und sahen zu ihr herüber. Der kleinere von ihnen winkte ihr zu.

»Hallo, Doro!«, rief Achim. »Was machst du denn hier so ganz allein?«

Doro bog in die Einfahrt ein und lief auf die beiden zu. »Einen Spaziergang. Eigentlich wollte ich zum Strand runter, aber ich muss wohl irgendwo falsch abgebogen sein«, antwortete sie grinsend. »Macht aber nichts, so habe ich wenigstens die Friesentorte wieder abtrainiert.«

»Friesentorte, hm? Dann kann ich dich bestimmt nicht damit locken, oder?« Achim deutete auf die Bierflasche, die er in der Hand hielt. »Quasi als Gegengift gegen das süße Zeug.«

»Bier am frühen Nachmittag? Das ist eigentlich nicht so mein Ding. Aber was soll's, ich hab ja Urlaub!« Sie zuckte mit den Achseln und lachte.

Achim bückte sich und holte zwei weitere Flaschen aus dem Sechserträger, der zu seinen Füßen stand, öffnete sie und reichte eine an Doro weiter. »Auf den edlen Spender!«, sagte er und prostete dem zweiten Mann zu. Der hochgewachsene Enddreißiger, dessen dunkler Haarschopf an den Schläfen bereits ergraute, nickte ihm grinsend zu. »Wohl bekomm's«, sagte er. »Sag mal, Achim, willst du mich nicht vorstellen?«

»Das ist Dorothee, eine Schulfreundin von Janna. Dorothee, das ist Viktor Mertens, ein sehr alter Freund von mir und gleichzeitig unser Tierarzt. Wenn er mit seiner Tour durch ist, kommt er gern auf einen Sprung vorbei, um zu schauen, wie es Püppi und Tarzan geht, bringt ein Bier mit und wir tratschen ein bisschen. Normalerweise ist er nie um einen guten Rat verlegen, aber er hat leider auch keine Idee, wie ich meinem Vater beibringen soll, dass wir den Hof verlieren werden.«

»Immer mal langsam«, sagte Viktor. »So weit ist es doch noch gar nicht. Erst mal …« Er hielt inne und warf Doro einen schnellen Seitenblick zu. »Sie weiß Bescheid?«, fragte er dann.

Achim nahm einen Schluck aus seiner Bierflasche und nickte nur.

»Also gut. Du hast vorhin gesagt, dass nächsten Monat ungefähr zwanzigtausend Euro fällig sind und du keine Ahnung hast, wie du die aufbringen sollst. Was sagt denn die Bank? Kannst du das noch stunden, bis die Galloway-Kälber so weit sind, verkauft zu werden?«, fragte Viktor.

»Sieht nicht so aus.«

»Hast du gefragt?«, bohrte Viktor weiter.

»Nein, habe ich nicht. Das ist alles sowieso zwecklos. Ich hatte vor dem Gespräch in der Bank keine Ahnung, wie schlecht es um den Hof steht. Als Mo mir die Aufstellung unter die Nase gehalten hat, bin ich aus allen Wolken gefallen. Mein Vater hat nie auch nur mit einem Wort erwähnt, wie verschuldet der Hof ist. Das geht schon seit etlichen Jahren so. Wenn Papa nicht mehr weiterwusste, hat er eine neue Hypothek aufgenommen und maximal die Zinsen zurückgezahlt. Und jetzt ist eben das Ende der Fahnenstange erreicht.«

»Und wenn du die Mutterkühe verkaufst?«

Achim zuckte hilflos mit den Schultern. »Sei mal realistisch, Viktor. Die bringen doch keine zwanzigtausend Euro. Außerdem hieße das, ein Loch aufzureißen, um ein anderes zu stopfen. Schlimmer! Die Mutterkühe sind die Substanz, von der wir leben. Hinzu kommt, dass wir in diesem Sommer nur eine einzige Ferienwohnung vermieten können. In der anderen wohnt Wioletta, Papas Pflegekraft. Wieder Geld, das uns fehlt. Aber wenn ich sie entlasse, dann kann ich nicht in der Surfschule arbeiten. Es ist einfach zum Verzweifeln.« Achim fuhr sich mit der Hand durch die Haare.

Seine grenzenlose Hilflosigkeit ließ eine Welle von Mitleid in Doro aufsteigen. Er sah so sehr nach einem verzweifelten Jungen aus, dass sie ihn am liebsten in den Arm genommen und getröstet hätte. Der Impuls verschwand so schnell, wie er gekommen war, und machte ihrem praktischen Sinn Platz. Auch wenn für einen Sekundenbruchteil die Frage in ihr aufblitzte, ob sie sich überhaupt einmischen durfte, räusperte sie sich.

»Einer Bank ist es in der Regel wesentlich lieber, einen Schuldner zu behalten, als etwas zwangszuversteigern«, sagte sie. »Jedenfalls sagt meine Mutter das immer, und die ist bei einem Rechtsanwalt angestellt, der hauptsächlich als Konkursverwalter arbeitet. Wenn man denen einen Teil der Summe anbieten kann, sehen die, dass man nicht aufgegeben hat, und sind eher zu Verhandlungen bereit. Der Spatz in der Hand statt die Taube auf dem Dach sozusagen.«

Die beiden Männer sahen sie erstaunt an, und Doro spürte, wie ihr dabei das Blut ins Gesicht stieg.

»Um wie viele Kühe geht es denn, und wie viel würden die beim Verkauf in etwa bringen?«, fuhr sie fort.

»Wir haben zwölf Muttertiere«, antwortete Achim. »Vielleicht zwölftausend, wenn es hochkommt, vierzehntausend Euro.«

»Okay, das ist doch schon mal mehr als die Hälfte.« Doro rieb sich nachdenklich die Stirn. »Gibt es sonst noch was, was man verkaufen könnte? Irgendwelche Maschinen vielleicht, oder …«

»Papas Trecker ist so alt, dass er eigentlich ins Museum gehört. Dafür kann man kein Geld verlangen«, meinte Achim. »Das Einzige, was man verkaufen könnte, ist das Weideland, aber das ist so hoch belastet, dass es der Bank eigentlich schon gehört.«

»Aber vielleicht kannst du es verpachten?«, warf Viktor

ein. »Bringt zwar nicht viel, aber wenigstens ein paar Hundert Euro.«

»Das ist alles nur ein Tropfen auf den heißen Stein und wird den Hof, so wie er jetzt ist, nicht retten«, sagte Achim. »Ich fürchte, es ist alles zwecklos.«

Eine Weile schwiegen alle drei.

»So wie er jetzt ist …«, murmelte Doro und sah zu den beiden Pferden hinüber, die nebeneinander auf der Weide grasten. »Dann musst du eben den Hof ändern.«

»Den Hof ändern?«

»Ja. Ein neues Konzept finden. Etwas anderes machen. Was ganz Neues … Etwas, das Geld bringt.« Doro drehte sich zu Achim um. »Sag mal, Janna zahlt doch dafür, dass sie Püppi bei dir untergebracht hat, nicht wahr?«

»Nicht Janna, sondern Hans Nissen, der ehemalige Besitzer. Aber im Prinzip hast du recht. Sie zahlt dafür.«

Nachdenklich tippte sie sich mit dem Zeigefinger an die Oberlippe. »Und wenn du die Kühe nicht mehr hast, hast du doch den leeren Stall, oder? Kann man da nicht auch Pferde drin unterbringen? Da ist doch genug Platz für mindestens zehn oder zwölf.«

»Pensionspferde?«, fragte Viktor. »Keine schlechte Idee!«

»Doch eine schlechte Idee.« Achim zog die Stirn kraus. »Wir haben nur die beiden Boxen für Püppi und Tarzan. Das wird schon eng genug, wenn Püppi gefohlt hat. Wenn wir mehr Pferde unterbringen wollten, müssten wir den Stall komplett umbauen. Woher sollen wir das Geld dafür nehmen? Die Bank wird uns keines geben, so viel ist sicher.« Er seufzte. »Egal, wie ich es drehe und wende, ich fürchte, das ist das Ende für den Büsing-Hof. Und ich habe keine Ahnung, wie ich das meinem Vater beibringen soll.«

Er hob die Bierflasche an die Lippen, trank den Rest in

einem Zug leer und warf einen Blick auf seine Armbanduhr. »Tut mir leid, wenn ich euch jetzt unhöflicherweise allein lassen muss«, sagte er dann. »Ich habe Wioletta versprochen, ihr dabei zu helfen, Papa unter die Dusche zu stellen, bevor ich zur Surfschule fahre. Macht's gut.« Damit drehte er sich um und ging zum Haus zurück.

Doro und Viktor sahen ihm nach, bis er hinter der Dielentür verschwunden war.

»Der gibt aber schnell auf.« Doro zog skeptisch eine Augenbraue in die Höhe. »Es gibt doch immer Möglichkeiten.«

Viktor wandte sich ihr zu und musterte sie. »Schon. Aber wenn man schon einmal einen Traum aufgeben musste, fällt es einem beim zweiten Mal vermutlich leichter«, sagte er. »Im letzten Jahr hat Achim seine Karriere als Surfer an den Nagel hängen müssen, als sein Vater den Schlaganfall hatte. Und jetzt noch den Hof verlieren? Das ist echt bitter.« Der Tierarzt lächelte. »Soll ich Sie vielleicht ein Stück mitnehmen?«, fragte er.

Doro strahlte ihn an. »Das wäre wirklich nett! So langsam merke ich meine Füße.«

Schweigend gingen sie zu Viktors Geländewagen, der vor dem Stall parkte, und stiegen ein.

»Das mit den Pensionspferden ist eine wirklich gute Idee«, meinte Viktor, als sie die Auffahrt hinter sich gelassen hatten. »Der Bedarf ist da. Es gibt eine ganze Menge Touristen, die ihre Pferde mit auf die Insel bringen möchten und auf der Suche nach einem guten Platz für ihre Lieblinge sind. Und dann sind da natürlich noch die Poloturniere in Keitum. Ich werde mich mal umhören, ob noch jemand Platz für seine Turnierpferde braucht.«

»Ha«, rief Doro. »Sag ich doch.« Sie sah ihn von der Seite an und grinste.

Auch Viktor warf ihr einen schnellen Blick zu und lächelte.

»Wenn Sie es nicht für einen billigen Annäherungsversuch halten, würden Sie mir dann Ihre Handynummer geben? Dann halte ich Sie auf dem Laufenden. Schließlich war es ja Ihre Idee.«

»Natürlich, sonst wird das mit dem Bescheidgeben doch eher schwierig.« Sie lachte und deutete nach vorn aus dem Fenster. »Da drüben rechts abbiegen, und vor der Bäckerei können Sie mich rauslassen, bitte.«

Sie kramte in ihrer Jackentasche nach einem Stift und kritzelte ihre Handynummer auf einen Kassenzettel, den sie an Viktor weitergab. »Bitte schön«, sagte sie.

Viktor nahm den Zettel entgegen, faltete ihn zusammen und steckte ihn in die Brusttasche seines Hemdes. Ein breites Lächeln brachte seine Augen zum Leuchten. »Gemeinsam werden wir das Kind schon schaukeln, denke ich. Das wäre doch gelacht!«

Doro streckte ihm die Rechte entgegen. »Vielen Dank fürs Mitnehmen, Dr. Mertens.«

Sein Lachen war warm und dunkel. »Keine Ursache. Und tun Sie mir bitte einen Gefallen. Nennen Sie mich Viktor.«

Obwohl sie einen Schlüssel mitgenommen hatte, drückte Doro auf den Klingelknopf, an dem unter dem Messingschild mit dem Namen Mosbach ein zweites mit dem Namen Janna Neumann angebracht war. Es dauerte nur Sekunden, bis die Tür geöffnet und Doro in den kleinen Flur gezogen wurde. Janna fiel ihr um den Hals und drückte sie an sich.

»Nun erwürg sie mal nicht«, sagte Mo, der mit zwei gefüllten Sektgläsern in der Hand aus der Küche kam, von denen er eines an Doro weitergab. »Guck nicht so, du kriegst nichts«, sagte er streng zu Janna. »Das Lotterleben ist vorbei. Wir müssen jetzt an Mini-Mo denken.«

Dann baute er sich zu seiner ganzen Größe vor Doro auf.

»Du bist mir eine«, sagte er mit vorwurfsvollem Unterton. »Mir meine schöne Überraschung zu versauen.«

»Ich?«

»Ja, du!« Mo schüttelte traurig den Kopf. »Alles hatte ich wochenlang vorbereitet, und nun musste ich den ganzen schönen Plan über den Haufen werfen. Samt Rosenblättern und Herz aus Teelichtern in der Dämmerung zwischen den Dünen.«

»Ich versteh nur Bahnhof«, sagte Doro.

»Mo hat mich gefragt, ob ich ihn heirate!« Janna lachte und weinte gleichzeitig. »Das wollte er eigentlich an unserem Jahrestag machen, aber …«

»… nun musste ich das natürlich aus gegebenem Anlass vorziehen. Jetzt ist es zwar nicht ganz so romantisch geworden, aber wen kümmern schon Kerzen und Rosenblätter, wenn man Vater wird.« Er beugte sich vor und küsste Doro auf die Wange. »Und du, meine liebe Doro, wirst unsere Trauzeugin.«

# Sieben

Am folgenden Tag, dem Sonntag, gab es eine improvisierte Feier im Frühstücksraum der *Friesenrose*. Ungefähr zwanzig Personen, darunter auch Viktor, Achim und Enno, fanden sich zu Kaffee und Kuchen ein, und alle Anwesenden schienen sehr gespannt zu sein, um welche wichtige Mitteilung es sich handeln mochte, die Mo in der telefonischen Einladung angekündigt hatte.

»Wollen wir es nicht wenigstens Oma und deiner Mutter sagen?«, hatte Janna am Vorabend gefragt, aber Mo hatte den Kopf geschüttelt. »Auf deren Gesicht freue ich mich doch am allermeisten!«

Nachdem der erste Hunger gestillt und die erste Tasse Tee getrunken war, klopfte Mo mit dem Löffel gegen seine Tasse, und er und Janna erhoben sich.

»Was wollen wir wetten, die beiden werden heiraten«, flüsterte Viktor, der neben Doro saß, in ihre Richtung. Sie zuckte mit den Schultern, und legte mit einem Lächeln den Finger an die Lippen und deutete nach vorn.

Mo legte einen Arm um Jannas Schultern und räusperte sich, ehe er begann.

»Wie ihr alle wisst, bin ich kein Mann der großen Worte«, sagte er. Hinter Doro lachte jemand und wurde von Mo mit einem strafenden Blick bedacht. »Stimmt wirklich!«, sagte er. »Und gestern ist nun was passiert, was mich richtig sprachlos gemacht hat. Janna hat mir gesagt, dass sich in unserem Leben etwas ganz Entscheidendes ändern wird. Es war zwar nicht geplant, aber unverhofft kommt oft, wie Johanne immer zu sagen pflegt. Und da habe ich …«

»Kurz gesagt, ich bin schwanger«, unterbrach Janna seinen Redeschwall. »Und Mo hat mir einen Heiratsantrag gemacht! Wir werden im Sommer heiraten.«

Eine Sekunde lang herrschte Stille, ehe die ersten Anwesenden begannen zu klatschen. Am Tisch hinter Doro, an dem die Feuerwehrleute saßen, pfiff jemand auf zwei Fingern.

»Was?«, rief Johanne in den aufbrausenden Beifall. »Ein Baby? Das ist ja wundervoll!« Sie sprang auf und zog Janna in ihre Arme. Als sie sich wieder umdrehte, wischte sie sich ein paar Tränen aus den Augen und lachte. »Und ausgerechnet, wo wir nur eine einzige Kiste Sekt im Keller haben. So was Dummes aber auch! Womit sollen wir denn jetzt anstoßen?«

»Wird schon reichen, sonst feiern wir eben mit Bier weiter. Das ist den meisten sowieso lieber«, meinte Claire trocken und erhob sich ebenfalls. »Ich hol den Sekt und du die Gläser.«

Als die beiden Frauen hinausgegangen waren, erhoben sich etliche der etwa zwanzig Anwesenden von ihren Plätzen und gingen ebenfalls zu Janna und Mo hinüber, um zu gratulieren.

»Habe ich doch gesagt«, hörte Doro Viktor neben sich sagen. Sie drehte sich zu ihm um und sah, dass Viktor zufrieden grinste wie ein Kater im Milchgeschäft. »Kommt zwar etwas früher als gedacht, aber für mich nicht überraschend.«

»Waren Sie in Mos Pläne eingeweiht?«

Viktor nickte. »Ich gehörte sozusagen zum Planungskomitee für seinen Heiratsantrag. Wir sind schon seit einer Ewigkeit gute Freunde. Seine und meine Eltern waren früher Nachbarn, müssen Sie wissen.« Er beugte sich ein wenig zu ihr hinüber. »Da wir jetzt wissen, dass wir gemeinsame gute Freunde haben, sollten wir das förmliche Sie wohl endlich über Bord werfen, oder?«

Für den Bruchteil einer Sekunde nahm sie der Blick seiner dunklen Augen gefangen, dann riss sie sich los und streckte ihm die Rechte entgegen. »Ich heiße Doro«, sagte sie.

Er ergriff ihre Hand und hielt sie einen Moment lang fest. »Das weiß ich ja inzwischen«, sagte er. »Und alles Weitere interessiert mich brennend.«

Doro fühlte, dass ihr das Blut in die Wangen schoss, und wusste im ersten Moment nicht, was sie auf diesen sehr offensichtlichen Flirtversuch antworten sollte. Zum Glück kamen Johanne und Claire gerade in den Frühstücksraum zurück, sodass niemand etwas davon zu bemerken schien.

Gefüllte Sektgläser wurden verteilt, alle prosteten dem Brautpaar zu, und Mo rief schließlich: »Nun lasst den Apfelkuchen nicht trocken werden, der ist immerhin aus Neeles Backofen. Danke der edlen Spenderin!« Er warf eine Kusshand in Richtung der Feuerwehrleute, rieb sich die Hände und angelte ein großes Stück vom Kuchenteller herunter.

Es hatte etwas von einer Kaffeerunde in einer Großfamilie, und Doro musste zugeben, dass sie sich im Kreis von Jannas und Mos Freunden und ihrer Familie so wohl und aufgenommen fühlte, wie sie es bei ihrer eigenen Familie nie empfunden hatte. Es wurde viel gelacht, Döntjes erzählt und herumgefrotzelt, und sie fühlte sich pudelwohl dabei. Plötzlich bedauerte sie, dass sie nicht länger hierbleiben konnte. Nur noch eine einzige Woche, und sie wäre wieder in Düsseldorf in Mamas enger Wohnung. Zurück in ihrem Alltag aus Bewerbungen und Absagen und der Frage, ob sie ihren Traum von einer eigenen Hebammenpraxis endgültig an den Nagel hängen musste.

Seufzend erhob sie sich, griff nach den leeren Thermoskannen auf dem Tisch und ging in die Küche, um sie aufzufüllen. Claire und Johanne waren damit beschäftigt, Kaffee und Tee zu kochen, und unterhielten sich dabei. Bei ihnen war noch eine weitere ältere Frau um die sechzig, die Doro nicht kannte. Sie lehnte am Kühlschrank, ein Wasserglas in der Hand, und hielt mitten im Satz inne, als Doro hereinkam.

»Sie müssen die Freundin sein, von der Janna erzählt hat. Die Hebamme, die gerade bei den beiden zu Besuch ist, nicht wahr?« Sie streckte Doro die Hand entgegen. »Mosbach ist mein Name, Gertrud Mosbach, ich bin Rüdigers Mutter.« Ohne eine Antwort abzuwarten, redete sie weiter. »Sie waren doch sicher in die ganze Sache eingeweiht, oder? Ich sagte gerade schon zu Jannas Großmutter, dass die beiden ruhig eher was hätten sagen können. Und dann diese Sache mit der Hochzeit. Finden Sie das nicht auch überstürzt? So was macht man doch heute eigentlich gar nicht mehr. Man muss doch nicht heiraten, nur weil ein Kind unterwegs ist, das gehört doch nun wirklich der Vergangenheit an.« Mos Mutter schürzte missbilligend die Lippen und schüttelte den Kopf. »Nun sag doch auch mal was dazu, Johanne.«

»Das müssen die beiden doch selber wissen!«, antwortete Johanne fest und verschränkte die Arme. »Ich werde den Teufel tun, mich da einzumischen.«

»Diese überstürzte Hochzeit wirft meine komplette Planung durcheinander. Was hatte Rüdiger noch mal gesagt, wann wollen sie zum Standesamt? Im Juni? Das passt mir gar nicht! Ich habe schon seit einer Ewigkeit mit meinen Freundinnen verabredet, wir wollen von Mai bis September nach Madeira fliegen, wie in jedem Jahr. Jetzt werde ich allen absagen müssen. Schöner Mist ist das.« Frau Mosbach kramte in der Seitentasche ihrer Kostümjacke und zog ein Handy in einer glitzernden Schutzhülle heraus, auf dem sie wild herumzutippen begann.

Aus den Augenwinkeln sah Doro, dass Claire sich ein Grinsen verkneifen musste, während Johanne mit den Augen rollte. Frau Mosbach schien nichts zu bemerken. Sie hielt sich das

Handy ans Ohr. »Hallo? Sabine?«, rief sie. »Ich bin's, Gertrud. Nun stell dir mal vor, was passiert ist. Rüdiger will heiraten! Ja … ja … im Juni … Unser schöner Urlaub auf …« Jetzt erst fiel ihr auf, dass die anderen Frauen im Raum ihr zuhörten. Frau Mosbach nickte ihnen knapp zu und eilte hinaus, das Handy noch am Ohr.

Entgeistert sah Doro ihr hinterher. »Was war das denn?«

»Das war Gertrud Mosbach, wie sie leibt und lebt. Da änderst du nichts dran, die hat sich schon immer für was Besseres gehalten«, sagte Johanne kopfschüttelnd. »Zum Glück ist so ein Dachschaden weder ansteckend noch erblich. Wie hätte sie sonst so einen netten Kerl zum Sohn kriegen können?«

»Zum Kinderkriegen gehören ja bekanntlich zwei«, sagte Claire. »Vermutlich hat Mo das Wesen vom Vater geerbt.«

»Den kannte ich nicht sehr gut, der war nicht von der Insel«, sagte Johanne. »War eigentlich eher ein ruhiger Vertreter, wenn ich mich richtig erinnere. Er ist früh gestorben, da war Mo erst fünf oder sechs.«

»Wundert mich nicht, bei der Frau!«, meinte Claire trocken. »Vermutlich hat er jeden Lebensmut verloren und aufgegeben.«

Alle drei Frauen lachten.

»Und du wolltest Tee nachschenken?«, fragte Johanne Doro, als sie sich wieder beruhigt hatten. »Das ist lieb von dir, dass du hilfst, Deern. Nimm mal die Kannen, die auf dem Tisch stehen, die sind schon fertig. Mit den anderen kommen wir gleich nach.«

Als Doro in den Frühstücksraum zurückkehrte, stellte sie fest, dass ihr Platz inzwischen besetzt war. Achim hatte sich neben Viktor gesetzt und sprang auf, als sie hereinkam.

»Bleib ruhig sitzen«, sagte sie lachend. »Ich hol mir einen Stuhl dazu, wenn ihr nichts dagegen habt.«

Sie verteilte die Thermoskannen auf den Tischen, dann griff

sie nach einem leeren Stuhl und stellte ihn zwischen Achim und Viktor ans Kopfende des Tisches.

»Deinem Papa geht es heute aber gut, was?« Sie setzte sich und schaute zum Tisch hinüber, an dem Enno saß, der sich gerade angeregt mit Janna und Mo zu unterhalten schien. Nur die schlaffe Muskulatur in der linken Gesichtshälfte war ein deutliches Anzeichen dafür, dass er einen Schlaganfall gehabt hatte.

Achim nickte. »Ja, heute ist ein guter Tag.« Er blickte auf seine Hände hinunter, die gefaltet auf dem Tisch lagen, und seufzte vernehmlich. »Aber ich mag mir nicht vorstellen, wie es ihm geht, wenn er erfährt, dass die Kühe verkauft werden.«

Viktors Augen blitzten auf. »Hey, sag bloß, das hat geklappt!«

Achim sah hoch, und ein schmales Lächeln umspielte seine Lippen. »Ja, hat es. Danke für die Vermittlung, Viktor.«

Verständnislos schaute Doro von einem zum anderen. »Könnte mich bitte mal jemand aufklären?«

»Ich hab mit einem der Keitumer Bauern telefoniert, einem sehr guten Kunden von mir. Dem hab ich die ganze Misere geschildert, und er hatte mir versprochen, bei Achim vorbeizufahren, um sich die Tiere mal anzusehen«, sagte Viktor.

»Und der wird mir die Kühe und Kälber abkaufen«, ergänzte Achim mit gedämpfter Stimme und warf dabei einen Blick zu seinem Vater am Nebentisch hinüber. »Zu einem wirklich fairen Preis übrigens.«

Viktor nickte. »Das dachte ich mir. Man sollte die hiesige Bauernschaft nicht unterschätzen. Sind zwar alles Geschäftsleute, aber die allermeisten haben ein großes Herz und helfen gern, wenn es um einen der Ihren geht. Dein Vater ist ein guter Nachbar, und für Benno war es eine Selbstverständlichkeit, euch aus der Patsche zu helfen.«

»Aus der Patsche bringt uns der Verkauf der Kühe zwar nicht, aber es verschafft mir immerhin ein bisschen Luft bei der

Bank«, sagte Achim. »Trotzdem muss eine andere Einnahmequelle her, wenn ich den Hof über den nächsten Winter bringen will.«

Eine Weile schwiegen alle drei. Doro trommelte leise mit den Fingern auf der Tischplatte.

»Was ist denn mit dem Plan, Pensionspferde aufzunehmen?«, fragte sie schließlich. »Gibt es da was Neues?«

»Bislang leider nicht«, sagte Viktor. »Ich habe mich bis jetzt nur hinter den Verkauf der Kühe geklemmt, aber ich werde mich im Laufe der Woche mal bei den Pferdehaltern umhören.«

»Das ist nett von dir«, sagte Achim. »Aber ich sehe nicht, wie das funktionieren soll. Wir haben einfach nicht genug Boxen im Stall. Und Pensionspferde nachts auf den Weiden zu lassen? Das werden die Besitzer nicht mitmachen, fürchte ich.«

Viktor verzog das Gesicht und rieb sich nachdenklich die Stirn. »Möglich. Jedenfalls die Halter von Polopferden nicht.« Sein Gesicht hellte sich auf, als er sich zurücklehnte. »Trotzdem halte ich das im Prinzip für einen guten Plan, der sich langfristig rechnen könnte. Wir müssen nur schauen, woher wir das Geld kriegen, den Stall und den Rinderunterstand umzubauen. Ich werde mal meine Kontakte spielen lassen. Ein oder zwei Ideen habe ich schon, wen man mal fragen könnte, ob er Geld investiert. Lass mich mal machen.«

Als Doro dem Tierarzt einen dankbaren Blick zuwarf, stellte sie fest, dass sich in seinen Augenwinkeln kleine Fältchen bildeten, wenn er lächelte, so wie jetzt. Trotz der grauen Schläfen sah er geradezu unverschämt gut aus. Sie räusperte sich und wandte sich Achim zu.

»Hast du dir schon Gedanken gemacht, wie du deinem Vater schonend beibringen kannst, dass die Kühe verkauft werden?«

Achim presste die Lippen zusammen. »Nein, keine Ahnung. Zum Glück hat es noch ein bisschen Zeit, weil Benno die Kühe gern noch für ein paar Wochen bei uns auf der Weide lassen möchte.«

Doro warf einen schnellen Blick zu dem alten Herrn hinüber. »Aber es vor dir herzuschieben ist doch auch keine Lösung«, sagte sie vorsichtig. »Wenn er es dann herausbekommt, kommt er sich hintergangen vor.«

»Das ist sicher alles richtig«, sagte Achim. »Ich will es auch nicht auf die lange Bank schieben, aber nächsten Mittwoch fährt Wioletta für zwei Wochen nach Polen. Das wird sowieso schlimm genug, weil dann nur morgens und abends eine Pflegekraft kommt und ich den Rest der Zeit allein mit ihm bin. Und ausgerechnet dann geht die Vorsaison los, und ich habe den Terminkalender voller Unterrichtsstunden. Wenn er wegen der Sache mit den Kühen zusammenklappt, kann ich die alle streichen, um bei ihm zu bleiben. Das kann ich mir nicht leisten.«

»Verständlich«, murmelte Viktor.

»Aber sobald Wioletta wieder da ist, solltest du ihm reinen Wein einschenken«, fügte Doro mit Nachdruck hinzu. »Glaub mir, es wird nicht leichter, wenn du es vor dir herschiebst.« Sie setzte ihr bestes aufmunterndes Lächeln auf und streckte ihm die Hand entgegen. »Versprochen?«

Achims blaue Augen leuchteten warm, als er sie ergriff. »Versprochen«, sagte er.

Mit dem Montag kehrte wieder Alltag ein. Mo ging zur Arbeit, und Janna hatte ihrer Großmutter versprochen, ihr beim Gästefrühstück in der *Friesenrose* zu helfen, weil Claire die ganze Woche über im Watt unterwegs war. Janna schlug vor, Doro solle derweil allein losziehen. Auf der Insel gäbe es noch so viel zu sehen, sie könne doch auf eigene Faust auf Entdeckungstour gehen.

Aber Doro winkte ab und begleitete Janna jeden Tag zur Arbeit. Die beiden deckten die Tische ein, backten Brötchen auf, gossen den Gästen Kaffee nach und wuschen schließlich das Geschirr. Danach saßen sie zusammen in Jannas Atelier und unterhielten sich, während Janna die Aquarelle für die nächste Ausstellung in Keitum fertigstellte. Meist ging es um ihre Kindheit in Flörsheim und die gemeinsame Schulzeit, aber immer wieder kamen die Gespräche dann auf Jannas Schwangerschaft. Zufrieden stellte Doro fest, dass Janna sich inzwischen an den Gedanken, schwanger zu sein, gewöhnt hatte und sich sichtlich auf das Kind freute.

Über Doros Zukunft sprachen sie kaum, und die Frage, ob sie ihr Vorhaben, als selbstständige Hebamme zu arbeiten, lieber aufgeben sollte, umschiffte Doro. Dazu war später noch Zeit – nächste Woche, wenn sie wieder in Düsseldorf war. Sie mochte noch gar nicht daran denken, dann wieder mit ihrer Mutter und Julia in der kleinen Wohnung zu hocken. Seit sie in Morsum war, hatte Doro nur ein einziges Mal mit ihrer Mutter telefoniert, und dieses Gespräch war sehr einsilbig gewesen.

Außer einer Absage von einer Klinik in Brandenburg sei keine interessante Post gekommen, hatte Gabi erzählt. Nur ein Schrieb vom Arbeitsamt mit der Aufforderung, sich zum monatlichen Appell bei ihrer Jobvermittlerin einzufinden. »Ist es denn schön, das mondäne Leben auf der Insel?«, hatte ihre Mutter gefragt.

»Ja, doch, eigentlich schon«, war Doros knappe Antwort gewesen.

Was sollte sie auch erzählen? Ihre Spaziergänge an einsamen Stränden oder am Watt entlang waren sicher nicht das, was sich Gabi unter mondänem Leben vorstellte, und um die Touristenhochburgen wie Westerland und Kampen hatten Janna und Doro bislang immer einen großen Bogen gemacht.

Auch dass sie Janna bei ihrer Arbeit in der *Friesenrose* half, hatte sie nicht erwähnt. Ihre Mutter hätte vermutlich nur erwidert, Doro sei viel zu gutmütig und solle sich nicht immer ausnutzen lassen. Dabei war es in Doros Augen lediglich ein kleines Dankeschön für Jannas Einladung. Und es machte ihr einen Heidenspaß.

Wenn sie mit der Arbeit fertig waren, lud Jannas Oma die beiden jungen Frauen jeden Tag zum Mittagessen ein. Meist gab es Eintopf, Erbsensuppe, Puhlbohnen oder Irish Stew. Letzterer war so gut, dass er eigentlich ins Gourmet-Restaurant gehörte, wie Doro zu Johanne sagte.

»Ach was. Das liegt nur daran, dass ich immer einen großen Topf voll koche, damit auch die Gäste noch was bekommen können, wenn sie wollen.« Doch Johanne war sichtlich geschmeichelt von dem Kompliment. »Wenn du nur so eine mickrige Portion für eine Person machst, kriegst du einfach keinen Geschmack in die Suppe.«

Nach dem Essen, wenn Oma sich für ein Nickerchen aufs Ohr legte, brachen Janna und Doro zu einem Verdauungsspaziergang auf, der je nach Menge des Eintopfes, den sie verdrückt hatten, mal kürzer und mal länger ausfiel, sie aber immer am Büsinghof vorbeiführte. Dann standen sie eine Weile am Gatter, fütterten Tarzan und Püppi mit Möhren und Äpfeln, die sie aus Oma Johannes Vorräten stibitzt hatten. Es dauerte meist nur ein paar Minuten, bis Achim sich dazugesellte. Doro hatte den Verdacht, dass er nachmittags von der Küche aus die Straße beobachtete, um den Moment abzupassen, wenn die zwei Frauen in die Auffahrt abbogen. Dann schlenderte er wie zufällig über den Hof und gesellte sich zu ihnen. Oftmals kam er dabei auf die Zukunft des Hofes zu sprechen. Offenbar war er froh, seine Sorgen und Gedanken mit jemandem teilen zu können.

Wenn er nicht in die Surfschule musste, lud er Janna und Doro auf eine Tasse Tee ein, und sie saßen um den alten Küchentisch herum: Doro und Janna auf dem durchgesessenen Friesensofa, Achim ihnen gegenüber und Enno an der Stirnseite des Tisches. Manchmal kam auch Wioletta dazu, eine resolute Mittvierzigerin, die mit schwerem polnischen Akzent sprach.

Doro drehte sich im Bett um und beobachtete, wie sich die Lichtflecken auf den geschlossenen Vorhängen bewegten. Als sie in Westerland den Autozug verlassen hatte, waren ihr die zehn Tage Urlaub, die vor ihr lagen, wie eine halbe Ewigkeit vorgekommen. Ihre letzte Reise lag Jahre zurück, damals war sie zusammen mit Lukas für zwei Wochen nach Kroatien geflogen, und weil es unerträglich heiß am Strand gewesen war und Doro sich gleich am ersten Tag einen mörderischen Sonnenbrand geholt hatte, hatten sie die meiste Zeit im klimatisierten Hotelzimmer verbracht. Die vierzehn Tage dort hatten sich angefühlt wie zwei Monate.

Hier auf Sylt hingegen vergeht die Zeit wie im Flug, dachte Doro. Der Tag ihrer Abreise war in erschreckend greifbare Nähe gerückt. Nur noch zwei Nächte auf dem Gästebett in dem kleinen Zimmer, das in Kürze ein Kinderzimmer mit Star-Wars-Dekoration werden würde, dann würde sie ihren kleinen roten Opel wieder beladen und zurück nach Hause fahren.

Bei dem Gedanken daran seufzte Doro. Sie hatte so gar keine Lust auf die Enge der Düsseldorfer Wohnung und den ständigen Eiertanz um ihre Mutter und Julia herum.

Was würde sie dafür geben, noch etwas länger auf Sylt bleiben zu können! Dann würde sie erfahren, wie es mit dem Büsinghof weiterging, die Gastfreundschaft von Janna und Mo weiter genießen, mit Dottie in den Dünen spazieren gehen,

Püppi und Tarzan mit Möhren versorgen und bei Jannas Oma Kartoffelsalat und Würstchen essen … Ein Traum.

Aber so ist das Leben nun mal, dachte sie. Jeder Urlaub endet irgendwann, und ehe du dich versiehst, hat dich der Alltag wieder fest im Griff – inklusive eines Termins bei der Jobvermittlung. Allein der Gedanke an das miesepetrige Gesicht ihrer Beraterin ließ Doro schaudern.

Vom Flur her war das Klappen der Badezimmertür zu hören. Doro tippte auf Mo, der sich ganz leise fürs Büro fertig machte, um niemanden zu wecken. Sie überlegte einen Moment, aufzustehen, um ihm beim Frühstücken Gesellschaft zu leisten, aber konnte sich nicht aufraffen, ihr gemütliches Bett zu verlassen. Noch war sie nicht hungrig und beschloss, später mit Janna zu frühstücken und lieber zu versuchen, noch ein Stündchen zu schlafen. Doro zog die Beine an, kuschelte sich tiefer in die Decke und schloss noch einmal die Augen, als es an ihrer Tür klopfte.

»Doro, bist du wach?«, hörte sie Mo halblaut fragen. Etwas Dringliches schwang in seiner Stimme mit, bei dem sich die Haare in ihrem Nacken aufstellten. Etwas stimmte nicht.

Sie sprang aus dem Bett, lief zur Tür und zog sie ein Stückchen auf. Mos besorgtes Gesicht sprach Bände. »Was ist denn los, Mo?«

»Janna …«, stammelte er. »Sie sagte, sie hat Blutungen. Jetzt weint sie nur noch und lässt sich nicht beruhigen. Kannst du bitte mal nach ihr sehen?«

»Mist«, stieß Doro zwischen den Zähnen hervor. »Klar, ich komme.«

Sie schob sich an Mos massiger Gestalt vorbei und rannte ins Schlafzimmer. Janna lag auf der Seite mit dem Rücken zur Tür, das Gesicht im Kissen vergraben, sodass man ihr Schluchzen nur gedämpft hören konnte.

Doro ging ums Bett herum, setzte sich auf die Kante und berührte ihre Freundin sanft an der Schulter. »Was ist denn passiert, Janna?«

»Ich blute«, stieß Janna tränenerstickt hervor. »Ich glaube, ich … ich verliere das Kind.«

Eine Blutung hieß nicht unbedingt, dass Janna in Gefahr war, das Kind zu verlieren, aber in jedem Fall war es kein gutes Zeichen, das wusste Doro nur zu gut. Jetzt kam es darauf an, genauer herauszufinden, was Janna fehlte.

»Hast du denn Schmerzen?«, fragte sie vorsichtig. »Oder Bauchkrämpfe?«

Janna hob den Kopf ein Stück an und sah Doro in die Augen. »Nein, das nicht, aber …« Sie holte bebend Luft. »Als ich vorhin im Badezimmer war, habe ich das Blut gesehen. Ist doch bescheuert, nicht? Ich weiß erst seit ein paar Tagen, dass ich schwanger bin, und zuerst konnte ich mir nicht einmal vorstellen, ein Kind zu bekommen. Aber jetzt, wo ich es verliere …« Eine Träne rollte ihre Wange hinab und tropfte auf das Kopfkissen.

»Mal nicht gleich den Teufel an die Wand. Lass mich nachsehen, wie schlimm die Blutung ist.« Doro drehte sich zu Mo um, der noch immer mit erschrockener Miene in der Tür stand. »Und du rufst vielleicht schon mal im Krankenhaus an, dass wir gleich zum Ultraschall kommen.«

Ohne ein Wort zu verlieren, nickte er und ging hinaus auf den Flur.

»Darf ich?«, fragte Doro und deutete auf die Bettdecke. Janna schlug die Decke zurück und drehte sich auf den Rücken.

Es war nicht so schlimm, wie Doro befürchtet hatte. Das wenige Blut, das sie sah, war ziemlich dunkel. Sie seufzte erleichtert.

»Also für mich sieht es nicht nach einer Fehlgeburt aus«,

sagte sie. »Wir müssen natürlich abwarten, was das Ultraschall sagt, um genau beurteilen zu können, wie es dem Baby geht.«

»Du meinst, es lebt noch?« In Jannas Augen keimte Hoffnung auf.

»Ich will dir nichts versprechen, aber ich denke, die Chancen stehen gut.« Doro tätschelte ihrer Freundin über die Schulter. »Und jetzt steh mal vorsichtig auf und zieh dir was an, damit wir in die Klinik fahren können.«

Janna warf ihr einen besorgten Blick zu. »Aber du bleibst doch bei mir, oder?«

»Wenn du es möchtest, bleibe ich natürlich die ganze Zeit bei dir, Janna. Ich bin doch deine Hebamme!«

Nicht einmal eine halbe Stunde später lenkte Mo sein Auto auf den Parkplatz der Nordseeklinik in Westerland und hielt direkt vor der Eingangstür der Notaufnahme. Er stieg aus, lief um das Auto herum und öffnete für Janna die Tür. Als sie vor ihm stand, nahm er sie fest in den Arm und küsste sie.

»Ich mach mich in der Bank los, sobald ich kann und komme dann sofort hierher zurück«, sagte er. »Warum muss ich auch ausgerechnet heute Schlüsseldienst haben?«

Doro, die inzwischen auch ausgestiegen war, sah, dass er schief grinste, aber ihr entging auch nicht der sorgenvolle Blick. »Falls etwas sein sollte …« Er räusperte sich, um seine raue Stimme in den Griff zu bekommen. »Ich meine, du brauchst nur anzurufen, wenn du mich brauchst, und ich lasse sofort alles stehen und liegen. Dann müssen die Morsumer eben mal ein paar Stunden ohne ihre Sparkasse auskommen.«

»Ich glaube nicht, dass das nötig sein wird«, gab Janna zurück. »Doro ist ja bei mir.«

»Ich werde gut auf Janna achtgeben.« Doro bestärkte ihre Worte mit einem Nicken. »Jetzt sollten wir aber hineingehen, Janna.«

Mo küsste Janna noch einmal und warf Doro dann einen besorgten Blick zu, ehe er wieder in sein Auto einstieg. Ohne dass er ein Wort sagte, wusste Doro doch genau, was er meinte: Pass ja gut auf meine Janna auf.

Sie hakte Janna unter, während sie zusahen, wie Mo davonfuhr. Dann tätschelte sie Jannas Arm. »Na komm, Janna«, sagte sie leise und zog ihre Freundin in Richtung der Eingangstür.

Zum Glück mussten sie nicht lange in der Notaufnahme warten, bis eine junge Assistenzärztin aus der Gynäkologie kam, um Janna zur Ultraschalluntersuchung abzuholen. Sie stellte sich als Dr. Schmitz vor und schien von der Schwester an der Aufnahme bereits informiert worden zu sein, was Janna für Beschwerden hatte.

»Kann meine Freundin bitte mitkommen?«, fragte Janna. »Sie ist Hebamme und …«

Der erstaunte Blick der zierlichen jungen Ärztin wandte sich Doro zu. »Ach, Sie sind vom Fach?«

Doro nickte.

»Natürlich kann Ihre Freundin Sie begleiten, wenn Sie möchten«, sagte die Ärztin mit einem Lächeln. »Es spricht nichts dagegen. Im Gegenteil, vielleicht beruhigt Sie das ein bisschen.«

Sie führte die beiden in ein nüchtern eingerichtetes Sprechzimmer im ersten Stock des Gebäudes, wo sie Janna untersuchte. Doro hielt sich im Hintergrund und beobachtete die Ärztin mit wachsendem Wohlwollen. Sie schien sehr kompetent, erklärte jeden Handgriff und wirkte beruhigend auf Janna ein. In diesem Krankenhaus zu arbeiten, wäre bestimmt ein Vergnügen, dachte Doro bei sich.

»Dann wollen wir doch mal sehen, wie es dem Baby geht.« Dr. Schmitz griff nach dem Schallkopf des Ultraschallgerätes. Doro trat näher an den Untersuchungsstuhl heran, um den Monitor sehen zu können.

Zuerst bestand das Bild nur aus grauen Streifen und Wolken, doch dann zeichnete sich ein scharf umgrenzter, dunkler Bereich ab, in dem sich hell der Umriss eines Embryos abzeichnete.

»Hallo, da bist du ja, Kleines«, murmelte Dr. Schmitz mit einem Lächeln. »Du bist also der kleine Lümmel, der seiner Mama so einen Schrecken eingejagt hat.«

Als hätte das Baby die Ärztin gehört, bewegte es die Arme. Doro musste grinsen. Es sah ein bisschen aus, als würde es winken.

»Geht es dem Baby gut?«, fragte Janna besorgt.

»Ich würde sagen, es geht ihm ausgezeichnet.« Dr. Schmitz drehte den Monitor ein Stück herum, sodass Janna etwas sehen konnte. »Schauen Sie selbst.«

Doro beobachtete, wie Jannas angespannte Züge sich lösten und sie zu lächeln begann. Ihre Augen leuchteten, als sie das Ultraschallbild betrachtete.

»Hallo, Mini-Mo!«, murmelte sie. »Schön, dich kennenzulernen.«

Es war immer ein ganz besonderer Moment, wenn eine Mutter zum ersten Mal ihr Kind sah, schon im Ultraschall, besonders aber, wenn die Hebamme nach der Geburt das Baby in ihren Arm legte. Doro hatte es schon so oft erlebt, und immer wieder berührte sie der Ausdruck von bedingungsloser Liebe in den Gesichtern zutiefst.

»Und Sie sind sicher, dass alles in Ordnung ist?«, fragte Janna.

»Der Herzschlag ist kräftig und die Plazenta gut durchblutet«, sagte Dr. Schmitz. Sie betrachtete den Monitor und bewegte mit der Hand den Trackball hin und her, während sie das Kind vermaß. »Ende elfte, Anfang zwölfte Woche würde ich schätzen. Vierkommazwei Zentimeter vom Schädel bis zum

Steiß.« Sie drehte sich zu Doro um und lächelte. »Genau, wie es sein soll, oder was würden Sie sagen?«

Doro nickte. »Perfekt.«

»Was mir nicht so gut gefällt, ist ihr Kreislauf und natürlich die Tatsache, dass Sie leichte Blutungen haben«, fuhr die Ärztin zu Janna gewandt fort. »Das ist gar nicht mal so selten, wie man annehmen würde. Bei etwa einem Viertel aller Schwangerschaften kommt es zu leichten Blutungen in den ersten Wochen, das hat meist nichts Schlimmes zu bedeuten. Zu Ihrer eigenen Sicherheit würde ich Ihnen aber raten, für ein oder zwei Tage hier in der Klinik zu bleiben und sich auszuruhen und es danach wirklich ruhig angehen zu lassen.« Sie hob die Hände und zählte an den Fingern ab, was sie meinte. »Nicht schwer heben, Stress vermeiden, gesund essen und trinken, viel hinlegen, sich verwöhnen lassen.«

Janna machte ein komisch verzweifeltes Gesicht. »Das sagt sich so leicht. Immerhin habe ich jede Menge zu tun.«

»Was machen Sie denn beruflich?«, erkundigte sich Dr. Schmitz freundlich.

»Ich bin Malerin. Daneben arbeite ich in der Pension meiner Großmutter mit. Die verlassen sich doch auf mich, jetzt, wo die Saison vor der Tür steht.«

»Das sollten Sie jetzt alles in Ruhe angehen. Zunächst einmal weise ich Sie ein, damit Sie sich und Ihrem Baby ein bisschen Ruhe gönnen. Mit lösungsmittelhaltigen Lacken dürfen Sie im Moment sowieso nicht hantieren, und beim Tapezieren auf Leitern herumzukraxeln, sollten Sie zur Sicherheit auch lieber lassen.«

Doro verbarg ihr Grinsen, indem sie die Hand vor den Mund hob.

»Ich klebe keine Tapeten an die Wand. Ich erstelle Gemälde und gebe Malkurse für Kinder«, stellte Janna richtig. »Und mit Lacken arbeite ich auch nicht. Ich bevorzuge Aquarellfarben.«

»Umso besser!« Dr. Schmitz lachte. »Dagegen spricht nichts, solange Sie zwischendurch immer mal eine Pause einlegen. Und was das Hotel Ihrer Familie angeht, da wird sich doch für ein paar Tage eine Aushilfe finden lassen.«

»Ich könnte doch in der *Friesenrose* einspringen … ich meine …« Doro hielt inne und biss sich auf die Unterlippe. Der Gedanke war einfach so aus ihr herausgeplatzt. Dabei konnte sie sich doch unmöglich einfach in Jannas Angelegenheiten drängen, aber es schien so verführerisch, noch für ein paar Tage länger auf der Insel bleiben zu können.

Doch als sie den Blick hob, sah sie direkt in Jannas hoffnungsvolle Augen. »Würdest du das tun, Doro?«, fragte Janna. »Oma würde zwar sagen, dass das völlig überflüssig ist, aber wenn das Haus voll ist, dann braucht sie wirklich jede Hilfe. Viel wird sie nicht bezahlen können, aber …«

»Darüber mach dir mal bitte keine Gedanken. Ich bin doch froh, wenn ich helfen kann.« Vor allem, wenn ich deswegen nicht so schnell wieder nach Düsseldorf zurückmuss, setzte Doro in Gedanken hinzu.

Dr. Schmitz lächelte über das ganze Gesicht, ihr Blick wanderte zwischen den Freundinnen hin und her. »Prima. Meist liegen einem die einfachsten Lösungen direkt vor der Nase, und man muss erst drüber stolpern, um sie zu bemerken.«

Als Mo ungefähr zwei Stunden später ins Krankenhaus zurückkam, lag Janna schon bequem in ihrem Bett. Sie hatte ihn gleich nach der Untersuchung angerufen, und so trug er eine riesige Reisetasche bei sich, in der er offenbar Jannas gesamte Garderobe mitgebracht hatte. In der anderen Hand hielt er einen gewaltigen Strauß roter Rosen.

»Tut mir leid, dass es so lange gedauert hat«, sagte er zerknirscht. »Ich habe eine halbe Stunde vor dem Blumengeschäft warten müssen, bis die endlich aufgemacht haben.«

»Verrückter Kerl!«, sagte Janna lächelnd. In ihren Augen schimmerten Tränen. »Ich bin doch nur für zwei Tage hier, da lohnt sich so ein Riesenstrauß doch gar nicht.«

»Gefällt er dir nicht? Soll ich eine andere Farbe holen? Gelb vielleicht? Die hatten auch gelbe Rosen, diese englischen, die du so gern magst, aber ich dachte …«

»Untersteh dich! Sonst reg ich mich auf, und ich soll doch jeden Stress vermeiden.« Janna streckte die Hände nach ihm aus, und Mo nahm sie behutsam in seine Arme und küsste sie.

»Geht es dir gut?«, fragte er zärtlich. »Sind die Schwestern auch lieb zu dir? Wehe, wenn nicht, dann knöpf ich mir die …«

»Die Schwestern sind ganz wunderbar«, unterbrach Janna ihn. »Lass sie bloß in Ruhe ihre Arbeit machen, sonst rächen sie sich vielleicht an mir.«

Doro, die sich einen Stuhl neben Jannas Bett gezogen hatte, unterdrückte ein Lächeln. »Es scheint wirklich ein gutes Krankenhaus zu sein. Vorhin habe ich gehört, wie eine der Ärztinnen mit den Schwestern geredet hat, es klang beinahe wie ein Gespräch unter Freundinnen. Wenn das Verhältnis zwischen den Ärzten und den Schwestern stimmt, ist das die halbe Miete.«

»Das Krankenhaus hat jedenfalls einen guten Ruf, was man so hört«, sagte Mo, der sich ebenfalls einen Stuhl holte und sich neben Jannas Bett niederließ.

»Vielleicht sollte ich mich hier bewerben«, meinte Doro.

»Das wird nicht viel nützen, fürchte ich.« Mo wiegte den Kopf hin und her und machte ein betrübtes Gesicht. »Vor ein paar Jahren haben sie die hiesige Entbindungsstation dichtgemacht. Alle Schwangeren müssen jetzt ein paar Wochen vor dem Geburtstermin nach Flensburg. Die Leute im Rettungsdienst fluchen vielleicht, wenn wieder mal eine Frau zu früh dran ist und mit dem Hubschrauber transportiert werden muss.«

Doro seufzte. »Schade. Ich hätte mir gut vorstellen können, hier zu arbeiten.«

»Sylt ist schon ein hübsches Fleckchen Erde. Als Hebamme wird aber wohl nichts daraus. Aber …« Er hob den Zeigefinger in die Luft und machte eine Kunstpause, während der er einen flammenden Blick in die Runde schickte. »Das ist natürlich nicht das einzige Arbeitsgebiet, in dem du tätig werden kannst, Doro. Ich habe auf dem Weg hierher noch einen kleinen Abstecher in die *Friesenrose* gemacht, um deiner Oma schonend beizubringen, dass Janna für ein paar Tage in der Klinik bleibt.« Sein Blick wanderte zu seiner Freundin. »Sie und Claire kommen heute Nachmittag mit Apfelkuchen und Sahne vorbei. Heilige Johanne selbdritt sozusagen. Sie lässt dich herzlich grüßen, und ich soll dir, liebe Janna, Folgendes von ihr ausrichten«, er hob die Stimme, »Deern, was machst du denn bloß für Sachen? Du musst besser auf dich aufpassen.«

»Ja, Oma«, sagte Janna gehorsam.

»Brav«, antwortete Mo, ehe er sich Doro zuwandte. »An dich geht auch ein lieber Gruß und damit verbunden ein herzliches Dankeschön für das Angebot, in der *Friesenrose* einspringen zu wollen. Ich soll dich nachher mit nach Morsum nehmen und bei den beiden Damen absetzen, damit ihr alles im Detail besprechen könnt.« Er wackelte mit den Augenbrauen und rieb sich die Hände. »Ich schätze, damit können wir dich jetzt unter der arbeitenden Bevölkerung von Sylt willkommen heißen.«

Als Doro die Küche der *Friesenrose* betrat, saßen Johanne und Claire gerade beim Mittagessen. Auch für Doro war gedeckt. Claire füllte ihr den Teller mit Gemüseeintopf, während Johanne den Korb mit duftendem Roggenbrot in ihre Richtung schob.

»Lang tüchtig zu, Deern.« Johanne nickte ihr zu. »Du hast doch bestimmt noch nichts gegessen seit dem Schreck in der Morgenstunde.«

Dankbar nahm Doro am Tisch Platz. »Stimmt. Ans Essen hat keiner von uns gedacht.«

»Hauptsache, mit Janna ist alles in Ordnung und sie behält das Kind.«

Doro sah die Besorgnis in den Augen der alten Dame. »Die Ärztin ist zuversichtlich. Dass Janna erst mal in der Klinik bleiben soll, ist nur eine reine Vorsichtsmaßnahme.«

»Vorsichtsmaßnahme?« Johanne legte den Löffel mit so viel Schwung auf den Tisch, dass es klapperte. »Hör mir auf damit. Zeig mir den Arzt, der jemanden in ein Krankenhausbett steckt, ohne einen triftigen Grund dafür zu haben. Ich mach mir wirklich große Sorgen um Janna. Sie hat im vorigen Jahr eine schwere Zeit hinter sich gebracht; nicht auszudenken, wie sehr es sie treffen würde, das Baby zu verlieren.« Sie schüttelte den Kopf. »Wir müssen alles daransetzen, dass das nicht passiert, ihr so viel Arbeit wie möglich abnehmen und sie entlasten, wo wir nur können, auch wenn sie sicher sagen wird, das sei völlig überflüssig.« Johannes blaue Augen blieben liebevoll auf Doro liegen. »Ich bin so froh, dass du gerade auf Sylt bist und bereit bist, uns dabei zu helfen.«

»Natürlich helfe ich gern, Janna ist doch meine Freundin«, sagte Doro. »Es fragt sich nur, ob ich sie ersetzen kann.«

»Wohl nicht, was die Buchhaltung der *Friesenrose* angeht«, meinte Claire. »Die macht nämlich Janna. Aber wenn die eine Weile liegenbleibt, ist das sicher nicht so schlimm. Zur Not geben wir den ganzen Zettelkram an den Steuerberater, der das früher erledigt hat. Aber bei allem anderen könntest du uns sehr helfen.« Sie begann die Punkte an den Fingern abzuzählen. »Saubermachen, Betten beziehen, Frühstück vorbereiten, servieren, et cetera, et cetera.«

»Sicher, das bin ich alles von der Arbeit im Krankenhaus gewohnt«, erwiderte Doro achselzuckend.

»Hinzu kommt, dass du dich mit Pferden auskennst«, sagte Johanne. »Natürlich könnten wir auch Achim und Enno fragen, ob sie sich für ein paar Wochen um Püppi kümmern könnten …«

»Nein, das ist nicht nötig«, beeilte sich Doro zu versichern. »Ich freue mich darauf, endlich wieder mit Pferdepflege zu tun zu haben. Achim hat sowieso schon zu viel um die Ohren. Und sein Vater kann es nicht mehr.«

»Da hast du recht.« Johanne seufzte. »Nachher glaubt Enno noch, er müsse die Pferdeboxen ausmisten oder so was. Gar nicht auszudenken, was da alles passieren könnte.« Traurig schüttelte sie den Kopf. »Ein Jammer, was die Krankheit aus dem Mann gemacht hat.« Sie nahm sich eine Scheibe Brot aus dem Korb und aß ein paar Löffel von dem Eintopf. »Nun aber mal Butter bei die Fische«, sagte sie dann. »Wärest du denn einverstanden, den Sommer über hierzubleiben, Deern?«

Vor Schreck verschluckte sich Doro an der Suppe. »Den ganzen Sommer?«, fragte sie, nachdem sich der Hustenanfall wieder gelegt hatte. Es schien beinahe zu schön, um wahr zu sein.

»Oder wenigstens so lange, bis wir eine andere Hilfe gefunden haben. Es ist nicht so einfach, vernünftiges Personal zu bekommen. Aber wenn du zurückfahren musst …« Johanne machte ein betrübtes Gesicht.

»Nein, so meinte ich es nicht«, sagte Doro hastig. »Ich würde mich wahnsinnig freuen, den Sommer über auf der Insel bleiben zu können. Aber zum einen muss ich mich regelmäßig beim Arbeitsamt melden, und zum anderen kann ich wirklich nicht so lange Mos und Jannas Gästezimmer blockieren.«

»In der winzigen Bude in Mos Wohnung? Nein, das geht natürlich gar nicht. Du würdest hier in der *Friesenrose* in Jannas altes Zimmer einziehen, und wir würden dir für den Sommer einen Arbeitsvertrag geben, nicht wahr, Claire?«

Claire nickte. »Es muss doch alles seine Ordnung haben. Schwarzarbeit gibt es bei uns nicht, allein schon wegen der Versicherung.«

»Allerdings können wir dir nicht viel für deine Arbeit bezahlen, Deern«, sagte Johanne betrübt. »Unsere Zimmer sind einfach, und wir vermieten hauptsächlich an die Studenten vom Alfred-Wegener-Institut und ein paar Stammgäste. Nichts, mit dem man Reichtümer erwirtschaften könnte.«

»Da mach dir mal keine Gedanken«, rief Doro lachend. »Um noch eine Weile hier auf der Insel bleiben zu können, würde ich glatt auch für Kost und Logis arbeiten.«

»So weit soll es nicht kommen, Deern. Du ahnst ja nicht, was für eine Erleichterung es für mich ist, dass du einverstanden bist.« Johanne strahlte über das ganze Gesicht und streckte Doro ihre Hand entgegen. »Herzlich willkommen bei uns in der *Friesenrose*.«

Zurück in Mos und Janas Wohnung holte Doro ihren Koffer hervor. Viel war es nicht, was sie mitgebracht hatte, aber sie hatte ja auch nur für zehn Tage gepackt. Sie beschloss, ihre Mutter anzurufen und sie zu bitten, ihr den Rest ihrer Klamotten per Post zuzuschicken, das wäre die einfachste Lösung. Vor allem würde es Zeit, Benzin und Nerven sparen, nicht mit dem Auto nach Düsseldorf fahren zu müssen.

In der Regel war Mama gegen fünf Uhr von der Arbeit zurück. Bis dahin hatte Doro das Gästebett abgezogen und wieder zurück in ein Sofa umgebaut, die Waschmaschine beladen, in der Küche klar Schiff gemacht und das Geschirr abgewaschen. Schließlich setzte sie sich in Wohnzimmer auf die Couch, holte tief Luft und griff nach ihrem Handy.

Zu Doros Erleichterung war ihre Mutter gleich am Apparat. Sie hatte befürchtet, ihre Schwester würde abnehmen, und sie hatte so gar keine Lust, mit ihr zu reden.

»Nanu, Doro«, meldete ihre Mutter sich. »Wie gefällt es dir denn so auf Sylt? Hast du etwa Heimweh nach uns?« Leises Lachen ertönte aus dem Hörer.

»Schön ist es«, antwortete Doro. »Sehr schön sogar, aber deshalb rufe ich nicht an.«

»Was gibt es denn?«

Doro überlegte noch immer, wie sie ihr die Neuigkeit, dass sie den ganzen Sommer über auf Sylt bleiben wollte, am besten beibrachte, und räusperte sich. »Ist Post für mich gekommen?«, fragte sie ausweichend.

»Nur zwei Briefe vom Arbeitsamt«, erwiderte ihre Mutter. »Einmal die Einladung zum Gespräch mit deiner Beraterin Ende April und dann noch ein Vermittlungsvorschlag. Moment, ich mach den mal auf …« Doro konnte Papier rascheln hören. »Der ist für eine Hebammenstelle an einer Klinik in Rosenheim.«

»Rosenheim? Ach, du meine Güte, im tiefsten Bayern!«, sagte Doro. »Darauf hab ich ja nun so gar keine Lust.«

»Du bist aber schon eine ganze Weile arbeitslos, Doro. Auch wenn das nicht deiner Traumvorstellung entspricht, darfst du nicht wählerisch sein.«

»Nein, mein Traum sieht wahrlich anders aus.« Doro seufzte.

»Du musst realistisch bleiben, Doro. Ich weiß ja, dass du gern eine eigene Praxis hättest, aber wenn das nun einmal nicht machbar ist, dann musst du dich nach der Decke strecken und kleine Brötchen backen. Wenigstens eine Bewerbung solltest du hinschicken.«

Doro biss sich auf die Lippen, damit ihr nichts Unbedachtes herausrutschte.

»Fotografierst du bitte die beiden Briefe und schickst mir die Bilder zu? Dann erledige ich das von hier aus per Mail. Den Termin beim Arbeitsamt muss ich auch absagen.« Doro holte tief Luft. »Ich werde wohl länger auf Sylt bleiben.«

»Länger? Wie lange willst du denn dortbleiben? Der Termin ist doch erst in ein paar Wochen.«

»Schon, aber ich habe vor, den Sommer über auf der Insel zu bleiben, um im Hotel von Jannas Großmutter zu arbeiten.«

»Wie bitte? Du willst im Hotel arbeiten?« Es klang so empört, als hätte Doro verkündet, im Zirkus auftreten zu wollen.

»Ja, ich werde für Janna einspringen.« In kurzen Worten erklärte Doro ihrer Mutter, was vorgefallen war und dass sie gebeten worden war, an Jannas Stelle in der Pension zu helfen.

»Das ist ja alles gut und schön, aber deswegen musst du doch nicht gleich den ganzen Sommer über bleiben. Wirst du denn wenigstens für die Arbeit bezahlt?«

»Ja, natürlich. Ich bekomme einen ganz normalen Zeitvertrag. Ich verdiene zwar kein Vermögen, aber …«

»Aber wenn du danach keine Stelle findest, wird dieser Verdienst als Grundlage für dein Arbeitslosengeld genommen. Hast du dir das mal überlegt?«, unterbrach ihre Mutter sie.

»Es ist ja nur für ein paar Monate, sozusagen als Überbrückung. Ich habe was zu tun und sitze nicht nur untätig in deiner Wohnung herum. Bewerben werde ich mich weiterhin.«

»Wirklich?« Der schneidende Unterton in der Stimme ihrer Mutter war deutlich zu hören. »Eine Überbrückung, bis du etwas Neues findest? Je länger du aus deinem Job raus bist, desto schwieriger wird es, eine neue Stelle zu finden. Lass dir das von mir gesagt sein. Ich weiß, wovon ich spreche. Und wenn du dich zwischendurch so unter Wert verkaufst, wer wird dich denn noch als Hebamme einstellen. Nein, ich glaube, dir geht es um etwas ganz anderes.«

Doro fühlte Ärger in sich aufsteigen. »Ach ja? Um was denn, deiner Meinung nach?«

»Dir geht es darum, eine Ausrede zu finden, alles hinzuwerfen.«

»Das ist doch Quatsch!«

»Nein, das glaube ich nicht. Du wolltest diese Hebammenpraxis schon immer auf Biegen und Brechen. Und weil das nun einmal eine aussichtslose Angelegenheit ist, fängst du an, als Aushilfe in einem Hotel zu arbeiten. Du wirfst deine Ausbildung weg, Doro, sieh es doch mal aus dem Blickwinkel! Du hast immer gesagt, die Arbeit im Kreißsaal sei die absolute Erfüllung für dich. Und jetzt willst du Betten beziehen und Badezimmer putzen?«

Doro presste die Lippen fest zusammen. Eine kleine bösartige Stimme in ihrem Inneren flüsterte: »Kann es sein, dass Mama vielleicht doch ein bisschen recht hat?« Entschieden schüttelte sie den Kopf. Sie stand auf und ging zum Fenster, das zum Hinterhof der Bäckerei und zu den dahinterliegenden Wiesen der Marsch führte, und starrte hinaus auf die dicken Wolken, die vom Wind über die Insel getrieben wurden.

Im Flur schlug eine Tür zu, und Mos dunkle Stimme war zu hören. »Ich bin wieder da!« In der Küche klapperte es.

Doro beschloss, das Telefonat so schnell wie möglich zu beenden, ehe der Streit mit ihrer Mutter noch weiter eskalierte. Er musste ja nicht gleich das gesamte Familiendrama mitbekommen. »Ich springe nur für Janna ein, so lange sie sich schonen soll. Immerhin ist sie meine Freundin, und Freunde helfen einander. So lange ich hier auf Sylt bin, werde ich mich auf jede freie Hebammenstelle bewerben, die ich im Internet finde, wenn es dich beruhigt. Aber eigentlich habe ich angerufen, weil ich eine Bitte an dich habe.«

»Eine Bitte?«

»Ja. Kannst du mir den Rest meiner Sachen herschicken? Ich möchte ungern das wenige Geld, das ich im Hotelgewerbe verdiene, für neue Klamotten ausgeben. Sylt ist so furchtbar teuer, das weißt du ja. Die Adresse schicke ich dir später per SMS.« Noch ehe ihre Mutter auf ihren offensichtlichen Sarkasmus reagieren konnte, fuhr sie hastig fort. »Tut mir leid, Mama, aber ich muss jetzt Schluss machen. Mo ist gerade gekommen, um mich abzuholen, wir wollen noch zu Janna ins Krankenhaus. Danke schon mal für deine Mühe. Tschüss, Mama, bis bald.«

Sie nahm das Handy vom Ohr und beendete das Gespräch. Einen Moment betrachtete sie die spiegelnde Oberfläche des Displays und war gerade im Begriff, es wieder in die Tasche zurückzustecken, als eine Nachricht ihrer Mutter aufleuchtete.

»Sprich bitte mit Tante Tilda darüber. Kuss. Mama.«

Am Abend lud Mo Doro zum Essen in der Lister Bootshalle ein. Als kleines Dankeschön für ihren Beistand, und weil er zu faul zum Kochen war, wie er sagte. Während er eine große Portion Bratkartoffeln mit Heringsstipp verdrückte, erzählte er, dass er nach seinem Besuch bei Janna noch mal in der Bank vorbeigeschaut und dort allen das Ultraschallbild von Mini-Mo herumgezeigt habe. Man sei sehr beeindruckt gewesen oder habe doch wenigstens so getan.

Doro lachte herzlich.

»Erzähl bloß Janna nichts davon«, sagte Mo zerknirscht. »Sie ist abergläubisch und denkt, dass es Unglück bringt, wenn man zu früh von einer Schwangerschaft erzählt. Aber ich bin doch so stolz auf meine Heldentat.«

Doro versprach, ihr gegenüber Stillschweigen über Mos Redseligkeit zu wahren. »Ist sie inzwischen etwas beruhigter?«

»Sie sagt, ja, und sie ist auch nicht mehr so blass. Die Ärztin ist ganz zufrieden mit ihr, möchte sie aber gern bis zum Wochenende dabehalten.« Auf einmal wurde Mo ernst, griff über den Tisch hinweg nach Doros Hand und hielt sie fest. »Ich kann dir nicht genug danken, dass du dich entschlossen hast, zu bleiben und Jannas Job zu übernehmen, Doro. Und vor allem dafür, dass du heute früh da warst. Du hast so eine Ruhe ausgestrahlt. Ohne dich hätte ich nicht gewusst, was ich hätte machen sollen.«

»Du bist doch Brandmeister und weißt wohl am besten, wie das ist: Einer muss immer einen kühlen Kopf behalten, wenn es brennt.«

Er lachte leise. »Das fällt allerdings schwer, wenn das eigene Haus in Flammen steht und deine Familie noch drin ist.«

»Zugegeben.« Doro befreite ihre Hand und tätschelte seine kurz. »Eigentlich passt es mir gut, noch ein bisschen länger bleiben zu können. Vielleicht wird mir ja klarer, was ich mit meinem Leben anfangen soll, wenn mir der Seewind noch ein paar mehr Flausen aus dem Kopf weht.«

Mo zwinkerte ihr zu. »Das hat der Seewind so an sich.« Er hob sein leeres Bierglas. »Willst du auch noch eines?«

»Besser nicht, ich muss doch noch fahren. Mein Koffer liegt schon im Auto, und ich siedle in die *Friesenrose* über, sobald ich dich zu Hause abgesetzt habe.«

Mo grinste breit und sah dabei aus wie ein Wikingerfürst im Freizeithemd. »Nanu? Traust du meinen Qualitäten als vollendeter Gentleman nicht?«

»Doch, denen traue ich, aber meinen Fähigkeiten als Frühaufsteher weniger. Ich will morgen in der *Friesenrose* beim Frühstückmachen helfen, und dazu muss ich um sechs Uhr aus dem Bett. Wenn ich bei euch schlafe, muss ich eine halbe Stunde früher aufstehen.«

»Brrr. Das ist ja mitten in der Nacht.« Mo schüttelte sich. »Eine wahrhaft unchristliche Zeit!«

»Allerdings. Und ich möchte an meinem ersten Arbeitstag nicht gleich zu spät auftauchen.«

»Das ist nachvollziehbar. Dann verzichte ich auf ein zweites Bier, wir fahren nach Morsum zurück und fallen sehr solide früh in die Heia. Oder ich schau noch auf einen Sprung im Krankenhaus vorbei, um Gute Nacht zu sagen.«

»Mach das! Janna freut sich sicher. Und vergiss nicht, sie zu grüßen. Ich fahre sie morgen Nachmittag besuchen.«

»Ich werde es ausrichten.« Mo legte den Kopf leicht schräg und sah Doro prüfend in die Augen. »Was sagt denn eigentlich deine Familie zu deinen Plänen? Du hast doch vorhin zu Hause angerufen, oder?«

Doro holte tief Luft. »War ich so laut?« Sie seufzte.

»Laut genug, um es in der Küche zu hören.« Er zog die rechte Augenbraue in die Höhe. »Lief nicht so besonders glatt, was?«

»Meine Mutter hat mich quasi für bescheuert erklärt.«

»Bescheuert? Wieso das denn?«

»Sie meinte, ich verkaufe mich unter Wert. Ich würde meine ganze Ausbildung wegwerfen, wenn ich den Job in der *Friesenrose* mache. Aus Trotz, weil sich der Traum von meiner Hebammenpraxis als Wolkenkuckucksheim herausgestellt hat, würde ich jetzt Betten beziehen, Badezimmer scheuern und kellnern wollen.«

»Kellnerin ist doch ein ehrbarer Beruf. Und Arbeit schändet bekanntlich nicht. Außerdem hast du doch erzählt, dass deine Mutter dich überredet hat, nach Sylt zu fahren.«

»Ja, aber um Urlaub zu machen und mir die Millionäre anzusehen.«

Mo warf den Kopf in den Nacken und lachte so schallend, dass sich ein paar Gäste am Nebentisch nach ihm umdrehten. »Glaub mir, die sind wesentlich uninteressanter als die Eingeborenen.«

»Das ist mir auch schon aufgefallen.« Nun musste Doro doch lächeln. »Aber Scherz beiseite«, fügte sie hinzu. »So ganz unrecht hat sie natürlich nicht. Um in der *Friesenrose* arbeiten zu können, hätte ich die Ausbildung als Hebamme nicht machen müssen.«

»Stimmt schon«, sagte Mo. »Aber niemand verbietet dir, dich von hier aus zu bewerben. Du hast dein Notebook dabei, und in der *Friesenrose* gibt es funktionierendes WLAN, soweit ich weiß. Johanne und Claire wären die Letzten, die auf die Erfüllung des Arbeitsvertrages bestehen würden, wenn du eine passende Stelle angeboten bekommst.« Er zwinkerte ihr zu. »Nimm es einfach, wie es kommt, Doro. Ich für meinen Teil freue mich jedenfalls, wenn du uns noch eine Weile erhalten bleibst. Wer soll denn sonst bei der Hochzeit Jannas Brautjungfer werden?«

# Acht

In diesem Jahr fiel Ostern in den späten April, obwohl einen das Wetter wahrlich nicht an Frühling denken ließ. Ein steifer Westwind trieb hochaufgetürmte Wolken vom Meer auf die Insel zu, zwischen denen immer wieder gleißende Sonnenstrahlen auf die Wellen hervorbrachen. Bei ihren Abendspaziergängen mit Dottie musste Doro immer wieder die Augen gegen das helle Licht abschirmen oder sich wegdrehen. Häufig wölbten sich dann bunt leuchtende Regenbögen über den Dünen, doch so sehr sie auch hoffte, es war kein doppelter darunter zu sehen.

Die Insel füllte sich zusehends mit Touristen, die ihren Osterurlaub auf der Insel verbringen wollten, und auch in der *Friesenrose* waren jetzt alle Zimmer belegt. Für Doro bedeutete es eine Menge Arbeit, aber das machte ihr nichts aus. Außerdem blieb ihr noch mehr als genug Freizeit, um lange Strandspaziergänge zu machen und Sylt auf eigene Faust zu erkunden.

Janna war inzwischen aus dem Krankenhaus entlassen worden, und es ging ihr, wie sie sagte, deutlich besser. Als sie jedoch nach ein paar Tagen, die sie brav zu Hause verbracht hatte, eines Samstagmorgens wieder in der *Friesenrose* stand und beim Bettenwechsel helfen wollte, wurde ihre Großmutter richtig böse.

»Du bist wohl von allen guten Geistern verlassen, was?«, schimpfte die alte Dame. »Was willst du denn hier? Marsch, nach Hause, aber sofort!«

»Aber …«, begann Janna.

»Nichts, aber! Keine Widerrede! Du sollst dich schonen, hat

die Ärztin gesagt. Viel liegen und ausruhen und vor allem nicht schwer heben.« Johanne deutete auf den vollen Wäschesack, der auf dem Boden neben dem Gästebett stand, das sie gerade abgezogen hatten, ehe ihr Blick sich Doro zuwandte. »Stimmt doch, nicht wahr?«

Doro, die von Johannes Wortschwall etwas überwältigt war, brauchte eine Sekunde, ehe sie antwortete. »Äh … ja.«

»Siehst du, Dorothee sagt genau dasselbe. Fahr du mal schön wieder in eure Wohnung zurück und leg die Füße hoch. Wir kommen hier auch ohne dich prima zurecht.« Die alte Dame stemmte die Hände in die Hüften und funkelte Janna aufgebracht an. »Außerdem würde mir Mo den Kopf abreißen, wenn ich dich hier arbeiten lassen würde.«

»Mo steckt dahinter. Ach, so ist das!«

»Ja, so ist das. Er macht sich nämlich Sorgen um dich und das Lütte. Und er hat recht damit, wenn du mich fragst.« Johanne nickte, um ihre Worte zu bekräftigen.

Janna seufzte. »Aber in mein Atelier darf ich doch wohl wenigstens?«

Doro räusperte sich. »Ich denke, malen kannst du sicher, solange du dich nicht überanstrengst.« Sie lächelte ihrer Freundin mitfühlend zu. »Sich immer nur zu Hause auf dem Sofa zu lümmeln, ist sicher stinklangweilig, oder?«

Janna warf ihr einen dankbaren Blick zu. »Das kannst du laut sagen. Mir fällt so was von die Decke auf den Kopf.«

»Glaub ich dir gern. Damit, dass du dich schonen sollst, war bestimmt nicht gemeint, dass du das Haus gar nicht mehr verlassen sollst. Aber du musst es eben ruhig angehen lassen und immer so, dass du dich nicht überanstrengst. Es sind ja nur noch ein paar Tage, dann bist du über den dritten Monat hinaus und damit sollte die größte Gefahr für das Kind vorüber sein.« Sie warf den Bettbezug, den sie gerade in der Hand gehalten hatte, auf den Boden. »Wie wäre es denn, wenn du für ein Stündchen ins Atelier gehst? Sobald wir mit dem Bettenbeziehen fertig sind, machen wir zwei einen kleinen Spaziergang zu den Büsings hinüber, um Püppi zu besuchen. Ich bin heute noch nicht dazu gekommen, nach ihr zu sehen.«

»Also gut«, sagte Janna mit einem komisch verzweifelten Seufzen. »Wenn ihr euch nun gar nicht von mir helfen lassen wollt, dann gehe ich jetzt runter ins Atelier. Holst du mich ab?«

»Mach ich. Sobald wir durch sind«, erwiderte Doro. »Vielleicht können wir mit Enno Tee trinken. Der freut sich bestimmt über Gesellschaft.«

Janna nickte und ging hinaus. Erst als ihre Schritte auf dem Flur verklungen waren, schüttelte Johanne mit nachdenklichem Gesicht den Kopf. »Ich hätte sie nicht so anfahren sollen«, sagte sie. »Aber ich habe Mo fest versprechen müssen, Janna nicht mehr bei der Arbeit helfen zu lassen. Er kennt sie nur zu gut und weiß, dass sie sich immer Sorgen um mich macht. Ich bin doch nur alt und nicht todkrank.«

Doro lachte. »Und Janna ist nur schwanger und nicht krank. Ich glaube, ihr müsst euch allesamt auf eine neue Situation einstellen.«

Eine Stunde später schlenderten Janna und Doro die Straße entlang, die zum Büsinghof führte. Dottie schoss wie ein geölter Blitz um sie herum und wickelte ihnen ihre Leine um die Füße. Dabei kläffte die kleine Hündin immer wieder, wohl um sie aufzufordern, sich ein bisschen mehr zu beeilen, ehe sie selbst stehen blieb, um ein paar Grasbüschel ausgiebig zu beschnüffeln.

»Nanu? Ist Püppi gar nicht auf der Weide?«, fragte Janna erstaunt und blieb stehen.

Auch Doro hielt an und schirmte die Augen mit der Hand ab. Auf der Wiese, auf der der üppig blühende Löwenzahn große

Flächen bildete, die in der Sonne golden leuchteten, graste nur ein großes schwarzes Pferd, das Doro sofort als Tarzan, den alten Friesenwallach identifizierte.

»Scheint fast so«, sagte sie.

»Da wird doch wohl hoffentlich nichts passiert sein«, meinte Janna besorgt. Ohne auf eine Antwort von Doro zu warten, lief sie zügig mit großen Schritten weiter.

Doro musste beinahe rennen, um Schritt mit Janna zu halten. Auf dem Hof vor dem Gebäude stand ein dunkler Geländewagen, der ihr bekannt vorkam. Wenn sie sich nicht irrte, war das das Auto von Viktor Mertens. »Oh, oh!«, murmelte sie.

Auch Janna hatte das Auto erkannt. »Mist, der Tierarzt ist da«, rief sie über die Schulter.

»Das muss noch nichts heißen«, versuchte Doro sie zu beruhigen. »Viktor kommt nach seiner Runde oft bei Achim vorbei.«

»Auch am frühen Nachmittag?«, gab Janna spitz zurück.

Gerade als die beiden jungen Frauen den gepflasterten Hof erreicht hatten, öffnete sich die Stalltür und Achim und Viktor traten heraus.

»Moin, ihr zwei. Das trifft sich ja prima«, rief Achim ihnen entgegen. »Ich wollte dich gerade anrufen, Janna.«

»Ist was mit Püppi?«, fragte Janna atemlos.

Achim grinste, als er die besorgten Gesichter sah, und stieß Viktor mit dem Ellbogen an.

»Püppi geht es prima«, antwortete der Tierarzt. »Und dem entzückenden Stutfohlen, das sie eben auf die Welt gebracht hat, ebenfalls. Achim hat mich nur dazugeholt, um mit seinen Fähigkeiten als Pferdehebamme anzugeben. Ich hatte gar nichts zu tun.«

»Das Fohlen ist da?« Auf Jannas Gesicht breitete sich ein Strahlen aus.

»Allerdings.« Achim nickte. »Pechschwarz mit einer kleinen Blesse auf der Stirn. Ganz das Ebenbild der Frau Mama.« Er machte eine Kopfbewegung in Richtung der Stalltür. »Kommt mit und schaut sie euch an. Danach sollten wir auf die Lütte anstoßen.«

»Ohne mich, Achim, ich muss jetzt wirklich weiter.« Viktor streckte ihm seine Rechte entgegen.

»Ja, ja. Die Arbeit des Tierarztes höret nimmer auf.« Achim lachte. »Danke, dass du so schnell gekommen bist.«

»Für dich doch immer, Kumpel.« Viktor grinste, dann reichte er den beiden Frauen die Hand. »Ladies, man sieht sich in Kürze.«

Doros Augen brauchten einen Moment, ehe sie sich an das trübe Licht im Inneren des Stalls gewöhnt hatten. Dottie flitzte an ihnen vorbei zu einem Heuhaufen und sprang wie ein Gummiball um die alte Waltraut herum, die dort ein Nickerchen gemacht hatte.

»Dottie! Aus!«, sagte Janna streng. »Sei nicht so wild.«

Ganz hinten im Stall befanden sich die beiden Pferdeboxen, in denen Tarzan und Püppi über Nacht untergebracht wurden. Während die linke Boxentür offenstand, war die rechte verschlossen und ein leises Schnauben war aus dem Inneren zu hören. Achim trat zusammen mit den beiden Frauen an die hölzerne Wand der Box und schaute durch die oben angebrachten Gitter hinein.

»Na, meine Süße? Da hast du aber ein schönes Fohlen bekommen«, sagte Janna gedämpft.

Püppi, die an dem Fohlen geschnuppert hatte, das im hohen Stroh auf dem Boden nur undeutlich zu erkennen war, hob den Kopf. Als sie Janna erkannte, schnaubte sie und kam zur Boxentür getrottet, um sich von ihr streicheln zu lassen.

»Es tut mir leid, Püppi, aber ich habe dir heute gar keine Äpfel mitgebracht. Dabei hättest du sie mehr als verdient.« Janna streichelte der Stute über die Stirn. »Das hast du so gut gemacht.«

Im Stroh raschelte es. Das Fohlen streckte den Kopf in die Höhe und versuchte, sich auf die Beine zu stellen. Es zog die Vorderbeine unter den Körper, stemmte sich hoch und purzelte prompt nach hinten um.

»Na komm, Baby, gleich noch mal«, sagte Doro lächelnd. »Ein kräftiges Mädchen, nicht wahr?« Sie wandte den Kopf in Achims Richtung, der neben ihr stand.

»Allerdings, das ist sie. Normalerweise brauchen Fohlen eine Weile, ehe sie versuchen, auf die Füße zu kommen. Aber die Lütte hat es schon zehn Minuten nach der Geburt zum ersten Mal versucht.« Er griff nach der Gitterstange, an der sich auch Doro festhielt, und für einen Augenblick berührten sich ihre Hände. Es fühlte sich an wie ein elektrischer Schlag, dann war der Moment wieder vorbei.

Der Herzschlag pochte in Doros Ohren, und ein Schwall von Wärme durchzog ihren ganzen Körper, ausgehend von dem kleinen Punkt, an dem ihre Finger sich berührt hatten. Achim nahm die Hände vom Gitter und verbarg sie in den Hosentaschen.

»Was für ein Glück, dass ich erst heute Nachmittag zur Surfschule muss«, sagte er. »Es hätte mich mächtig gewurmt, wenn ich verpasst hätte, dass Püppi fohlt.« Er zwinkerte Doro zu. »Oder wenn Viktor das Fohlen allein geholt hätte.«

»Aber du hast ihn doch angerufen.«

»Nur zur Sicherheit. Er hat nicht ganz Unrecht, wenn er meint, dass ich mit meinen Fähigkeiten als Geburtshelfer protzen wollte.« Er grinste breit. »Ich wollte ihm zeigen, dass ich seit meiner Ausbildung nichts verlernt habe.«

Doro schüttelte den Kopf. »Männer! Ihr macht aber auch wirklich aus allem einen Wettbewerb.«

Das Fohlen versuchte erneut, die Füße zu sortieren und stemmte sich in die Höhe. Wackelig stand es auf seinen viel zu lang scheinenden Beinen und schaute so verdutzt aus der Wäsche, dass Doro laut lachen musste. »Damit hat sie jetzt selbst nicht gerechnet.«

Püppi wandte sich um, ging zu ihrem Fohlen zurück und berührte es sanft mit der Schnauze. Vorsichtig machte es einen unsicheren Schritt, dann noch einen, schnupperte an Püppis Flanke und begann zu trinken.

»Das ist wirklich ein pfiffiges Kerlchen. Hat auf Anhieb das Euter gefunden«, stellte Achim anerkennend fest. Er beugte sich ein bisschen vor, um Janna anzusehen. »Hast du dir schon überlegt, wie die Kleine heißen soll?«

»Nicht wirklich.« Janna legte eine Hand auf ihren Bauch und lächelte schief. »Ich hatte in letzter Zeit andere Dinge im Kopf. Hast du vielleicht eine Idee?«

»Hm.« Achim machte ein nachdenkliches Gesicht. »Der Name sollte mit T anfangen, weil Püppis offizieller Name ja Taya ist. Tamara vielleicht?«

»Bloß nicht! Bei Tamara muss ich sofort an eine Mitschülerin denken«, sagte Doro. »Weißt du noch? Die blöde Tamara aus der Parallelklasse?«, fügte sie an Janna gewandt hinzu.

»Die Blonde mit der Brille?«

Doro nickte.

»Oh, Gott, ja! Die hatte ich völlig verdrängt.« Janna schüttelte sich. »Tamara fällt definitiv aus.«

»Vielleicht solltest du mal ein paar Namenslisten im Internet durchgucken. Davon gibt es jede Menge«, meinte Doro. Auf einmal sah sie das Gesicht von Tante Tilda vor sich, wie sie stolz gelächelt hatte, als Doro ihr verkündet hatte, sie wolle ebenso wie sie Hebamme werden. »Ich persönlich fände Tilda schön«, fügte sie leise hinzu.

»Tilda?« Janna betrachtete das Fohlen, das noch immer trank. »Tilda!« Sie rieb sich das Kinn, während sie den Namen noch ein paarmal aussprach. »Tilda ist wirklich schön. Und ich kenne niemanden, der so heißt und unangenehme Assoziationen weckt. Also, willkommen, Tilda!«

Achims Vorschlag, die Ankunft der kleinen Tilda mit einem Glas Sekt zu begießen, verschoben die drei einstimmig auf einen späteren Zeitpunkt. Janna durfte wegen ihrer Schwangerschaft nichts trinken, Achim musste später noch zur Arbeit, und Doro, die Sekt insgeheim für völlig überschätzt hielt, lehnte ebenfalls dankend ab. So gingen sie in die Küche des Büsinghofs, um mit Enno Tee zu trinken.

Die Augen des alten Herrn leuchteten auf, als er die Neuigkeit erfuhr.

»Ein Stutfohlen?«, fragte er. »Das ist gut. Dann kannst du mit ihr später weiterzüchten, Janna. Platz ist ja bald mehr als genug in unserem Stall, jetzt, wo Achim unsere Kühe verkaufen will.« Der Vorwurf, der in seinen Worten mitschwang, war nicht zu überhören.

Achim seufzte, sagte aber nichts. Er rührte mit gesenktem Blick in seiner Teetasse herum.

Doro rutschte unbehaglich auf ihrem Stuhl herum und überlegte, ob sie etwas dazu sagen sollte.

In den letzten zwei Wochen war sie jeden Tag im Büsinghof gewesen, um sich um Jannas Pferd zu kümmern, und hatte schon einige Male hinterher mit Enno Tee getrunken. Seit Achim seinem Vater mitgeteilt hatte, dass sie die Rinder verkaufen mussten, um den Hof halten zu können, hatte der alte Mann ihr immer wieder sein Leid geklagt.

Nein, er war ganz und gar nicht einverstanden damit, dass Achim die Galloways verkaufte, und wollte auch nicht als Argument gelten lassen, dass die Bank seinem Sohn ein Ultimatum gesetzt hatte. Früher, als er noch selbst mit dem Bankvorstand verhandelt hatte, seien ihm die Leute immer ein Stück entgegengekommen. Achim habe sich bestimmt von den Schlipsträgern einschüchtern lassen und viel zu schnell nachgegeben. Jetzt hätten sie ihren Willen bekommen, und er könne nichts mehr dagegen unternehmen, dass der Hof völlig vor die Hunde ging.

Doro räusperte sich und spürte, wie sich die Blicke aller am Tisch ihr zuwandten.

»Das wäre doch eigentlich eine gute Idee«, begann sie vorsichtig. »Wenn man den Stall ein bisschen umbaut, könnte man etliche Pferde darin unterbringen.«

»Pferde?« Enno runzelte die Stirn. »Wir haben außer dem Wallach nie Pferde gehabt. Das bringt doch kein Geld ein.«

»Pensionspferde würden Geld einbringen. Wenn man neue Boxen …«

»Tünkram!«, sagte der alte Herr mit Nachdruck. »Woher soll denn das Geld für neue Boxen kommen? Die Bank wird uns nichts mehr geben.«

»Die Bank vielleicht nicht«, sagte Janna. »Aber Herr Nissen. Das ist der frühere Besitzer von Püppi«, fügte sie an Doro gerichtet erklärend hinzu. »Ich könnte ihn fragen, ob er sich am Umbau beteiligen würde, wenn ich ihm von dem Fohlen erzähle.«

»Ich weiß nicht«, sagte Achim nachdenklich. »So ein Umbau würde eine Menge Geld kosten, und solange wir nicht einmal eine Zusage für Pensionspferde haben, wird er wohl kaum investieren wollen.«

»Das käme auf einen Versuch an«, meinte Janna. »Man muss es ihm natürlich erst einmal schmackhaft machen, aber ich könnte mir vorstellen, dass er zumindest einen Teil des Geldes zuschießt. Er ist immer noch sehr dankbar, dass du Püppi letztes Jahr das Leben gerettet hast. Wenn du nicht gewesen wärst, wäre sie eingeschläfert worden.«

»Das mag ja sein, aber ob seine Dankbarkeit reichen würde, mir mehrere Zehntausend Euro zu leihen?«, fragte Achim skeptisch. »Da habe ich doch Zweifel.«

»Abwarten«, sagte Janna. »Ich werde einfach mal mit ihm reden, dann wissen wir mehr. Du kannst dich ja in der Zwischenzeit mal umhören, wie überhaupt der Bedarf ist.«

»Mach ich. Aber ich habe erst Zeit dafür, wenn Wioletta wieder aus Polen zurück ist. So lange bin ich mit meiner Arbeit in der Surfschule und der Arbeit im Haushalt hier mehr als ausgelastet. Allein schon die blöde Kocherei ...«

»Ich kann doch kochen. Das hab ich früher auch immer gemacht«, sagte Enno entrüstet.

»Nee, das lass mich mal erledigen«, gab Achim zurück. »Beim letzten Mal hast du fast das Haus in Brand gesetzt.«

»Ich hab nur vergessen, den Herd auszustellen. Das kann jedem mal passieren. Wenn du nicht ...«

»Wie wäre es denn, wenn ich Oma bitte, ob sie für euch beide mitkocht, und Doro das Essen dann vorbeibringt«, unterbrach Janna den beginnenden Streit der beiden Männer. »Dann müsst ihr es nur noch warm machen, das spart euch eine Menge Arbeit. Oma macht das sicher gern.«

»Aber sie soll sich nicht so viel Aufwand machen«, sagte Enno und hob warnend den Zeigefinger.

»Das ist doch kein Aufwand für sie. Sie kocht doch sowieso jeden Tag für die Pensionsgäste.«

Enno zuckte mit den Schultern, aber Achim warf Janna einen dankbaren Blick zu. »Es wäre super, wenn sie das tun würde.«

»Wie lange ist Wioletta denn in Polen?«, fragte Doro. »Ich meine, falls ihr sonst noch Hilfe braucht, könnte ich auch ...«

Achim winkte ab. »Das wird nicht nötig sein. Wioletta ist gestern gefahren und kommt kurz nach Ostern zurück. So lange kommen wir gut allein zurecht.« Er lächelte Doro zu. »Aber wenn du mal zwischendurch nach Papa gucken könntest, während ich in der Surfschule bin, wäre ich dir sehr dankbar.« Seine Augen leuchteten, als sein Blick ihren traf.

»Ich brauche kein Kindermädchen«, brummte Enno.

»Ich komme nicht zum Aufpassen, sondern zum Teetrinken«, sagte Doro mit Nachdruck. »Und das mache ich sehr gern.« Sie griff nach der Kanne auf dem Tisch. »Möchte außer mir noch jemand eine Tasse?«

Am Ostersamstag brachte die Post ein großes Paket für Doro.

»Nanu, was hast du denn da bestellt?«, fragte Claire, die gerade aus der Küche trat, als Doro die Tür hinter dem Postboten geschlossen hatte, und betrachtete den großen Karton, in dem laut Aufschrift einmal eine Mikrowelle verpackt gewesen war, mit hochgezogenen Augenbrauen.

»Bestellt habe ich gar nichts«, erwiderte Doro, die das Schälmesser, das Claire noch in der Hand hielt, entgegennahm. »Ich habe meine Mutter gebeten, mir meine Sachen herzuschicken.« Vorsichtig schnitt sie den Klebestreifen auf und öffnete den Karton. »Mal sehen, ob alles Wichtige dabei ist.«

Sie hob einen Stapel Sweatshirts und ihre Pullover heraus und legte sie auf den Fliesenboden. Weiter unten stieß sie auf ihre alten Jeans, die weißen Schwesterklamotten und ihre guten Blusen. Darunter kam ein in Blumenpapier gewickeltes, kleines Päckchen zum Vorschein, in dem ein Briefumschlag steckte. Darauf prangte in Tante Tildas geschwungener Handschrift ihr Name.

»Nanu, was ist das denn?«, murmelte Doro.

Das Päckchen enthielt ein Körbchen mit gefüllten Schokoostereiern und der Umschlag eine eng beschriebene Grußkarte mit kitschigen Osterhasen auf der Vorderseite.

»Liebe Doro«, stand dort. »Deine Mutter hat mich angerufen und mir brühwarm erzählt, was du jetzt machst. Ich weiß ja, sie neigt zu Übertreibungen, aber dass du auf Sylt einen schlecht bezahlten Job in einem Hotel annimmst, ist doch wirklich keine Lösung. Natürlich bist du frustriert, dass ich dir davon abgeraten habe, eine eigene Praxis aufzumachen und du keinen Job als Hebamme findest, aber gleich alles hinzuwerfen, das klingt so gar nicht nach dir. Du hattest doch deinen Traumjob gefunden – das hatte ich jedenfalls gedacht. Lass dir einfach mehr Zeit, eine neue Stelle zu finden, und versprich mir, dass du nicht einfach deinen Traum aufgibst. Ich weiß, wie glücklich du als Hebamme bist. Liebe Grüße und frohe Ostern für dich!

Tilda

PS: Ruf mich jederzeit an, wenn du einen Rat brauchst oder nur quatschen möchtest.«

Doro schnaubte frustriert, als sie zu Ende gelesen hatte.

»Alles in Ordnung, Mädchen?« Claire musterte sie mit gerunzelter Stirn.

»Ja, schon«, sagte Doro. »Allerdings macht meine Mutter mal wieder alle Leute verrückt.«

»Wie dies?«

»Vermutlich hat sie behauptet, ich wollte jetzt für immer als Hilfe im Hotel arbeiten, und schickt andere vor, um mich von dieser Idee abzubringen.« Sie sah hoch und begegnete dem skeptischen Blick aus Claires blauen Augen. »Es ist zum Haareraufen.«

»Du solltest das klarstellen, Mädchen, und zwar so bald wie möglich«, sagte Claire. In ihrem Blick lag Mitgefühl. »Solche Missverständnisse gären immer weiter, bis sie irgendwann zu echten Familienzwistigkeiten werden.«

Doro nickte. »Ich muss nur die passende Gelegenheit abpassen, mit meiner Mutter zu sprechen.«

»Gibt es denn für so was eine passende Gelegenheit? Warte nicht zu lang damit. So etwas auszusitzen bringt gar nichts, wenn du mich fragst.«

Claire legte eine Hand auf Doros Schulter und drückte sie aufmunternd. »Könntest du jetzt die Erbsensuppe zu Büsings hinüberbringen? Enno wartet sicher schon auf sein Mittagessen.« Damit drehte sie sich um und ging in die Küche zurück. »Dorothee geht rüber«, hörte sie die durchdringende Stimme der alten Dame von drinnen sagen.

Doro sah zum halb geleerten Karton hinunter. »Aber zuerst muss sie ihre Habseligkeiten wegräumen«, sagte sie mit einem Seufzen. Sie stopfte die auf dem Boden liegenden Kleidungsstücke wieder in den Karton, hob ihn an und trug ihn nach oben in ihr Zimmer.

Eine halbe Stunde später klopfte Doro an die Küchentür der Büsings, in der Hand den Korb, in dem Johanne den Suppentopf verstaut hatte.

»Herein!«, hörte sie Ennos Stimme und trat ein. Zu ihrem Erstaunen war der alte Herr heute nicht allein. Janna saß ihm gegenüber, eine leere Teetasse vor sich, und sah ihr entgegen. »Moin, Doro.«

»Hallo, Janna. Was machst du denn hier? Mo hat doch heute frei. Es ist Samstag.«

»Frei hat er schon, aber gestern Nacht war Feueralarm, und er ist erst um kurz vor fünf Uhr wieder zu Hause gewesen. Ich wollte ihn ausschlafen lassen, hab Kuchen gekauft und bin hergekommen, um mit Onkel Enno und Achim einen Tee zu trinken. Eigentlich wollte ich mit Achim wegen des Investors sprechen, aber der war offenbar gestern Nacht ebenfalls bei dem Einsatz und schläft auch noch.«

»Hast du mit dem Investor gesprochen?«

Janna nickte. »Herr Nissen hätte durchaus Interesse, aber er braucht so etwas wie einen Businessplan, um einschätzen zu können, ob es sich überhaupt lohnen würde, den Stall umzubauen.«

»Ein Businessplan? Ist so etwas aufwendig?«

»Schon.« Janna wiegte den Kopf hin und her. »Achim müsste eine Bedarfsplanung machen, Kostenvoranschläge einholen und so weiter. Und dann muss man kalkulieren, was als Gewinn abfallen könnte.«

»Achim hat es nicht so mit Zahlen«, sagte Enno. »Das war bei ihm schon immer so. In der Schule war er noch nie gut. Keine Ahnung, ob er das Abitur schafft.«

Erstaunt hob Doro die Augenbrauen. Heute schien Enno wieder ziemlich durcheinander zu sein.

»Hast du deine Tabletten heute schon genommen, Enno?«, fragte Doro und stellte den Korb auf dem Tisch ab.

»Tabletten? Was denn für Tabletten?«, fragte der alte Mann. »Ich muss keine Tabletten nehmen, mir fehlt doch nichts!«

»Normalerweise passt Achim auf, dass er sie nimmt«, sagte Janna mit gedämpfter Stimme zu Doro. »Aber wenn er auch erst so spät heimgekommen ist wie Mo?«

Doro nickte und wandte sich zu Enno um. »Wo bewahrt Wioletta denn deine Tabletten immer auf?«, fragte sie lauter.

»Im Küchenschrank«, brummte der alte Mann. »Bei den Tassen.«

Nach kurzem Suchen fand Doro einen ganzen Stapel sorgfältig beschrifteter Medikamentendispenser mit Ennos Tabletten und einen Dosierplan, die Wioletta für den Zeitraum ihrer Abwesenheit vorbereitet hatte. Zu ihrer Erleichterung sah Doro, dass Enno offenbar nur heute noch keine Tabletten genommen hatte.

Sie nahm ein Glas, füllte es mit Leitungswasser und stellte es zusammen mit der Morgendosis vor Enno hin.

»So, Enno, jetzt nimmst du erst mal deine Medikamente. Dann geht es dir bestimmt gleich besser«, sagte sie in dem bestimmenden Tonfall, den ihre Ausbilderin Schwester Ingeborg immer an den Tag gelegt hatte. Auch in diesem Fall verfehlte er seine Wirkung nicht. Ohne zu murren nahm Enno die Tabletten nacheinander ein.

»Möchtest du jetzt einen Teller Erbsensuppe?«, fragte sie dann. Enno schüttelte den Kopf. »Ich habe doch gerade Kuchen gegessen.«

»Also schön, dann stelle ich den Topf in den Kühlschrank, und Achim kann die Suppe nachher wieder warm machen.«

»Was soll ich warm machen?«, fragte eine undeutliche Stimme von der Tür her. »Guten Morgen, ihr zwei!«

Achim war scheinbar gerade aus dem Bett gekommen. Er trug einen blau gestreiften Bademantel, seine sonst wohlfrisierten blonden Haare standen als wildes Knäuel vom Kopf ab, Bartstoppeln schimmerten rötlich auf den Wangen, und tiefe Schatten lagen unter seinen schlaftrunkenen Augen. »Was für eine Nacht!« Er gähnte.

»Keine Einzelheiten, bitte«, rief Janna lachend.

»Nicht, was du schon wieder meinst«, gab Achim grinsend zurück. »Nichts war mit Weibergeschichten. Die Morsumer Feuerwehr hat heldenhaft verhindert, dass ein Garagenbrand auf ein benachbartes Reetdach überspringt. Wir hatten den Brand erst um drei halbwegs unter Kontrolle. Mo war noch da, als ich gefahren bin.«

»Ja, ich weiß. Mo hat mich aufgeweckt, als er um halb fünf zurückkam.«

»Hat er auch erzählt, dass er befürchtet, unser alter Freund, der Sylter Feuerteufel, sei wieder am Werk?«

Jannas Augen wurden groß. »Ich dachte, den hätte die Polizei erwischt?«

Achim zuckte mit den Schultern. »Das hatten wir gedacht. Das jetzt könnte auch ein Trittbrettfahrer sein. Jedenfalls ist es genau dieselbe Vorgehensweise: eine volle Papiertonne anzünden und möglichst nah ans Haus stellen.« Er deutete auf die Kanne, die auf dem Tisch stand. »Ist noch Tee da?«

Janna hob die Kanne an. »Eine Tasse müsste noch drin sein.«

»Prima.« Achim holte sich einen Becher aus dem Schrank und setzte sich neben Janna auf die Bank.

»Musst du heute noch in die Surfschule?«, fragte Doro.

»Nein, zum Glück nicht. Erst morgen früh wieder.« Er nahm einen großen Schluck Tee und streckte das Kreuz durch. »Hoffentlich lässt uns der Feuerteufel heute in Ruhe schlafen.«

»Ich drücke die Daumen«, sagte Doro und lächelte ihm zu. Als er zurücklächelte, spürte sie, wie ihr Herz bis in den Hals zu pochen begann. »Ich muss jetzt allmählich wieder in die *Friesenrose* zurück«, sagte sie und ärgerte sich, dass ihre Stimme auf einmal ganz rau klang. Sie räusperte sich. »Die Erbsensuppe habe ich in den Kühlschrank gestellt, die kannst du ja heute Abend warm machen. Soll ich Tarzan noch auf die Weide lassen?«

»Würdest du das tun?« Wieder lag dieses warme Leuchten in seinen Augen. Hastig wandte Doro den Blick ab. Sie stand auf und griff nach ihrem Korb.

»Ich bring dich noch zur Tür«, sagte Achim und erhob sich ebenfalls.

Sie wollte etwas sagen, wie: »Lass nur«, oder: »Das ist nicht nötig«, aber sie brachte nichts heraus. Achim hielt ihr die Küchentür auf und folgte ihr in den Stall hinaus.

»Ist dir nicht zu kalt?«, fragte sie.

Er grinste. »Ach wo. Erstens bin ich als Surfer Kummer gewohnt, und zweitens ist mir nie kalt, wenn du in der Nähe bist.«

Wieder schlug Doros Herz bis zum Hals hinauf, und sie war froh, dass Achim im Halbdunkel des Stalls nicht sehen konnte, dass sie rot geworden war.

Sie gingen nebeneinander zu den Pferdeboxen. Doro holte aus ihrem Korb ein paar Möhren heraus, die sie in Johannes Kühlschrank gefunden hatte. Als sie mit der Zunge schnalzte, kamen Tarzan und Püppi sofort ans Gitter.

Zuerst bekam Püppi eine Möhre, die sie krachend und knurpselnd zerbiss. Die kleine Tilda äugte neugierig hinter ihrer Mutter hervor.

»Wenn es über die Feiertage wärmer wird, wie der Wetterbericht sagt, könnten wir die beiden mal für eine halbe Stunde auf die Weide lassen.« Achim streichelte der Stute über die Stirn. »Nicht wahr, Püppi? Das würde dir bestimmt gut gefallen, oder?«

Die Stute schnaubte, als hätte sie verstanden.

»Sag mir aber bitte Bescheid, wenn du sie rausbringst, ja«, sagte Doro. »Du wirst dabei Hilfe brauchen, und dein Vater kann das nicht.« Sie drehte sich um und sah ihn an. »Jedenfalls jetzt nicht mehr, wo er so unsicher läuft, dass er für die kleinsten Strecken einen Rollator braucht«, fügte sie hinzu. »Und ich glaube nicht, dass er einsieht, wie wackelig er auf den Beinen ist. Versteh mich nicht falsch, ich will dir keine Vorwürfe machen, aber bitte achte unbedingt darauf, dass er seine Medikamente pünktlich nimmt. Vorhin war er richtig verwirrt, weil er seine Tabletten noch nicht genommen hatte.«

»Ich weiß.« Achim seufzte und senkte den Kopf. »Mein Fehler. Ich habe verpennt und den Wecker nicht gehört. Man muss Papa daran erinnern, sonst vergisst er seine Medikamente. Wenn Wioletta wieder da ist, denkt sie daran. Aber …«

»So lange wirst du für ihn daran denken müssen.« Doro hob die Hand und griff nach seinem Arm. »Es ist nicht einfach, das weiß ich, aber du musst jetzt die Zügel übernehmen, auch wenn er sich dagegen mit Händen und Füßen wehrt.« Der Baumwollstoff des Bademantels fühlte sich erstaunlich weich und warm unter ihren Fingern an. Achim hob die Hand und legte sie auf ihre.

»Es ist nicht so einfach«, sagte er. »Wir kommen schon seit Jahren nicht mehr gut miteinander aus. Er nimmt mich nicht ernst und hört einfach nicht auf das, was ich sage.«

»Das merkt man.«

»Ich scheine ihm einfach nichts recht machen zu können.« Achim holte tief Luft und ließ sie langsam wieder entweichen. Noch immer lag seine Hand warm auf ihrer, und sein Daumen strich sanft über ihre Finger hinweg.

Doros Kopf begann zu schwirren.

Nicht jetzt, dachte sie. Das kann ich gerade gar nicht gebrauchen. Sie räusperte sich und zog die Hand vorsichtig aus seinem Griff. »Ich glaube nicht, dass es an dir liegt«, sagte sie so sachlich, wie sie es nur fertigbrachte. »Das Problem kenne ich gut aus meiner Zeit im Krankenhaus. Gerade Menschen, die vorher sehr unabhängig gewesen sind, brauchen Zeit, sich auf die neue Situation, die ihre Krankheit mitbringt, einstellen zu können. Dein Vater muss sich damit abfinden, dass er nicht mehr allein klarkommt. Wer gibt schon gern zu, dass er auf Hilfe angewiesen ist?«

Achim sah hoch, und ihre Blicke trafen sich. »Ich«, sagte er leise. »Ich bin dir sehr dankbar, dass du mir dabei helfen willst.« Er beugte sich vor und küsste sie auf die Wange. »Danke, Doro.«

Für einen Augenblick verlor Doro sich in seinen blauen Augen, die sich dicht vor ihr befanden. Kleine Fältchen bildeten sich in den Augenwinkeln. Er lächelte sie an.

Wie gern hätte sie dem Drang nachgegeben, sich an Achim zu schmiegen, seine Arme um sich zu fühlen und ihn zu küssen, aber sie zwang sich, vernünftig zu bleiben. Das hier war kein kitschiger Liebesfilm, das war das echte Leben. Ihr Leben.

Sie konnte sich nicht so einfach in seine Arme werfen und etwas mit ihm anfangen. Schließlich war sie nur für eine absehbare Zeit auf der Insel, und wer wusste, wohin es sie von hier aus verschlagen würde. Für kurze Affären oder gar One-Night-Stands war sie nie der Typ gewesen. Besser hier und jetzt einen Schlussstrich ziehen, als später monatelang wegen Liebeskummer durchhängen zu müssen.

»Nichts zu danken!«, sagte sie so fröhlich, sie konnte. »Zu helfen ist immerhin mein Job, und laut meinem Arbeitszeugnis bin ich ganz gut darin.« Ihr Lachen klang selbst in ihren eigenen Ohren etwas zu schrill.

Sie wich ein Stück von Achim zurück und griff nach dem Riegel an Tarzans Boxentür. »Na, mein Alter, dann wollen wir dich mal auf die Weide bringen, was?«, sagte sie zu dem Wallach und angelte nach seinem Halfter.

Doro war ganz froh, dass sich in den nächsten Tagen keine Gelegenheit ergab, mit Achim allein zu sein. Zwar ging sie jeden Tag zu Büsings hinüber, um das Essen abzuliefern und nach Püppi und dem Fohlen zu sehen, aber meist war Janna mit dabei, und wenn sie wirklich allein hinüberging, dann, wenn sie wusste, dass Achim gerade in der Surfschule bei der Arbeit war. Dann leistete sie Enno eine Weile Gesellschaft, ehe sie wieder in die *Friesenrose* zurückkehrte.

Ostern war vorüber, und obwohl die Ferien in den meisten Bundesländern schon um waren, konnte von einem Rückgang der Besucherströme auf die Insel nicht die Rede sein.

»Das ist immer so«, erklärte Johanne. »Die Ostersaison geht nahtlos in die Vorsaison über. Richtig voll wird die Insel aber erst, wenn die Sommerferien im Rheinland ausbrechen.«

Claire lachte, als sie es hörte. »Wenn man dich so hört, könnte man die Ferien glatt für eine gefährliche Seuche halten.«

Anfang Mai wurde es so warm, dass man fast glauben mochte, der Sommer sei schon da. Die Obstbäume rund um die *Friesenrose* und den Büsinghof standen in voller Blüte, und Schönwetterwolken zogen wie dicke Puderquasten über die blühenden Weiden, wenn Doro und Janna mit Dottie zu ihren täglichen Spaziergängen zum Strand aufbrachen.

Janna ging es inzwischen prächtig. Ihre Frauenärztin sei mehr als zufrieden mit ihr, sagte sie. Es spräche nichts mehr dagegen, dass sie wieder arbeitete, aber Johanne wollte nichts davon wissen, dass sie in der *Friesenrose* half. So beschränkte sie sich aufs Malen und gab im Atelier wieder ihre Zeichenkurse, die alle ausgebucht waren.

»So ganz allmählich müssen wir mal mit den Vorbereitungen für die Hochzeit in die Pötte kommen«, fand Janna, während sie am Strand unterhalb des Morsumer Kliffs entlangspazierten. »Es sind ja nur noch ein paar Wochen bis dahin.«

»Stimmt.« Doro bückte sich, hob eine angespülte Muschel auf und drehte sie in der Hand, ehe sie sie ins Wasser warf. »Langsam wird es Zeit.« Sie warf Janna einen fragenden Seitenblick zu. »Hat sich denn deine Schwiegermutter in spe inzwischen an den Gedanken gewöhnt, dass ihr Sohn unter die Haube kommt?«

»Lass es mich mal so formulieren: Sie hat sich damit abgefunden, dass sie nicht mit ihren Freundinnen ans Mittelmeer fahren kann. Das ist immerhin schon mal was.«

»Mehr kannst du eigentlich nicht verlangen, oder?« Doro grinste.

»Höchstens, dass sie bei der Trauung erscheint, gute Laune mitbringt und nicht jedem erzählt, dass Rüdiger eigentlich eine bessere Partie hätte machen können.«

»Wehe, wenn sie das tut. Sollte deine Oma so etwas mitbekommen, dann raucht es im Gebüsch.«

Janna grinste schief. »Allerdings. Das befürchte ich ja.« Sie sah zu Doro hinüber und steckte die Hände in die Jackentaschen. »Alles, was ich möchte, ist eine kleine, friedliche Feier mit den Leuten, die Mo und ich am liebsten haben. Ist das denn zu viel verlangt?«

»Nein, ist es nicht. Wir als eure Freunde werden schon dafür sorgen, dass ihr genau die Hochzeit bekommt, die ihr euch wünscht.«

Zurück in der *Friesenrose* hängte sich Doro gleich ans Telefon und begann, Mos und Jannas Freunde für den Abend zu einem Planungstreffen einzuladen. Achim war von der Idee sehr angetan, hatte aber die Bitte, das Treffen statt in der *Friesenrose* lieber bei ihm zu Hause stattfinden zu lassen, da er seinen Vater nicht allein lassen wollte.

»Sag mal, was ist denn eigentlich mit Wioletta?«, fragte Doro. »Sollte die nicht inzwischen wieder zurück sein?«

»Sie hat mich vor ein paar Tagen aus Polen angerufen«, hörte sie Achims müde Stimme sagen. »Ihre Mutter ist krank geworden, und sie hat mich gebeten, ihr noch weitere zwei Wochen freizugeben.«

»Das ist ja blöd«, erwiderte Doro. »Kannst du nicht Ersatz für sie bekommen?«

Sie hörte Achim bitter lachen. »Schön wär's«, sagte er. »Aber Wioletta ist nicht über eine Agentur gekommen, ich habe sie privat engagiert, weil ich mir nichts anderes leisten konnte. Jetzt steh ich blöd da.«

»Mist«, sagte Doro.

»Sogar Obermist. Aber es war ja meine eigene Blödheit.«

»Wenn ich irgendwie helfen kann, sag Bescheid, ja?«

»Danke für das Angebot, aber ich denke, wir kommen schon

klar. Jetzt haben wir schon drei Wochen ohne Wioletta rum, dann werden wir die nächsten vierzehn Tage auch noch überstehen. Also kommt ihr heute Abend hierher? So gegen sieben Uhr? Passt das?«

»Das wäre super. Fällt dir noch jemand ein, der bei der Planung helfen könnte?«

»Vielleicht die Feuerwehrleute. Ich werde mal rumfragen, ob jemand Zeit hat.«

»Das wäre toll. Danke dir, Achim. Bis nachher dann!«

Als Doro und Johanne bei Büsings eintrafen, war die Küche bereits voller Leute. Nacheinander stellte Achim Doro die Mitglieder der Freiwilligen Feuerwehr von Morsum vor, die Doro bereits bei der Verlobungsfeier gesehen hatte, dann holte er noch ein paar Stühle dazu, und die drei setzten sich zu den anderen an den Tisch.

»Wie weit seid ihr denn bis jetzt vorangekommen?«, fragte Johanne in die Runde.

»Ehrlich gesagt noch nicht sehr weit«, gab Achim zu. »Irgendwie ist immer alles andere wichtiger, scheint mir.«

»Das bleibt nicht aus, wenn Feuerwehrleute zusammensitzen und ein Brandstifter unterwegs ist«, sagte die Frau am Tisch finster, die Achim als Neele vorgestellt hatte.

»Noch ist es nicht mehr als ein Verdacht«, sagte einer der jungen Männer vorsichtig.

»Ach, komm schon, Jonas«, gab Neele zurück. »Drei Brände in vier Wochen? Das ist schon ziemlich offensichtlich. Mo meint auch, dass es wieder ein Feuerteufel ist.«

»Womit wir glücklich wieder beim Thema des Abends sind«, sagte Doro. Sie griff nach einer Wasserflasche und füllte sich eines der Gläser, die auf dem Tisch bereitstanden. »Mos und Jannas Hochzeit im Juni und wie wir die beiden mit einer unvergesslichen Feier überraschen können.«

»Wie hatten sie denn bis jetzt ihre Hochzeit geplant?«, fragte Jonas.

»Wenn ich Janna recht verstanden habe, soll es eine ganz kleine Feier werden: nur die Zeremonie im Standesamt, und danach wollen sie mit den Trauzeugen und den engsten Verwandten essen gehen«, antwortete Johanne.

»Der Brandmeister will ohne Mitwirkung der Feuerwehr heiraten? Das kommt ja mal gar nicht infrage.« Neele schüttelte entschieden den Kopf. »Es muss eine ordentliche Party geben. Mit leckerem Essen, mit Musik und natürlich mit einer dreistöckigen Hochzeitstorte.« Sie grinste. »Für Letzteres will ich gern sorgen.«

»Prima.« Johanne nickte ihr zu. »Ich hatte insgeheim damit gerechnet, dass du das übernimmst, Neele. Es fragt sich nur, wo die Feier stattfinden soll. Ich hätte sonst den Frühstücksraum in der *Friesenrose* vorgeschlagen, aber dann ist es natürlich keine Überraschung mehr.«

»Und wenn wir in der Feuerwache feiern?«, fragte Achim. »Da ist reichlich Platz, wir können sie schmücken, und wenn wir einen DJ engagieren, können wir sogar tanzen.« Er lachte. »Das ist doch immer einer von Mos liebsten Sprüchen, dass es irgendwo zugeht wie in der Dorfdisco, nicht wahr? Dann veranstalten wir doch mal eine für ihn und Janna.« Er sah auffordernd in die Runde. »Also, wer ist dafür?«

Alle Hände bis auf Johannes und Doros gingen in die Höhe.

»Dorfdisco?«, fragte Johanne stirnrunzelnd. »Ist das denn angemessen feierlich für eine Hochzeitsfeier?«

»Vielleicht nicht feierlich, aber bestimmt lustig«, meinte Doro und beugte sich ein Stück zu Johanne hinüber. »Vor allem wird das Mos Mutter gehörig gegen den Strich gehen«, fügte sie leiser hinzu.

Ein breites Lächeln erschien auf Johannes Gesicht. »Das

wäre mir natürlich ein inneres Schützenfest!«, sagte sie kichernd und hob die Hand. »Also gut, abgemacht. Aber nur unter einer Voraussetzung.« Sie deutete mit ausgestrecktem Finger in die Runde. »Ihr alle werdet in voller Uniform vor dem Standesamt Spalier stehen.«

»Ehrensache. Das hatten wir sowieso schon fest eingeplant. Was denkst du denn?«, sagte Achim leicht gekränkt. »Jetzt sollten wir noch genau festlegen, wer sich um was kümmern wird.« Er angelte einen Schreibblock und einen Kuli vom Küchenbüffet und legte sie vor sich. »Also, dann lasst uns die Feierlichkeiten mal organisieren. Erstens: Musik für die Dorfdisco. Kennt jemand von euch einen bezahlbaren DJ, der möglichst auch noch eine eigene Lichtanlage hat?«

Mit wachsendem Erstaunen hörte Doro zu, wie die anwesenden Feuerwehrleute innerhalb einer halben Stunde alles Nötige für das anstehende Fest organisierten. Die Aufgaben wurden unter den Anwesenden gerecht verteilt, man machte sich Notizen und schien allenthalben zuversichtlich, alles pünktlich erledigen zu können. Man merkte den Leuten an, dass sie es gewohnt waren, effizient zusammenzuarbeiten.

Schließlich legte Achim den Stift auf den Block und rieb sich zufrieden die Hände. »Das wird eine geniale Hochzeitsfeier, da bin ich sicher. Ich würde vorschlagen, das Festkomitee trifft sich in vierzehn Tagen noch mal zum finalen Brainstorming. Sollte sich in der Zwischenzeit Neues ergeben, ruft mich jederzeit an.«

In dem Moment, als er sein Handy zückte, fing es plötzlich an zu klingeln. Beinahe hätte er es fallen lassen. »Was zum Teufel …«, stieß er hervor und warf einen verblüfften Blick auf das Display. »Das ist Mo!«, sagte er stirnrunzelnd. »Hat irgendjemand sich verplappert, dass wir uns heute hier treffen?«

Alle am Tisch schüttelten den Kopf. Achim erhob sich und

ging mit dem Telefon auf den Flur hinaus, um das Gespräch anzunehmen. Durch die geöffnete Tür konnte Doro Achims Antworten hören.

»Schon wieder?«, hörte sie ihn sagen. »Kommen die nicht allein klar? … Und die Westerländer? … Ja … ja, ist gut, Mo. Ich mach mich gleich auf den Weg, ich muss aber noch in der *Friesenrose* vorbei und fragen, ob jemand zwischendurch nach meinem Papa gucken kann … ja … ist klar … Nee, keine Ahnung, wo der steckt … Hast du mal auf seinem Handy probiert? … Ja, geht klar, Mo … Zehn Minuten, eine Viertelstunde höchstens. Bis gleich.«

Achim kam zurück und blieb in der offenen Küchentür stehen. »Feueralarm«, sagte er. »In Keitum brennt ein Bauernhof, die dortige Feuerwehr bitten alle Sylter Wehren um Hilfe.«

»Da wird doch wohl nicht wieder der Brandstifter am Werk gewesen sein?«, fragte Neele grimmig.

»Keine Ahnung«, gab Achim zurück. »Allerdings entzündet sich eine Scheune voller alter Strohballen normalerweise nicht von selbst. Also los, Leute, auf geht's!«

Alle am Tisch sprangen auf und verließen die Küche. Achim drehte sich in der Tür noch einmal zu Doro und Johanne um.

»Keine Sorge«, sagte Doro mit einem schmalen Lächeln, noch ehe er etwas sagen konnte. »Ich bleibe hier bei deinem Vater.«

»Danke, Doro.« Achim warf ihr einen liebevollen Blick zu, ehe auch er durch die Tür verschwand.

Johanne seufzte. »Immer dasselbe, sobald die Feuerwehr ruft, lassen die Kerle alles liegen und stehen. Dann wollen wir hier mal klar Schiff machen, was?«

Als sie abgewaschen hatten, fragte Johanne, ob sie noch bleiben sollte, aber Doro schüttelte den Kopf. »Das brauchst du nicht, Johanne. Ich stelle noch die Gläser weg, dann setze ich mich zu Enno ins Wohnzimmer und leiste ihm vor dem Fernseher Gesellschaft.«

»Hauptsache, seine Programmauswahl sagt dir zu.« Johanne zwinkerte ihr zu. Aus dem Wohnzimmer war deutlich Blasmusik zu hören.

»Ach, das ertrag ich schon hin und wieder.« Doro verdrehte die Augen, lachte dann aber.

»Hast du den Schlüssel für die Eingangstür? Ich werde wohl bald zu Bett gehen.«

Doro klopfte auf ihre Hosentasche. »Immer am Mann.«

Eines der letzten Gläser, die Doro in den Schrank stellen wollte, glitt ihr aus der Hand und zerschellte auf den Fliesen mit lautem Knall. Während sie noch fluchend nach Besen und Schaufel suchte, öffnete sich die Küchentür und Enno schlurfte herein.

»Ach, du bist hier, Deern«, sagte er. »Ich hab mich schon gefragt, wer hier so einen Krawall macht. Konnte man bis in die Stube hören. Wo ist denn Achim?«

»Achim musste zu einem Feuerwehreinsatz«, erklärte Doro. »Er ist sicher bald zurück. Ich habe ihm versprochen, so lange bei dir zu bleiben, Enno.«

»So ein Blödsinn.« Der alte Mann verschränkte die Arme vor der Brust. »Ich brauche kein Kindermädchen.«

»Natürlich nicht, das weiß ich.« Doro legte ihm besänftigend die Hand auf die Schulter. »Aber damit Achim beruhigt ist, gucke ich gern ein bisschen Fernsehen mit dir. Lass mich kurz die Scherben wegfegen, dann setze ich mich zu dir ins Wohnzimmer.«

»Wenn du willst?« Enno nickte. »Ich freu mich über Gesellschaft.«

Als Doro mit einer Flasche Wasser und zwei Gläsern zu ihm ins Wohnzimmer kam, war die Musiksendung vorüber, und es liefen Nachrichten. Enno, der in einem Fernsehsessel saß, hörte aufmerksam zu.

Doro ließ sich neben Waltraut, der alte Hündin, nieder, deren Schwanz daraufhin freundlich auf das Polster des altmodischen Sofas klopfte. Sie stellte die Gläser auf den Tisch und goss Wasser hinein.

»Psst«, machte Enno. »Jetzt kommt das Wichtigste – das Wetter.«

»Tschuldigung«, flüsterte Doro. Sie schob das gefüllte Glas in seine Richtung.

Erst als der Wettermann fertig war und der Nachrichtensprecher den Zuschauern noch einen schönen Abend gewünscht hatte, sah Enno zu Doro hinüber. Er lächelte. »Danke, Deern!«, sagte er. Er griff mit der Linken nach dem Wasserglas, führte es vorsichtig zum Mund und trank durstig.

»Möchtest du noch mehr?«, fragte sie.

»Nachher, wenn ich meine Tabletten nehme«, sagte er. »Sonst muss ich heute Nacht noch mal hoch.«

Heute schien Enno wieder einen guten Tag zu haben, er schien wach und weniger verwirrt als sonst. Er sah Doro aufmerksam an, dann lächelte er.

»Was ist das eigentlich zwischen dir und meinem Achim?«, fragte er neugierig.

»Zwischen Achim und mir?«, fragte sie verblüfft. »Was soll da sein? Wir sind nur Freunde, nichts weiter.« Sie wich seinem Blick aus und begann stattdessen Waltraut zu tätscheln, die sich auf den Rücken wälzte, um sich den Bauch kraulen zu lassen.

»Nur Freunde. Soso.« Enno nickte wissend. »Ob Achim das auch so sieht?«

»Hat er etwas gesagt?«, fragte Doro.

»Über so etwas spricht er nicht. Wenigstens nicht mit mir.« Die Bitterkeit in der Stimme des alten Mannes war nicht zu überhören. Er schaute auf das Glas hinunter, das er noch immer in der Hand hielt, und stellte es schließlich auf den Tisch zurück. »Wir reden nicht viel miteinander«, fügte er hinzu. »Und wenn, dann streiten wir.« Enno holte tief Luft. »Ich glaube, er nimmt mir übel, dass er wegen meiner Krankheit die Surferei aufgeben und zurückkommen musste. Es wäre für alle besser gewesen, wenn ich den Schlaganfall nicht überlebt hätte.«

Doro erschrak. »Das ist doch Blödsinn, Enno«, rief sie. »So was darfst du nicht mal denken.«

Einen Moment lang schaute er sie schweigend an, dann seufzte er. »Und warum nicht?«, fragte er. »Es ist doch wahr. Alles wäre viel einfacher, wenn ich gestorben wäre. Achim könnte immer noch zu seinen Surfmeisterschaften fahren, er hätte den Hof einfach an die Bank verkaufen können und wäre auf einen Schlag die Schulden los, er müsste keine Pflegerin bezahlen, die kocht und sauber macht und die mir auf die Beine hilft, wenn ich nicht mehr hochkomme. Ich bin für alle nur noch eine Belastung.«

»In erster Linie bist du Achims Familie. Auch wenn Familie manchmal eine Belastung sein kann, ist sie doch auch der Anker, der uns im Leben festhält und verhindert, dass wir den Boden unter den Füßen verlieren.« Doro griff über den Tisch hinweg nach der Hand des alten Mannes, die kraftlos neben dem Glas lag. »Du und dieser Hof, ihr seid Achims Zuhause, sein Lebensmittelpunkt, um den sich für ihn alles dreht, und ich weiß, er könnte es nicht ertragen, euch zu verlieren.«

»Hat er das gesagt?«

Doro schüttelte den Kopf. »Das muss er gar nicht. Das merkt man auch so, wenn man ihn gut kennt.«

»Dann kennst du ihn besser als ich, Deern.« Ein schmales Lächeln erschien auf seinem müden Gesicht. »Aber das ist kein Wunder, wo ihr so gute Freunde seid.«

Doro fühlte, wie ihre Wangen sich röteten. »Ich … äh …«, stammelte sie.

»Schon gut, Deern«, sagte Enno. »Ich verstehe schon. Noch kriege ich ganz gut mit, was um mich herum passiert. Du magst ihn eben gern, meinen Achim. Und er hält auch eine Menge von dir, sonst würde er nicht so viel von dir reden. Immer heißt es ›Doro meint‹ oder ›Doro hat gesagt‹. So kenne ich ihn gar nicht. Nicht, dass er früher nicht auch Frauengeschichten gehabt hätte, aber das war nie was Ernstes. Ich hatte immer das Gefühl, er wollte die Frauen auf Abstand halten.«

»Und du glaubst, das ist jetzt anders?« Doro hörte selbst die Skepsis in ihrer Stimme.

Das Lächeln auf dem Gesicht des alten Mannes wurde wärmer. »Das musst du schon selbst herausfinden, Deern. Dabei kann ich dir nicht helfen.« Er zog seine Hand unter ihrer hervor und rückte in seinem Sessel ein Stückchen zur Seite. »Und jetzt gieß mir bitte noch einen Schluck Wasser ein, damit ich meine Tabletten nehmen kann. Ich muss allmählich ins Bett.«

Doro holte ihm nicht nur seine Tabletten aus der Küche, sondern hakte ihn auch auf dem Weg ins Badezimmer unter und half ihm beim Ausziehen. Als er schließlich lag, wünschte sie ihm noch eine gute Nacht und ging dann ins Wohnzimmer zurück.

Der Fernseher lief noch immer. Sie probierte verschiedene Kanäle durch, fand aber nur einen uralten Krimi, den sie leise laufen ließ, um nicht über das, was Enno angedeutet hatte, nachdenken zu müssen. Waltraut, die sich nicht von ihrem Sofaplatz gerührt hatte, schnarchte leise. Doro rutschte ein Stück ins Polster hinunter, legte den Kopf gegen die Lehne und kraulte die Hündin am Kinn. Allmählich begann sie Waltrauts Schnarchen in den Krimi einzubauen, und ihre Augen fielen zu.

Als das Klingeln sie weckte, brauchte sie einen Moment, um

sich zu orientieren. Sie kämpfte sich vom Sofa hoch und rieb sich den schmerzenden Nacken, der sich wegen ihrer merkwürdigen Schlafhaltung verspannt hatte. Sie zog ihr Handy aus der Hosentasche und meldete sich.

»Oh, hab ich dich etwa geweckt?«, hörte sie Achims Stimme. »Tut mir leid.«

»Nein, ich hab nicht geschlafen«, beeilte Doro sich zu versichern. »Ich habe nur das Telefon nicht sofort gehört.« Sie angelte nach der Fernbedienung auf dem Tisch und schaltete den Ton des Fernsehers aus. »Jetzt ist es besser«, sagte sie.

»Bist du etwa noch bei uns zu Hause?«

»Ja, sicher. Ich hatte doch gesagt, dass ich bei deinem Vater bleibe.«

»Ist er etwa noch wach?«

»Nein, er ist um zehn ins Bett gegangen.« Sie warf einen Blick auf ihre Armbanduhr. Es war inzwischen kurz vor eins.

»Du hättest aber doch nicht so lange bleiben müssen. Jetzt habe ich ein rabenschwarzes Gewissen.«

»Das musst du nicht haben. Wir haben uns noch ein bisschen unterhalten, dann hat er seine Tabletten genommen und ich habe ihm beim Ausziehen geholfen. Nichts, was ich nicht schon tausendmal gemacht hätte.«

»Trotzdem. Ich wollte eher hier weg, aber es hat eine halbe Ewigkeit gedauert, bis wir den Brand halbwegs unter Kontrolle hatten.«

»So schlimm?«

»Schlimmer. Von der Scheune, in der es zu brennen angefangen hat, ist das Feuer auf den Stall übergesprungen. Wir mussten alle Pferde rausholen, und die waren wegen des vielen Rauchs kaum zu bändigen. Deswegen konnte ich auch nicht weg. Mo meinte, ich sei der Einzige, der es schaffen könnte, die Pferde auf die Weide zu bringen, ohne dass sie völlig durchdrehen. Zum Glück hat er recht behalten und keines ist zu Schaden gekommen, aber der Pferdestall ist jetzt abbruchreif. Eine gute Nachricht gibt es aber auch. Sie haben den Brandstifter auf frischer Tat erwischt.«

»Das ist toll, aber trotzdem ist der Verlust des Stalls bitter für den Besitzer.«

»Das ist es, auch wenn der alte Böning meint, dass die Versicherung bezahlen wird. Aber es dauert erfahrungsgemäß Monate, bis das Geld kommt. So wird ihm der Umsatz für die gesamte Saison aus der Nase gehen. Er hat immer den ganzen Stall voller Pensionspferde. Hinzu kommt, dass kurz nach Pfingsten in Keitum das Poloturnier ist. Jetzt muss Böning der Mannschaft absagen, die bereits die Ställe für ihre Pferde bei ihm gebucht hatte.«

»Aber vielleicht könntest du ja für das Turnier einspringen …«, begann Doro vorsichtig. »Wenn man den leeren Stall nutzt …«

»Mach dir nichts vor, Doro. Selbst wenn wir das Geld für neue Boxen hätten, so schnell könnten wir nie im Leben Platz für die Pferde in unserem Stall schaffen.« Er seufzte. »Wirklich schade. Das wäre jetzt die Gelegenheit gewesen, einen Fuß in die Tür zu bekommen.«

Doro wusste nichts zu antworten. »Kommst du jetzt denn nach Hause?«, fragte sie nach einer kurzen Pause.

»Ja, ich sitze schon im Auto. In zehn Minuten bin ich da. Geh ruhig schon rüber in die *Friesenrose*. Du musst doch hundemüde sein.«

»Nur ein bisschen. Also, falls du noch Pläne schmieden möchtest, wie man trotz allem …«

»Ehrlich gesagt bin ich völlig erledigt und möchte nur noch ins Bett fallen. Morgen früh muss ich in die Surfschule, aber wenn du morgen Nachmittag Zeit hast?«

»Ich werde mir die Zeit nehmen, darauf kannst du wetten. Gegen drei?«

»Du bist ein Schatz, Doro. Weißt du das?«

»Du bist der Erste, dem das auffällt.«

»Vielleicht bin ich auch nur der Erste, dem du glaubst, wenn er es dir sagt.« Leises Lachen ertönte aus dem Hörer. »Gute Nacht, Doro, bis morgen.«

Trotz Achims guter Wünsche wurde es nicht gerade eine gute Nacht für Doro. Obwohl sie todmüde war, konnte sie einfach nicht einschlafen, sondern wälzte sich unruhig hin und her. Zu viel ging ihr im Kopf herum.

Da war zum einen Ennos Frage, ob Achim sein Verhältnis zu Doro ebenfalls als rein freundschaftlich sehen würde. Mit diesem Satz hatte er in Doros Gefühlsleben ein ganzes Hornissennest aufgescheucht.

Sei mal ehrlich, Doro, dachte sie. Empfindest du wirklich nur Freundschaft für Achim?

Und sie musste mit leichtem Schreck feststellen, dass es keine eindeutige Antwort auf diese Frage gab. Sie mochte Achim wirklich gern – er war freundlich, humorvoll, gut aussehend, jemand, mit dem man Pferde stehlen konnte. Aber: War da mehr? Sie wurde nicht rot in seiner Gegenwart, stotterte nicht herum oder bekam gar Schwindelanfälle, wie sie sie als Teenager gehabt hatte, wenn ihr Schwarm neben ihr stand. Und doch war da dieses Gefühl von Erregung, wenn er sie wie beiläufig berührte. Aber reichte das schon, um zu behaupten, sie sei verliebt?

Doro faltete die Arme im Nacken und starrte an die Zimmerdecke. Die Straßenlaterne an der Auffahrt warf einen schwachen Lichtstreifen durch den Spalt im Vorhang, gerade hell genug, um die Deckenleuchte, eine Schale aus Milchglas mit Messingknopf in der Mitte, sehen zu können.

Ach was, sagte sie sich. Das zwischen Achim und mir ist nur Freundschaft. Vielleicht mit einer Prise Kribbeln im Bauch, aber nichts Ernsthaftes. Und genau dabei sollten wir es auch belassen. Eine Liebesbeziehung anzufangen, wenn ich nicht einmal weiß, wo ich in einem halben Jahr sein werde, wäre für alle Seiten nur eine Belastung.

Als sie diesen Entschluss gefasst hatte, fühlte Doro sich deutlich besser. Sie rollte sich auf die Seite, zog die Bettdecke über die Ohren und schlief beinahe augenblicklich ein.

Eigentlich war Janna am folgenden Morgen in die *Friesenrose* gekommen, um zu malen, aber dann hatte sie sich zu Johanne, Claire und Doro in die Küche gesetzt, und die vier hatten ausgiebig über den Brand in Keitum gesprochen. Alle waren der Meinung, man müsse etwas unternehmen, und so hatten sie den Rest des Vormittags über immer neue Ideen entwickelt, um der betroffenen Bauernfamilie zu helfen. Nach einigen Kannen Tee und etlichen Telefongesprächen waren die Pläne endlich so konkret, dass auch Achim und sein Vater ins Boot geholt werden konnten, und so machten sich Doro und Janna am Nachmittag auf den Weg zum Büsinghof, wie Doro es Achim versprochen hatte.

In der Küche war der Tisch bereits gedeckt. Zwischen den geblümten Tassen und dem Teller mit dem Apfelkuchen, der verdächtig nach Sylter Wolken aus Neeles Café aussah, stand die Teekanne auf dem Stövchen.

Kaum dass die beiden sich gesetzt hatten, platzte es aus Doro heraus. »Wir haben uns überlegt, wie euer Hof aus dem Gröbsten rauskommt. Eigentlich ist es ja eher als Hilfe für Bönings aus Keitum gedacht, aber wenn alles so hinhaut, wie es bislang aussieht, dann werden alle Beteiligten davon profitieren, wenn ihr seine Pferde in Pension nehmt.«

»Hä?« Achim, der gerade dabei war, die Teetassen zu füllen, hielt inne und schaute sie verständnislos an.

»Erstens heißt es: ›Wie bitte‹, und zweitens schießt Doro in ihrer Begeisterung definitiv übers Ziel hinaus«, erklärte Janna konsterniert. Als Achim ihr Tee eingießen wollte, schüttelte sie den Kopf. »Besser nicht, sonst fährt mein Kreislauf nachher Karussell. Ich hatte vorhin schon mehr als reichlich Tee«, sagte sie. »Also, noch mal von vorn, Doro, aber bitte schön der Reihe nach.«

Doro grinste, als sie Jannas Handbewegung sah, mit der diese ihr das Wort erteilte. »Sehr gern, Frau Oberstudienrätin. Als wir heute früh zusammensaßen, hatten wir eine Idee, wie man Bönings wegen des abgebrannten Stalles helfen könnte. Am wichtigsten ist ja, dass die Pferde über Nacht untergebracht werden können. Zum einen ist es nachts noch ziemlich kühl, und zum anderen sind wertvolle Tiere darunter, die man nicht unbewacht lassen will, richtig?«

»Richtig«, sagte Achim, und sein Vater nickte zustimmend.

»Bis die Brandschutzversicherung zahlt und der Neubau von Bönings Stall beginnen kann, werden noch etliche Wochen ins Land gehen. Seine Pferde können aber nicht so lange warten. Herr Böning sagte, für ein paar Tage seien seine Nachbarn schon eingesprungen, aber spätestens wenn die Pferde für das Poloturnier an Pfingsten hergebracht werden, brauchen die ihre Ställe selbst. Und dann sind da noch die Pferde, die er selbst beim Turnier im Stall unterbringen wollte und für die jetzt nirgends auf der Insel Platz zu sein scheint. Es wird also händeringend nach Ausweichquartieren gesucht. Und jetzt kommt euer Stall ins Spiel.«

»Wir haben nur die zwei Boxen, und die sind mit Tarzan und Püppi samt Fohlen schon voll«, sagte Achim.

»Aber ihr habt noch den ganzen Rest der Diele, den Schuppen, und ihr habt auch noch den Unterstand für die Galloways«, sagte Janna. »Alles könnte man ziemlich schnell zu Boxen umbauen.«

Achim verschränkte die Arme vor der Brust und schüttelte langsam den Kopf. »Könnte man schon«, sagte er. »Aber wir haben kein Geld dafür. Hast du eine Ahnung, was Pferdeboxen kosten?«

»Ich nicht, aber Herr Böning«, sagte Janna und lehnte sich zufrieden zurück. »Oma hat vorhin mit ihm telefoniert, weil sie ihn schon seit einer Ewigkeit kennt. Er hat gute Kontakte zu einer Firma in Polen, die sehr günstig Boxenelemente liefert, und meint, mit etwa zwanzigtausend Euro sollte man für die Ausstattung des Stalls und des Unterstands hinkommen. Das wäre dann allerdings ohne den Einbau.«

»Zwanzigtausend Euro!« Achim schnaubte. »Völlig illusorisch, dass wir so viel auftreiben können.«

»Gar nicht illusorisch«, sagte Janna. »Hans Nissen würde das Geld vorstrecken. Ich habe schon mit ihm gesprochen.«

»Und wie soll ich das zurückzahlen?«

»Das will er mit dir persönlich besprechen, wenn er das nächste Mal nach Sylt kommt. Aber er fand die Idee einer Teilhaberschaft an deinem Gestüt sehr reizvoll.«

Enno runzelte die Stirn. »Gestüt?«, fragte er. »Was denn für ein Gestüt?«

»Das war mal so eine Schnapsidee von mir«, sagte Achim finster. »Ist lange her, dass ich darüber nachgedacht habe, hier eine Pferdezucht aufzuziehen.«

»Gar keine Schnapsidee«, sagte Doro. »Die Idee ist prima!

»Mein Reden! Mit Püppi und Tilda ist der Grundstock für die Herde doch schon gelegt«, ergänzte Janna.

»Das sind doch deine Pferde, nicht meine«, sagte Achim.

»Schon. Aber …«

»Nichts aber«, unterbrach Achim sie. »Wie soll ich ohne Pferde ein Gestüt aufbauen? Janna, das sind doch alles Hirngespinste.« Er schüttelte den Kopf. »Ich kann mir kein Geld von Herrn Nissen leihen. Ich weiß ja nicht einmal, wie ich die Schulden bezahlen soll, die jetzt schon auf dem Hof lasten. Und dann noch einmal mindestens vierzigtausend Euro dazu?«

Doro runzelte die Stirn und sah ihn fragend an. »Wie kommst du denn jetzt auf vierzigtausend Euro?«

Achim seufzte. »Die Boxenelemente müssen doch noch eingebaut werden, und der Unterstand für die Galloways braucht Außenwände, sonst können wir da keine Pferde unterbringen.«

»Darüber haben wir auch schon nachgedacht«, erwiderte Doro. »Den Einbau der Boxen würden die Morsumer und Keitumer Feuerwehrleute übernehmen. Mo meinte, mit ein oder maximal zwei Wochenendaktionen sollte das zu schaffen sein. Die Jungs wollen als Bezahlung nichts als ein ordentliches Grillfest, und dafür wird Jannas Oma sorgen, das hat sie schon versprochen.«

Janna hob den ausgestreckten Zeigefinger. »Jawoll! Und Mo will zusätzlich noch mit Bönings Nachbarn telefonieren, ob die sich an der Aktion beteiligen. An Helfern wird also definitiv kein Mangel herrschen, wenn er das in die Hand nimmt. Und was das Baumaterial angeht, du kennst doch Mo! Der wird jeden Händler der Insel anrufen und an sein mildtätiges Herz appellieren. Mo könnte einer Kuh das Kalb abschwatzen, sagt Oma immer, da sollten ein paar Bretter, Nägel und einige Säcke Zement wohl kein Problem darstellen.«

»Ich weiß nicht, ich kann doch nicht …«, begann Achim.

»Du weißt nicht, ob du dir helfen lassen willst, aus deinem Schlamassel rauszukommen?« Doro sah ihm herausfordernd in die Augen. »Ist das nur falscher Stolz, oder ist das schon Dummheit?«

Einen Augenblick lang dachte Doro, sie sei mit ihrer Bemerkung zu weit gegangen. Achims Lippen wurden zu einem dünnen Strich, und in seiner Wange zuckte ein Muskel, während seine Augen sie zornig anblitzten. Ihr lag bereits eine Entschuldigung auf den Lippen, aber dann dachte sie zurück an den Eifer und die Begeisterung, mit der Janna, Claire, Johanne und sie am Vormittag alles geplant und organisiert hatten. Das alles sollte umsonst gewesen sein, nur weil Achim zu eigensinnig war, angebotene Hilfe anzunehmen?

Ein heiseres Lachen, das in einen trockenen Husten überging, riss sie aus ihren Gedanken. Enno, der neben Achim saß, klopfte sich mit der Faust gegen die Brust, um seine Stimme zurückzugewinnen.

»Gib auf und sag ja, Junge! Gegen die Deern kommst du nicht an«, krächzte der alte Mann, immer noch lachend. »Die steckt uns alle beide in die Tasche.« Er wandte sich seinem Sohn zu und stieß ihn mit dem Ellbogen seines gesunden Arms an. »Die musst du dir unbedingt warmhalten, Achim.«

# Neun

Auch wenn Achim sich zunächst etwas schwer damit zu tun schien, stimmte er doch schließlich Doros und Jannas Plänen zu, den Stall umbauen zu lassen. Den Ausschlag gab nach Jannas Meinung, dass Enno von der Idee, Pensionspferde den Platz der Galloways einnehmen zu lassen, ganz begeistert schien. So werde wieder ein bisschen Leben auf den Hof kommen, meinte er, und das sei die Hauptsache, jetzt, wo die Galloway-Rinder verkauft seien.

Später meinte Janna, Achim sei deshalb so zurückhaltend, die Hilfe der Feuerwehrleute anzunehmen, weil Mo die Organisation der Aktion innehatte.

»Aber die beiden sind doch Freunde«, erwiderte Doro verwundert.

»Ja, jetzt schon, oder besser gesagt, jetzt wieder«, sagte Janna achselzuckend. »Aber eine ganze Zeit lang waren sie sich gar nicht grün, und ich glaube, Achim möchte nicht in Mos Schuld stehen. Vermutlich hauptsächlich, um diese neu gewonnene Freundschaft nicht zu gefährden.«

»Männer!« Doro schüttelte den Kopf. »Und da sagt man immer, Frauen seien kompliziert. Meinst du, es würde helfen, wenn ich mal mit Achim rede?«

Janna zuckte mit den Achseln. »Keine Ahnung. In jedem Fall hast du eine Menge Einfluss auf die beiden Büsing-Männer. Onkel Enno hast du ja richtig um den Finger gewickelt, und der Apfel fällt bekanntlich nicht weit vom Stamm.«

Bis zu dem Wochenende, an dem der Umbau stattfinden sollte, ergab sich für Doro keine Gelegenheit, mit Achim mehr als nur ein paar Minuten allein zu sein. Entweder war er gerade einkaufen oder in der Surfschule, wenn sie das Mittagessen für die beiden brachte, oder aber er schleuste sie schnurstracks in die Küche zu Enno. Beinahe so, als würde er ihr aus dem Weg gehen. Doro fragte sich, ob er wegen ihrer Bemerkung vor ein paar Tagen immer noch böse auf sie war, doch dann beruhigte sie sich mit dem Gedanken, dass sie das erst mit Sicherheit wissen würde, wenn sie ihn danach fragte.

Als sie am Samstag mit einem großen Korb voll belegter Brötchen über dem Arm – einer Spende von Oma Johanne für die fleißigen Helfer – den Büsinghof betrat, waren die Aufräumarbeiten im Stall bereits in vollem Gange. Etwa zwanzig junge Leute, die meisten Mitglieder der Morsumer und Keitumer Feuerwehren, räumten alles aus dem Stall, was sich im Laufe der letzten zwanzig Jahre dort angesammelt hatte. Mo stand mitten im Getümmel, ein Klemmbrett mit einem Plan in der einen Hand, und gab den Helfern mit ausschweifenden Gesten Anweisungen. Gelegentlich wandte er sich Enno zu, der ganz hinten bei den beiden vorhandenen Pferdeboxen in einem Gartenstuhl saß und dem Treiben zuschaute. Doro mutmaßte, dass Mo ihn fragte, was mit den Sachen passieren sollte, die die Helfer zum Vorschein brachten. Von Achim war weit und breit nichts zu sehen.

»Guten Morgen«, sagte Doro. »Ich bringe euch Frühstück.«

»Große Klasse!«, sagte Mo. »Wir sind schon seit zwei Stunden dabei, aber wir kommen gut voran. Wenn das so weitergeht, haben wir die Diele noch vor dem Mittagessen leer geräumt, und Jonas kann mit der Verankerung für die Boxen loslegen.« Er deutete auf die Küchentür. »Janna ist drin und macht gerade Tee für alle.«

»Sehr gut.« Doro sah sich nochmals suchend um. »Wo steckt denn Achim?«, fragte sie.

»Musste wegen der Gatter noch mal weg«, erwiderte Mo knapp. »In Niebüll klappt irgendwas mit dem Verladen auf die Bahn nicht.«

»Na, bravo. Ich dachte, die Gatter seien längst da.«

»Leider noch nicht. Der Lkw ist mit einer Panne liegen geblieben.« Mo zuckte mit den Achseln. »Wenn's kommt, kommt's immer gleich dicke. Aber jetzt kann es sich nur noch um Stunden handeln, bis die Gatter hier eintrudeln.«

»Oder Minuten!« Doro deutete durch die offene Dielentür auf den Lastwagen, der gerade die Auffahrt entlangschaukelte. »Der Lkw kommt gerade.«

»Die Sonne geht auf«, sagte Mo grinsend und klatschte in die Hände. »Planänderung, Leute!«, rief er. »Wir laden den Laster aus, und danach gibt es Frühstück in der Küche!«

»Dann bringe ich mal besser die Brötchen rein und gehe Janna zur Hand«, sagte Doro.

»Gute Idee. Hier kannst du nicht viel helfen. Wir sind so viele Leute, dass wir uns schon beinahe gegenseitig auf den Zehen stehen.«

In der Küche fand Doro Janna und Neele vor, die dabei waren, die lange Reihe von Thermoskannen mit Tee oder Kaffee zu füllen. Aus dem alten Küchenradio dudelte ein alter Beatles-Song, und beide sangen bei der Arbeit lautstark, aber nicht eben tonrein mit.

»Moin, ihr zwei!«, rief Doro über den Lärm hinweg. »Ich bringe die Frühstücksspende der *Friesenrose*, wie besprochen.«

»Wunderbar!«, sagte Neele und nahm ihr den Korb aus der Hand. »Ich stelle sie noch aufs Büffet, dann fahre ich los.«

»Ein Büffet?«, fragte Doro.

Janna nickte. »Es sind so viele Leute gekommen, um zu

helfen, dass wir die unmöglich alle in die Küche kriegen. Also kriegen alle einen Becher und einen Pappteller und bedienen sich selbst. Neele fährt gleich noch mal zum Bäcker und holt Brötchennachschub. Sie meint, sonst reicht es nicht für alle. Dabei hat sie extra noch zwei große Bleche Kuchen mitgebracht. Hauptsache, wir bleiben nicht auf dem ganzen Kram sitzen!« Sie warf Doro einen besorgten Blick zu und stellte den Wasserkessel wieder auf den Herd.

»Der Kuchen kommt ganz sicher weg«, meinte Doro grinsend. »Im Zweifel sorgt Mo schon dafür.«

»Auch wieder wahr!« Janna lachte. »Gut, dass du da bist. Wenn die hungrige Meute einfällt, wäre ich mir sonst etwas verloren vorgekommen.« Sie zog Doro kurz an sich. »Gibt es was Neues in der *Friesenrose?*«

»Nö, nicht wirklich. Den Bettenwechsel habe ich schon fertig. Es waren ja nur drei Zimmer heute, das habe ich gleich heute früh erledigt. Als ich ging, saßen Claire und deine Oma in der Küche vor einer Wanne Pellkartoffeln und schnippelten schon, was das Zeug hält. Der Kartoffelsalat ist also in Arbeit, und die Grillwürstchen habe ich gestern Abend schon abgeholt. Und wie sieht es hier aus?«

»Hier gibt es was Neues, aber das ist nicht so angenehm.« Janna seufzte. Der Kessel begann zu pfeifen, und Janna nahm ihn wieder von der Herdplatte herunter, um die wartenden Kaffeefilter zu füllen. »Achim hat heute früh erzählt, dass Wioletta nicht wieder zurückkommt.«

»Was?«, fragte Doro erschrocken. »Aber sie sollte doch eigentlich Anfang nächster Woche zurück sein.«

»Ja. Sollte sie. Wollte sie auch, aber ihre Mutter ist schwer erkrankt und kann sich nicht mehr um ihre Kinder kümmern. Jetzt bleibt ihr nichts anderes übrig, als in Polen zu bleiben.«

»Und wann kommt Ersatz für sie?«

»Das ist nicht so einfach, sagt Achim. Wäre Wioletta über eine Agentur vermittelt worden, wäre das mit dem Ersatz kein Problem, aber so …«

Doro zog eine Augenbraue in die Höhe. »Wo ist das Problem?«

»Wioletta kam auf Empfehlung von Bekannten, für die sie früher mal gearbeitet hat, aber sie ist nicht angemeldet«, sagte Janna gedämpft. »Sonst hätte Achim sich nie eine Pflegerin für seinen Vater leisten können. Er sagt, die einzige Möglichkeit war, jemanden zu engagieren, der schwarz arbeitet.«

»Und jetzt?«

»Keine Ahnung.« Janna hob den Filterhalter von der Kanne, ließ ihn abtropfen und beförderte die Filtertüte in den Abfall. »Er sagte was davon, dass es dann eben ohne Pflegerin gehen müsse.«

»Achim spinnt doch«, sagte Doro mit Nachdruck. »Wie will er das denn schaffen? Wenn die Urlaubssaison richtig anfängt, muss er doch jeden Tag mehrere Stunden in der Surfschule arbeiten. Außerdem muss er sich zusätzlich noch um die Pensionspferde kümmern, sobald sie hier sind. Wie will er da Zeit finden, angemessen für seinen Vater zu sorgen? Enno braucht fast überall Hilfe.« Sie nahm die Finger zu Hilfe, als sie die Bereiche aufzählte. »Es fängt beim Waschen und Anziehen an, er muss seine Medikamente pünktlich nehmen, jemand muss darauf achten, dass er genug isst und trinkt und vor allem, dass er nicht stürzt.«

»So etwas Ähnliches habe ich auch zu ihm gesagt, aber er meinte, er habe mit Enno schon gesprochen und der habe gesagt, in letzter Zeit ginge es ihm deutlich besser, und er könne gut und gern ein paar Stunden am Tag allein im Haus bleiben.«

»Ich glaube, da überschätzt er sich. Aber selbst wenn es heute so ist, heißt das noch lange nicht, dass es auch so bleibt.

Ich habe Enno schon an einem schlechten Tag erlebt, an dem er sich kaum auf den Beinen halten konnte und sehr durcheinander war. Da hätte er keine Minute allein im Haus bleiben dürfen.«

Janna sah zu Doro hoch und zuckte mit den Achseln. »Genau das habe ich auch versucht, Achim klarzumachen, aber er wollte nichts davon hören. Du bist doch Krankenschwester, vielleicht kannst du ihm das besser erklären als ich.«

»Ich weiß nicht«, sagte Doro zögernd. »Er scheint in den letzten Tagen nicht besonders erpicht darauf zu sein, mit mir zu reden.«

»Habt ihr euch gestritten?«

»Das nicht, aber seit ich ihn vor ein paar Tagen wegen des Umbaus angefahren habe, geht er mir aus dem Weg, so gut er kann.«

»Sorry, aber ich glaube, das bildest du dir nur ein«, sagte Janna. »Davon hätte ich doch was mitgekriegt, schließlich waren wir beide oft genug zusammen hier.« Sie zog die vollen Teefilter aus zwei Thermoskannen und drehte die Deckel darauf. »So. Fertig«, sagte sie und reichte die Kannen an Doro weiter. »Stell die doch bitte im Flur auf den Büffettisch. Und was Achim angeht, der hält wirklich große Stücke auf dich, das hat er mehr als einmal gesagt. Wenn einer ihn zur Vernunft bringen kann, dann bist du es.«

Weder beim Frühstück noch später am Tag gelang es Doro, Achim allein abzupassen, um mit ihm zu reden. Sie sah ihn nur aus einiger Entfernung, und dann war er entweder schwer beschäftigt oder von einer Schar Helfern umgeben. Es war wie verhext.

Die Arbeit an den Pferdeboxen ging erstaunlich schnell voran. Gegen Mittag, als die von der Morsumer Feuerwehr gesponserte Pizza geliefert wurde, waren nicht nur Diele und der

Schuppen von Gerümpel befreit, sondern die Holzteile der ersten beiden neuen Boxen standen schon dort, wo sie hingehörten. Bis zur Kaffeezeit hatten die Helfer unter Anleitung der beiden Zimmerleute, die zur Keitumer Feuerwehr gehörten, die restlichen Holzteile der Boxen installiert und den Rinderunterstand mit MDF-Platten verkleidet. Als Doro und Janna gegen sechs Uhr in die *Friesenrose* hinübergingen, um Johanne und Claire bei den letzten Vorbereitungen für das Grillfest zu helfen, waren überall die Metallgitter installiert, und die Arbeiten konzentrierten sich nun auf die Errichtung der Zarge für das Holztor, das den Unterstand künftig verschließen sollte.

»Und?«, fragte Johanne, die gerade Stangenbrot in Scheiben schnitt, als die beiden Freundinnen die Küche betraten. »Seid ihr mit dem Stall fertig geworden?«

»So gut wie. Mo geht fest davon aus, dass sie gegen sieben Uhr bis auf kleine Reste alles geschafft haben und dann zum Grillen rüberkommen.« Janna stibitzte sich ein Stück Brot aus dem Korb und biss hinein. »Wir haben tierisches Glück mit dem Wetter gehabt. Wenn alles vom Regen aufgeweicht wäre, wären sicher nicht so viele Leute gekommen, und wir hätten vor allem Schwierigkeiten gehabt, den Unterstand dicht zu bekommen.«

»Noch fehlt aber das Tor für den Unterstand«, ergänzte Doro. »Das wird erst Anfang nächster Woche geliefert.«

»Und die Tischlerei, die es herstellt, baut es ein. Damit haben wir zum Glück nichts mehr zu tun«, meinte Janna kauend und schnappte sich eine weitere Scheibe Brot.

»Hey, Hände weg!« Johanne drohte ihr mit dem Finger. »Das ist für die fleißigen Handwerker, nicht fürs Küchenpersonal. Aber ihr könnt den Korb mit in den Garten nehmen und Claire helfen, den Grill anzuheizen. Nicht, dass sie noch die Apfelbäume in Brand setzt.«

Es wurde eine schöne, fröhliche Grillparty, die Doro sehr an die erinnerte, an der sie an ihrem ersten Abend auf Sylt teilgenommen hatte. Diesmal aber fühlte sie sich nicht als Außenstehende, sondern als Teil einer Gemeinschaft. Das lag sicher daran, dass sie etliche der Teilnehmer inzwischen kannte, aber auch, weil sie sich unter den Anwesenden heimisch fühlte.

So sollte es immer sein, dachte sie. Menschen, die einander helfen, ohne eine Gegenleistung zu verlangen, und sich über das Erreichte zusammen freuen und ausgelassen feiern können. Sie nahm einen großen Schluck aus ihrer Bierflasche und sah zufrieden lächelnd in die Runde der jungen Leute, die zusammen um den großen Tisch herumsaßen und schwatzten und lachten. Der Wunsch, hier unter diesen Leuten eine endgültige Heimat gefunden zu haben, wurde auf einmal so groß, dass sie einen dicken Kloß in ihrem Hals fühlte.

»Ist der Platz noch frei?«, sagte eine tiefe Stimme neben ihr und riss sie aus ihren Gedanken. Achim stand vor ihr und deutete auf den weißen Plastikgartenstuhl neben ihrem.

Doro räusperte sich, um ihre belegte Kehle wieder frei zu bekommen. »Klar. Setz dich doch.«

»Papa geht es heute richtig gut«, sagte Achim, nachdem er sich niedergelassen hatte, und deutete mit der Hand, in der er seine Bierflasche hielt, auf die Bank, wo sein Vater neben Jannas Oma und Claire saß und sich gut zu unterhalten schien. Der Rollstuhl, mit dem Achim ihn vom Büsinghof herübergeschoben hatte, stand leer ein Stück entfernt auf der Terrasse.

»Ja, er ist wirklich gut drauf«, erwiderte Doro. Während sie noch nach Worten suchte, wie sie ihn auf das Thema neue Pflegekraft für Enno ansprechen sollte, kam Achim ihr zuvor. »Es ist wirklich erstaunlich, wenn man bedenkt, was die Ärzte mir damals nach seinem Schlaganfall gesagt haben«, sagte er.

»Was haben sie denn gesagt?«

»Dass sein Zustand sich nicht mehr bessern wird und ich mir überlegen sollte, ob ich ihn nicht besser in einem Pflegeheim unterbringen soll.« Achim seufzte und nahm noch einen Schluck aus seiner Bierflasche, während er unverwandt zu seinem Vater hinüberschaute.

Selbst im schwachen Licht der Lampionkette, die in den Bäumen über ihnen strahlte, war zu sehen, wie besorgt und müde er aussah. Tiefe Ringe lagen unter seinen Augen, und die Falten um seinen Mund schienen tiefer als sonst.

»Glaub nicht, dass ich nicht darüber nachgedacht hätte«, sagte er nach einer Pause. »Mehr als einmal habe ich geglaubt, einen Riesenfehler gemacht zu haben, als ich nach Sylt zurückkam. Für alle wäre es leichter gewesen, wenn …« Wieder nahm er einen Schluck Bier. »Ich meine, wir hätten den Hof verkauft und wären alle Schulden auf einen Schlag los gewesen, Papa hätte die nötige Pflege und seinen geordneten Tagesablauf bekommen. Und ich? Ich hätte noch ein paar Jahre surfend durch die Weltgeschichte gondeln können, bis ich mich irgendwo in der Karibik zur Ruhe gesetzt hätte.« Er lachte, aber es klang nicht fröhlich.

Doro betrachtete sein ebenmäßiges Profil, das sich scharf gegen das erleuchtete Fenster der *Friesenrose* abhob.

»Aber du hast es nicht getan. Du hast nicht den leichtesten Weg gewählt, sondern den, der für deinen Vater der beste ist«, sagte sie warm.

»Ist er das wirklich?«

»Sieh ihn doch an. Enno ist hier zu Hause und nicht in irgendeinem Pflegeheim, egal wie gut das sein mag. Hier schlägt sein Herz, hier, wo man das Meer riechen kann, wo er bei seinen Freunden sitzen und schnacken kann und wo sein Sohn sich um ihn kümmert. Wenn es ihm besser geht, als die Ärzte vorausgesagt hatten, dann liegt es daran, dass du es ihm ermöglicht hast, hierzubleiben. Es war nicht die leichte Entscheidung, die du getroffen hast, aber es war sicher die richtige.«

Endlich drehte er den Kopf in Doros Richtung und schaute sie an. In seinen Augen spiegelten sich die winzigen Lichtpunkte der Lampions über ihnen, und Doro fühlte, wie sich ihr Herz zusammenzog.

»Meinst du wirklich?«, fragte er, und in seiner Stimme schwang Zweifel mit.

»Ja, ganz ehrlich.« Einem Impuls nachgebend legte sie die Hand auf seinen Unterarm, der sich unter ihren Fingern weich und warm anfühlte. »Als du dich entschlossen hast, herzukommen, um dich um deinen Vater zu kümmern, hast du in erster Linie an ihn gedacht und dich hintenangestellt. Keine Ahnung, ob ich so selbstlos sein könnte.«

»Selbstlos? Ich?« Achim lachte leise. »Du bist die Erste, die das so sieht.« Er legte seine Hand auf ihre und hielt sie fest.

»Möglich, aber ich stehe dazu.« Doro lächelte ihm zu. »Aber deine Selbstlosigkeit hat auch einen Haken. Du musst bewältigen können, was du dir aufbürdest. Niemandem, am wenigsten deinem Vater, ist geholfen, wenn du dir zu viel zumutest.« Doro holte tief Luft. »Janna erzählte vorhin, dass Wioletta nicht zurückkommt und du meinst, ohne eine Pflegekraft auskommen zu können.«

Einen Augenblick lang sah er sie mit gerunzelter Stirn an, dann lehnte er sich im Stuhl zurück, wobei er ihre Hand losließ.

»Wir können uns keine andere Pflegekraft leisten«, sagte er kühl. »Schon gar keine, die über eine Agentur vermittelt wird. Auch Wioletta hätte ich nicht mehr lange bezahlen können. Es ist zum Verrücktwerden. Die Pflegeversicherung übernimmt diese Art der Pflege zu Hause nicht, und wie wir finanziell aufgestellt sind, brauche ich dir ja nicht zu erzählen. Papa müsste in ein Heim, und das will er nicht, so lange es noch irgendwie zu Hause geht. Es ging während der letzten paar Wochen ja auch.«

Doro wiegte zweifelnd den Kopf hin und her. »Nur hast du bald wesentlich mehr mit den Pferden zu tun als vorher. Hinzu kommt, wenn die Sommersaison losgeht, wirst du vermutlich mehr in der Surfschule sein als zu Hause. Dann ist Enno ganz allein im Haus. Stell dir nur mal vor, er fällt hin und niemand bekommt es mit.«

Achims Gesicht wurde noch verschlossener. Er kaute auf seiner Unterlippe herum, antwortete aber nicht.

»So lange du keine neue Pflegekraft hast, besorge ihm wenigstens einen häuslichen Notrufmelder. Das ist so eine Art langes Halsband, an dem ein Drücker befestigt ist, mit dem er Hilfe rufen kann.«

»Er hat ein Handy.«

»Das aber meistens auf dem Küchentisch herumliegt«, ergänzte Doro. »Und wenn es ihm wirklich schlecht geht, ist so ein Drücker, den er um den Hals trägt, einfacher zu bedienen als ein Handy. Es ist ja nur eine Vorsichtsmaßnahme«, fügte sie beschwichtigend hinzu.

Wieder sah Doro ihn an, aber Achim wich ihrem Blick aus. »Außerdem solltest du vielleicht auch noch mal mit Johanne und Claire wegen des Mittagessens reden. Sie haben bestimmt nichts dagegen, wenn sie weiterhin für euch mitkochen. Und wenn ich das Essen zu euch rüberbringe, kann ich immer schauen, wie es deinem Vater geht.«

»Ihr habt das ja schon alles genau geplant, was?«, rief Achim. »Janna und du, ihr kümmert euch um alles. Frühstück, Mittagessen, Abendbrot, Notrufdrücker: Alles genau durchdacht. Weil Achim es ja nicht allein hinbekommt. Der Hof wirft nichts mehr ab und ist verschuldet? Wie wäre es mit neuen Pferdeboxen oder gleich einem Gestüt? Janna vermittelt den Geschäftspartner, und Mo hat überall seine Finger drin. Weil Achim, der Kindskopf, nichts auf die Reihe kriegt. Und weil Janna zu feige ist, mit mir wegen der Pflegekraft zu reden, schickt sie dich vor, um mir zu sagen, was ich tun soll.«

»Das ist doch Blödsinn, Achim. Und das weißt du auch.«

»Ach ja? Was glaubst du denn, wer mir vorhin gesagt hat, du wolltest etwas mit mir bereden, hm?« Achim stand auf. »Ich glaube, ich werde jetzt mal Papa ins Bett bringen, es war ein langer und anstrengender Tag für ihn. Gute Nacht, Doro.«

Ohne eine Antwort abzuwarten, ließ Achim sie stehen und sie sah zu, wie er zur Bank ging und sich zu seinem Vater hinunterbeugte.

»Ich glaube, der Tag war nicht nur für Enno anstrengend«, murmelte Doro, während sie ihm hinterhersah.

In den nächsten Tagen war Doro nicht sonderlich erpicht darauf, Achim zu begegnen, und überließ es Janna, den beiden Männern vom Büsinghof das Essen zu bringen, wenn sie ihren Spaziergang mit Dottie machte. Sie schob vor, sich endlich um ihre Bewerbungen kümmern zu müssen. So saß sie oben in ihrem Zimmer, den altersschwachen Laptop auf dem winzigen Schreibtisch vor sich, und starrte doch meist nur aus dem Fenster hinaus auf die Weiden, bis sie sich beim Grübeln ertappte und sich zwang, sich wieder auf die Stellenangebote im Internet zu konzentrieren. Viele waren es nicht gerade, die für sie infrage kamen.

Doro erstellte eine Adressliste, formulierte ein Anschreiben, das so allgemein gehalten war, dass es für alle Gelegenheiten passte, und kopierte jeweils nur die Adresse der Klinik, an die es gehen sollte, und den Ansprechpartner hinein. Das Ganze war wenig originell, und es war unwahrscheinlich, dass diese Bewerbungen von Erfolg gekrönt sein würden.

Oder legst du es geradezu darauf an, Absagen zu bekommen, fragte eine böse leise Stimme in ihrem Inneren. Du findest es doch ganz schön hier und eigentlich möchtest du gar nicht weg, nicht wahr?

Doro schüttelte den Kopf. »Quatsch«, murmelte sie. Ich weiß doch, dass ich nur ein paar Wochen hier sein werde. Bis dahin will ich etwas Neues haben, damit ich nicht wieder in Düsseldorf auf Mamas Sofa unterkriechen muss. Alles wäre besser als das – sogar die Stelle in Rosenheim, die mir vom Arbeitsamt vorgeschlagen worden ist.

Mit finsterem Gesicht fügte sie die Adresse der Rosenheimer Klinik, die eine Hebamme als Schwangerschaftsvertretung für zwei Jahre ausgeschrieben hatte, in ihren Blankobewerbungsbrief ein und speicherte die Datei unter neuem Namen ab. Zusammen mit der PDF-Datei ihrer Zeugnisse und ihrem Bewerbungsfoto, auf dem sie nach eigenem Empfinden grinste wie ein Zahnpastamodel, hängte sie die Bewerbung an eine E-Mail an und schickte sie zusammen mit den anderen vier Bewerbungen ab.

Doro seufzte und schüttelte den Kopf, während sie den Laptop herunterfuhr. Sie machte sich keine großen Hoffnungen, dass eine der Bewerbungen erfolgreich sein würde, sie konnte schon froh sein, wenn sie wenigstens eine Absage bekam. Viele der potenziellen Arbeitgeber machten sich nicht einmal diese Mühe, eine Tatsache, die Doro maßlos ärgerte.

Sie klappte den Laptop zu, verstaute ihn wieder in der Tasche und verließ ihr Zimmer, um nach unten zu gehen. Als sie den Fuß der Treppe erreichte, öffnete sich die Haustür und Janna trat ein. Sie bückte sich, um Dottie von der Leine zu lassen, die sofort auf Doro zuschoss und bellend um sie herumsprang.

»Aus, Dottie!«, rief Janna. »Nun tu doch nicht so, als hättest du Doro heute noch gar nicht zu Gesicht bekommen, du verrücktes Huhn.« Sie zog die gelbe Regenjacke aus und hängte sie an die Garderobe. »Ich muss mir bald eine neue Jacke kaufen, diese hier bekomme ich kaum noch zu.«

Doro grinste. »Das passiert, wenn man aus dem Leim geht.«

»Du bist mir ein schöner Trost, Doro.« Janna schob die Unterlippe vor. »Ich hatte auf etwas mehr Mitleid gehofft.«

»Mitleid? Wenn meine Hose kneift, muss ich mir den Bauch mühsam runterhungern. Du wirst deinen doch auf einen Schlag wieder los.«

»Auch wieder wahr.« Janna beugte sich vor, um Dotties Kopf zu streicheln, die an ihrem Bein hochgesprungen war. Die Hündin schleckte Janna über die Hand. »Ja, du bist die Beste, Dottie, auch wenn du deine schmuddeligen Füße an meiner Jeans abputzt. Du solltest dir ein Beispiel an Waltraut nehmen, die springt nie an einem hoch.« Sie richtete sich auf und reckte das Kreuz durch. »Hast du Zeit für eine Tasse Tee?«

»Für eine Tasse Tee ist immer Zeit, sagt deine Oma.« Doro grinste.

Die beiden jungen Frauen gingen in die Küche hinüber, wo Janna den Wasserkocher befüllte und anschaltete.

»Gibt es was Neues bei Enno?«, fragte Doro so beiläufig sie konnte, während sie den Tee in den Filter gab. Janna warf ihr einen fragenden Blick zu.

»Dem geht es gut, jedenfalls sagt er das. Ich soll schöne Grüße bestellen und fragen, wann du denn wieder mal vorbeikommst.«

»Mal sehen. Vielleicht morgen oder übermorgen«, antwortete Doro ausweichend. »Erst mal muss ich mit den Bewerbungen durch sein.«

Janna legte den Kopf schräg und sah Doro prüfend in die Augen. »Die Bewerbungen sind doch nicht der Grund, oder? Irgendwas ist doch zwischen dir und Achim gewesen, sonst würdet ihr euch nicht aus dem Weg gehen. Habt ihr euch gestritten?«

»Gestritten ist zu viel gesagt, aber …«

»Aber ihr seid aneinandergeraten.« Das Wasser im Kocher begann zu blubbern, und Janna schüttete es vorsichtig in die Kanne. »Das erklärt es.«

»Erklärt was?«

»Dass Achim sich so geziert hat. Freitag werden die Pensionspferde gebracht, und er braucht pferdeerfahrene Leute, die beim Abladen helfen können. Erst als ich ihm unsere Hilfe quasi aufgedrängt habe, hat er genickt.«

Doro verdrehte die Augen. »Na bravo«, seufzte sie, während sie die kleine Sanduhr, die auf der Küchenzeile stand, umdrehte.

»Wieso, na bravo?«

»Weil das genau der Grund ist, dass er mir gegenüber so sauer geworden ist. Er hat das Gefühl, dass niemand ihm etwas zutraut und alles über seinen Kopf hinweg entschieden wird.«

Janna machte ein verblüfftes Gesicht. »Ernsthaft? Warum macht er denn den Mund nicht auf, wenn ihn das stört? Wir wollten doch nur ihm und Onkel Enno helfen.«

»Ja, sicher, das wollen wir alle, und ich glaube auch, dass Achim das weiß. Es ist weniger das Was, sondern das Wie.«

Janna zog eine Augenbraue in die Höhe. »Ich verstehe nur Bahnhof.«

»Achim sagte, ihr haltet ihn für unfähig und einen Kindskopf. Und besonders stört ihn, dass Mo die ganze Organisation in die Hand genommen hat, glaube ich«, sagte Doro. »Er fühlt sich übergangen und vor allem nicht ernst genommen. Du hast doch mal erzählt, dass Achim und Mo früher zerstritten waren und dass du froh bist, dass das Verhältnis jetzt wieder besser ist. Wenn du mich fragst: Oberflächlich mag es ja gut sein, aber tief drinnen gärt es noch immer.«

Janna seufzte. »Ja, das fürchte ich auch«, sagte sie. »Schöner Mist. Es fragt sich, wie wir das aus der Welt schaffen können? Meinst du, ich sollte mal mit Mo reden?«

»Keine Ahnung, du kennst ihn am besten. Die Frage ist ja, ob nicht vielleicht ein Körnchen Wahrheit in Achims Vermutung steckt, dass Mo ihm nicht zutraut, die Dinge selbst in die Hand zu nehmen. Mo hat eine Art an sich, alles an sich zu reißen, die auf andere einschüchternd und von oben herab wirken kann.«

»Das macht er nicht absichtlich«, sagte Janna entschuldigend.

»Nein, ich glaube auch nicht, dass das in seiner Absicht liegt, aber nichtsdestoweniger ist es so.« Doro zwinkerte ihrer Freundin zu. »Er kann nun mal nichts für seine Natur.«

»Ich hab ihn mal als Wikingerfürsten gezeichnet.« Janna grinste breit. »Da ist irgendwie was dran.«

»Ja, stimmt.« Doro lachte. »Wikingerfürst passt gut zu ihm. Und wenn so ein Fürst auf einen Sturkopf wie Achim trifft, dann geht das nicht ohne Blessuren ab. Die beiden sollten sich mal in Ruhe aussprechen, aber ich befürchte, wenn wir sie dazu zwingen, wird das Verhältnis der beiden eher schlechter, nicht besser.«

»Vermutlich hast du recht.« Janna seufzte kopfschüttelnd. Der Sand in der Sanduhr war durchgelaufen. Sie hob vorsichtig den Teefilter aus der Kanne und ließ ihn klatschend ins Spülbecken fallen. »Männer!«, sagte sie. »Und dabei behaupten die immer, wir Frauen seien kompliziert.«

Beinahe eine Woche war vergangen, seit Doro zuletzt auf dem Büsinghof gewesen war, und sie war verblüfft, wie viel sich seit der Umbauaktion am letzten Wochenende verändert hatte. Zuerst fiel ihr ins Auge, dass der Unterstand, den sie mit Holz verkleidet hatten, jetzt ein Tor hatte und inzwischen grün gestrichen worden war.

Der große Stapel Gerümpel, den die Helfer aus der Dreschdiele geholt und draußen an der Wand aufgeschichtet hatten, war verschwunden, und der Hof war penibel gefegt. Achim war wirklich fleißig gewesen, das musste man ihm lassen.

Auf dem Hof stand ein dunkler Geländewagen mit Pferdeanhänger, dessen Klappe bereits offen stand. Aus der geöffneten Dielentür erklangen Männerstimmen.

»So, das wäre Numero Uno!«, hörte sie Achim sagen. »Ging leichter, als ich vermutet hätte, bei dem Spektakel, das sie auf dem Wagen gemacht hat.«

Doro drückte die Dielentür auf und trat ein.

»Moin«, rief sie. »Tut mir leid, dass ich nicht ganz pünktlich bin, aber ich bin nicht eher weggekommen.«

Die beiden Männer drehten sich um. Neben Achim stand Viktor Mertens und strahlte sie an.

»Moin, Doro!«, sagte er, kam auf sie zu und gab ihr die Hand. »Prima, dass du da bist. Wir können jede Hilfe brauchen. Die beiden Damen auf meinem Hänger sind zickig.«

»Hallo, Doro«, sagte Achim. Bildete sie es sich ein, oder klang er wirklich etwas nervös? Er räusperte sich und wandte sich wieder an Viktor. »Wollen wir dann jetzt die zweite Stute abladen? In einer halben Stunde ist Harro Wellers mit zwei weiteren Pferden hier.«

Viktor nickte. »Gute Idee, zumal ich gleich die Praxis aufmachen muss. Ich kann aber heute Nachmittag noch eine Tour fahren.«

Gemeinsam gingen sie auf den Hof hinaus. Achim kletterte durch die vordere Klappe in den Anhänger, löste den Halfter der hübschen braunen Vollblutstute und schob sie zurück, sodass das Pferd langsam rückwärts die hintere Klappe hinunterkam, wo Viktor und Janna warteten und aufpassten, dass das Tier nicht ausbrach. Es klappte wie am Schnürchen.

»Siehst du?«, sagte Achim und tätschelte den Hals der Stute, als sie auf dem sicheren Boden des Hofes stand. »War doch gar nicht so schlimm, Süße. Jetzt kommst du in die Box, und morgen geht's mit den anderen raus auf die Weide. Das wird dir gefallen.« Er griff nach dem Strick, der an der Trense befestigt war, und führte das Pferd in Richtung der Dielentür. Doro hatte vor, ihm mit etwas Abstand zu folgen, um ihm, wenn nötig, zu helfen, ohne das Tier nervös zu machen, doch dann hörte sie, wie Viktor sich räusperte.

»Das macht er wirklich gut«, sagte er mit einem anerkennenden Nicken. »Ich habe immer gesagt, Achim hat ein goldenes Händchen für Pferde, und die ganze Surferei ist nichts als verschwendetes Talent.« Als der Tierarzt Doro das Gesicht zuwandte, lächelte er zufrieden. »Eigentlich glaube ich zwar nicht an so was wie Schicksal, aber manchmal denke ich doch, manche Dinge passieren nicht ohne Grund.«

Doro warf ihm einen fragenden Blick zu.

»Zwei Tage, bevor der Stall vom alten Böning abgebrannt ist, war ich in Keitum und habe bei ihm und ein paar anderen Bauern nachgefragt, ob sie Anfragen für Pensionspferde haben, die sie nicht mehr unterbringen können und die man dann an Achim hätte weitergeben können. Wenn das keine Vorherbestimmung ist, was dann?«

Noch ehe Doro etwas antworten konnte, sah Viktor auf seine Armbanduhr und erschrak sichtlich. »Oh, verflixt, jetzt muss ich aber wirklich machen, dass ich loskomme, sonst reißt meine Sprechstundenhilfe mir den Kopf ab. Doro, wir zwei scheinen das Pech zu haben, uns immer nur zwischen Tür und Angel zu sehen. Aber vielleicht haben wir ja heute Nachmittag mehr Gelegenheit, uns zu unterhalten, wenn ich die Pferde bringe –

oder besser noch, ich lade dich heute Abend auf ein Bier ein, wie wäre das?«

»Äh … ich …«

»Prima, abgemacht. Dann bis heute Abend, Doro. Ich freue mich.« Viktor nickte ihr grinsend zu, dann sprang er in seinen Geländewagen, startete den Motor und brauste die Auffahrt hinunter, aus der geöffneten Seitenscheibe winkend.

Doro sah dem Auto hinterher, bis es hinter den Straßenbäumen verschwunden war.

»Nanu? Was war das denn?«, hörte sie Achim hinter sich fragen. Doro drehte sich hastig zu ihm um.

»Nichts weiter«, erwiderte sie. »Viktor hat mich auf ein Bier heute Abend eingeladen.«

»Hm«, machte Achim. Aus seinem verschlossenen Gesichtsausdruck wurde Doro nicht schlau.

»Aber er hat mir gar keine Zeit gelassen, was dazu zu sagen. Eigentlich habe ich gar keine große Lust, mit ihm auszugehen. Bis wir hier mit allem fertig sind, wird es sicher spät, und ich muss morgen früh wieder um sechs Uhr aus den Federn.«

Achim rieb mit dem Daumen der Linken an einem Fleck in seiner rechten Handfläche herum. Ohne den Blick von seinen Händen zu nehmen, brummte er: »Sag ihm doch, du hast schon eine Verabredung.«

»Ich will ihn nicht anlügen.«

»Das musst du ja auch nicht. Sag einfach, du bist heute Abend zum Essen bei uns. Ich mache Spaghetti Carbonara, das kann ich richtig gut. Papa isst die sehr gern, und er freut sich bestimmt, wenn du kommst.«

»Nur er?«, fragte sie leise.

Achim sah hoch, und für eine Sekunde verlor sie sich in seinen tiefblauen Augen. »Ich natürlich auch.« Er lächelte. »Wie ist es, haben wir ein Date?«

Doro erwiderte sein Lächeln. »Ich komme sehr gern. Carbonara ist mein Leibgericht.«

Am späten Nachmittag waren alle zwölf Pferde, die beim Brand in Keitum heimatlos geworden waren, in Achims neuen Pferdeboxen untergebracht und gefüttert. Die Tiere standen im hoch aufgeschütteten Stroh und ließen sich das Heu schmecken, das Achim in die brandneuen Raufen an den Wänden gefüllt hatte.

»Schön, dass alles so gut geklappt hat«, sagte Viktor, der nach seiner Besuchsrunde über die Höfe das letzte Pferd aus Keitum abgeholt und hergebracht hatte. Er stellte sich neben Achim und Doro und stützte sich ebenso wie sie mit den Ellenbogen auf der Holzkante der Box ab, um hineinzusehen. »Manche Pferde stellen sich an, als trachtete man ihnen nach dem Leben, sobald sie auf den Hänger sollen. Ich hätte keine Lust gehabt, irgendwelche gestürzten Pferde wieder zusammenzuflicken.«

»So wie damals Püppi, meinst du«, sagte Achim. »Die weigert sich übrigens bis heute, einen Hänger zu betreten.«

Viktor grinste. »Bei ihr ist das aber nachzuvollziehen, dass sie nie wieder in einen Anhänger will.« Er wandte sich zu Doro um. »Du musst wissen, sie war in einem Anhänger auf dem Zug nach Niebüll, als der Waggon entgleist ist. Bei dem Unfall wurde sie schwer verletzt.«

Doro nickte. »Janna hat mir davon erzählt. Das muss wirklich übel gewesen sein.«

Der Tierarzt nickte. »Ich hätte sie beinahe eingeschläfert, aber Achim hat mich überredet, ihr eine Chance zu geben. Apropos Chance, wann soll ich dich denn nachher abholen?« Er schaute an Doro vorbei zu Achim hinüber, und seine Augen blitzten auf. »Doro und ich gehen ein Bier trinken«, sagte er. Doro glaubte, einen triumphierenden Unterton in seinen Worten zu hören.

»Ach je, Viktor, ich hatte vorhin gar keine Gelegenheit mehr, es dir zu sagen, aber ich kann leider nicht«, sagte Doro zerknirscht. Sie wich seinem Blick aus und hoffte, nicht rot zu werden. Lügen war noch nie ihre Stärke gewesen.

»Nanu? Hast du schon was Besseres vor?«

»Ich bin heute zum Essen verabredet und bei selbst gemachter Pasta kann ich nicht Nein sagen. Wir werden das Bier wohl verschieben müssen.«

Viktor verzog das Gesicht. »Das ist blöd. Aber aufgeschoben ist ja nicht aufgehoben.« Er beugte sich ein Stück vor und sah Achim an. »Wie ist es mit dir, Achim? Hast du Lust, mitzukommen?«

»Sorry, aber ich habe heute leider auch keine Zeit. Ich muss noch kochen, und vor allem möchte ich meinen Vater nicht allein lassen.«

Einen Augenblick lang wanderte Viktors Blick zwischen Doro und Achim hin und her, dann begann er zu grinsen. »Tja, wie das Leben so spielt. Wenn ihr beide keine Zeit habt, werde ich wohl gezwungenermaßen mein Bierchen allein trinken.« Er nahm die Arme von der Holzkante der Box und schlug mit den Knöcheln darauf. »Aber, klopf auf Holz, meine Chance kommt schon noch. Dann werde ich mich jetzt mal auf den Weg machen. Ich wünsche euch beiden jedenfalls einen wunderschönen Abend.«

Viktor zwinkerte Doro zu, dann steckte er die Hände in die Hosentaschen und verließ pfeifend den Stall.

»Meinst du, er hat gemerkt, dass ich ihn angelogen habe?«, fragte Doro stirnrunzelnd, als er durch die Dielentür verschwunden war.

»Wen kümmert es schon, was Viktor Mertens denkt«, sagte Achim. Ein warmes Lächeln umspielte seine Lippen. »Für mich ist die Hauptsache, dass du nachher mit uns isst. Auch wenn die Nudeln nicht selbst gemacht, sondern aus der Tüte sind.«

Sein Gesicht war ihrem auf einmal so nah, dass Doro sehen konnte, wie sich die kleinen Lachfalten in seinen Augenwinkeln vertieften und dass die Spitzen seiner Wimpern wie von Gold bepudert schienen. Ihr Puls pochte in ihrem Hals, der auf einmal viel zu eng schien, um genügend Luft hindurchzulassen.

Auch wenn sie es hasste, den Moment zu zerstören, der sich anzubahnen schien, sie musste sich einfach räuspern. »Glaub mir, ich würde den Unterschied zwischen selbst gemachten und gekauften Spaghetti sowieso nicht schmecken.« Sie zwinkerte Achim zu. »Aber bevor ich ans Essen denke, sollte ich schnell zur *Friesenrose* hinüberlaufen und unter die Dusche springen. So kann ich mich unmöglich an einen Esstisch setzen.« Sie deutete an sich hinunter auf das verschwitzte T-Shirt und die fleckige Jeans, die in vor Schmutz starrenden Gummistiefeln steckte.

»Ganz wie du möchtest, aber du wärest auch so willkommen, wie du jetzt bist. Was das angeht, sind wir Marschbauern nicht empfindlich.«

»Ihr vielleicht nicht, aber ich schon.« Doro lachte, und es klang in ihren eigenen Ohren ein bisschen schrill. »Ich beeile mich und bin so gegen halb acht wieder hier. Ist das recht?«

»Mehr als recht«, erwiderte er, und zu Doros Erstaunen beugte er sich vor und küsste sie flüchtig auf die Wange. »Bis nachher also. Ich freue mich schon.«

Doro drehte sich schnell um, um zu verbergen, dass sie nun doch noch rot geworden war, und beeilte sich, aus der Diele hinauszukommen.

Zurück in der *Friesenrose* steckte sie nur kurz den Kopf durch die Küchentür und sagte Johanne und Claire, dass sie nicht zum Abendessen da wäre, ehe sie nach oben in ihr Zimmer lief. Nachdem sie geduscht hatte, stand sie unschlüssig vor ihrem Kleiderschrank und überlegte, was sie denn nur anziehen sollte. Viel Auswahl hatte sie nicht. Schließlich entschied sie sich für ihre beste Jeans und die lang geschnittene weiße Bluse, die sie eigentlich für Vorstellungsgespräche gekauft hatte. Als sie sich umgezogen hatte, betrachtete sie sich kritisch im Spiegel des Kleiderschrankes.

»Völlig overdressed!«, murmelte sie. »Aber wenn du statt der hochhackigen Schuhe deine Sneaker anziehst, geht es vielleicht.«

Sie bürstete ihre halblangen, welligen Haare und band sie mit einem Gummi zu einem Zopf im Nacken. Einen Moment lang überlegte sie, Make-up aufzulegen, entschied sich aber dagegen. Ein bisschen Wimperntusche würde reichen, schließlich ging sie ja nur zum Abendessen zu den Büsingmännern, nicht in ein Drei-Sterne-Restaurant.

Warum bist du denn dann so nervös, fragte eine gehässige kleine Stimme in ihrem Inneren und lachte sie aus.

»Ach, halt die Klappe«, murmelte Doro, tuschte ihre Wimpern fertig und lächelte ihrem Spiegelbild aufmunternd zu. »Gut siehst du aus! Also auf in den Kampf!«

Für alle Fälle warf sie sich noch ihre Regenjacke über und lief zum Büsinghof hinüber. Wie üblich ging sie durch die Diele ins Wohnhaus, die durch eine kleine Wandlampe erleuchtet wurde. Ein paar der neuen Pferde hoben die Köpfe, als sie eintrat, aber sie blieben ganz ruhig. Offenbar schienen sie sich im neuen Stall schon recht wohlzufühlen.

Gerade als Doro die Tür erreichte, die ins Wohnhaus führte, und schon die Hand erhoben hatte, um anzuklopfen, öffnete Achim ihr die Tür. »Da bist du ja. Komm rein.«

»Nanu, kannst du hellsehen?«, fragte sie.

»Nein, ich habe dich durchs Küchenfenster gesehen, als du

die Auffahrt entlanggegangen bist«, sagte er grinsend. »Aber ein bisschen hellsehen kann ich vielleicht doch. Das Essen ist gerade fertiggeworden.«

Statt wie sonst in die Küche, führte Achim sie ins Esszimmer, in dem Doro bislang noch nie gewesen war. Es war ein schmaler Raum neben der Küche, in dem ein Sammelsurium alter Möbel stand, wie Janna sie auch von ihren Großeltern kannte. Ein Strauß Tulpen und Osterglocken stand auf dem Esstisch, der mit einem weißen Tischtuch, altertümlichem Goldrandgeschirr und Silberbesteck, die vermutlich noch von Achims Oma stammten, eingedeckt war.

»Papa meinte, wenn wir schon Besuch zum Essen haben, soll es auch schön sein, nicht wahr?« Achim wandte sich zu seinem Vater um, der bereits am Tisch saß und lächelnd nickte.

»Stimmt«, sagte Enno. »Komm, min Deern, setz dich zu mir.« Er deutete auf den Stuhl neben seinem. »Achim kann das Essen auch allein reintragen.«

Doro warf Achim einen fragenden Blick zu, doch der hob abwehrend die Hände.

»Du bist heute hier Gast, also setz dich.« Er verschwand in die Küche und kam mit einer großen Schüssel voller Spaghetti zurück, die mit einer hellen Cremesauce bedeckt waren. Er verteilte die Nudeln großzügig auf den Tellern und wünschte guten Appetit.

Doro wusste von den vielen Kochsendungen, die sie zusammen mit ihrer Mutter und später im Schwesternwohnheim gesehen hatte, dass die Sahnesauce mit Erbsen und gekochtem Schinken darin nichts, aber auch gar nichts mit Spaghetti Carbonara zu tun hatte, aber sie war nichtsdestoweniger köstlich und sie aß mit gutem Appetit.

Sie wehrte sich nicht einmal, als Achim ihr noch eine zweite Portion auf den Teller tat.

»Das ist wirklich lecker!«, sagte sie. »Kannst du mir mal das Rezept geben?«

Achim schüttelte bedauernd den Kopf. »Bedaure. Das ist ein streng gehütetes Familiengeheimnis. Ein Rezept meiner Mutter …«

»Oh«, sagte Doro. Sie hatte das Gefühl, in ein Fettnäpfchen getreten zu sein, das sie nicht hatte kommen sehen. »Tut mir leid, das wusste ich natürlich nicht. Ich wollte nicht …«

Enno prustete los, bis er sich verschluckte und zu husten begann. »Lass dich nicht veräppeln, Deern«, sagte er, als der Husten sich gelegt hatte. »Das Rezept stammt aus der Fernsehzeitschrift, und da ist nichts Geheimnisvolles dabei. Ist ganz einfach zu machen. Du nimmst Sahne, Parmesankäse aus der Tüte, ein Paket gefrorene Erbsen und gekochten Schinken. Das lässt du aufkochen und wirfst die fertigen Nudeln hinein und rührst um.«

»Du bist gemein, Papa.« Achim stimmte in Ennos Lachen ein. »Nun nimm Doro doch nicht die Illusion, dass ich ein Spitzenkoch bin.«

»Bist du doch!«, sagte Enno vergnügt. »Guck, wie viel die Deern verdrückt hat.«

Doro stimmte in das Gelächter ein und hob ihren Teller an. »Wenn das so ist, dann nehme ich noch einen Löffel voll.«

»Wirklich? Hast du denn dann noch Platz für den Nachtisch?«, fragte Achim. »Es gibt Paradiescreme mit Schokoladengeschmack!«

»Paradiescreme? Ernsthaft?« Doro grinste. »Die habe ich, glaube ich, zuletzt bei meiner Oma gegessen. Als Kind habe ich die geliebt. Ich wusste gar nicht, dass es die noch gibt.« Sie stellte ihren Teller wieder auf den Tisch zurück. »Dann lasse ich mir besser noch ein bisschen Platz im Magen.«

»Ihr könnt die Creme gern unter euch aufteilen«, sagte Enno

und erhob sich mühsam von seinem Stuhl. »Für das süße Zeug bin ich sowieso nicht so zu haben. Ich gehe lieber in die Stube und guck mir den Krimi an. Und dann ab ins Bett.«

»Sollen wir mit rüberkommen?«, fragte Doro ihn, doch Enno winkte sofort ab.

»Nee, um Gottes willen! Bleibt ihr mal schön hier und unterhaltet euch miteinander.« Er lächelte schief, was aber wohl daran lag, dass seine linke Gesichtshälfte ihm nicht richtig gehorchte. »Deshalb bist du doch hergekommen und nicht, um mit mir zusammen Fernsehen zu gucken.« Er ging langsam zur Tür hinüber und legte die Hand auf die Klinke, ehe er sich noch einmal umwandte. »Aber wenn mir nachher vielleicht einer helfen kann, die Hemdknöpfe aufzumachen?«

»Klar, gern!«, sagte Doro, ohne nachzudenken. Sie warf Achim einen schnellen Seitenblick zu, aber der schien über ihre voreilige Antwort nicht verärgert zu sein. Er lächelte seinem Vater zu. Sie wurde das Gefühl nicht los, dass die beiden Männer schon im Voraus besprochen hatten, dass Enno sich nach dem Essen zurückzog.

»Also?«, fragte Doro, nachdem Enno hinausgegangen war und man aus dem Nebenraum deutlich den Fernseher hören konnte. »Was ist jetzt mit der versprochenen Paradiescreme?«

»Wenn du mir hilfst, die Teller in die Küche zu bringen, geht es umso schneller.«

Gemeinsam stapelten sie das Geschirr zusammen und trugen es hinüber in die Spüle.

»Soll ich schnell abwaschen?«, fragte Doro.

»Untersteh dich.« Achim drohte mit dem Finger. »Oder willst du die romantische Stimmung unseres ersten richtigen Dates kaputtmachen?«

Doro zog erstaunt die Augenbrauen in die Höhe. »Haben wir ein Date?«

»Klar.« Achim öffnete den Kühlschrank und holte zwei Glasschüsseln mit einer braunen Sahnecreme heraus, auf der ein dicker Sahnekringel klebte, in der je eine große Erdbeere steckte. »Tataaa!«, sagte er und reichte eine der Schüsseln an Doro weiter. »Der Höhepunkt des gelungenen Menüs ist immer das Dessert, habe ich mir sagen lassen.«

»Das hier ist kein Dessert, das ist eine komplette Mahlzeit. Willst du mich mästen?«, fragte Doro lachend, während sie die Schüssel in den Händen drehte. »Von wem stammt denn diese Weisheit?«

»Von irgendeinem dieser Fernsehköche. Ich kann die nie auseinanderhalten.« Er machte eine Kopfbewegung in Richtung der Tür. »Wollen wir zurück ins Esszimmer gehen?«

Doro sah in die Runde. »Nein, lass uns einfach hierbleiben. Hier ist es gemütlicher.«

»Hier?« Achim zog zweifelnd die Augenbrauen zusammen.

»Ja.« Doro zog hilflos die Schultern hoch. »Ich weiß nicht, wie ich es anders ausdrücken soll, aber hier ist irgendwie das Zentrum des Hauses.«

Einen Augenblick lang sah Achim ihr fragend in die Augen, dann nickte er. »Vermutlich hast du recht. Das ist der Raum, den ich immer mit meiner Mutter verbinde, und sie war das Herz der Familie.«

Doro stellte ihre Schüssel auf den Küchentisch und setzte sich auf die Bank, die dahinterstand. »Ist sie schon lange tot?«, fragte sie leise.

»Im Herbst sind es vier Jahre. Sie hatte Krebs«, erwiderte Achim. Er holte Teelöffel aus dem Küchenschrank und reichte einen an Doro weiter, ehe er sich ihr gegenübersetzte. »Mama war wohl schon seit Jahren krank, aber sie hat nie viel Aufhebens daraus gemacht. Nicht einmal, als es ihr richtig schlecht ging, hat sie gefragt, ob ich wieder nach Hause komme. Damals war ich schon Profisurfer und gerade in Florida. Als ich zurückkam …« Er brach ab und spielte mit dem Löffel in seiner Hand.

Doro betrachtete ihn eine Weile. »Und du hast dir selbst nie verziehen, dass du nicht da warst, als sie starb, nicht wahr?«

»Ich habe mir nicht verziehen, dass ich nicht da war, als sie noch lebte. Dass ich nicht mehr Zeit mit ihr verbracht habe. Alles, was ich konnte, war, ihr in ihren letzten Tagen beim Sterben zuzuschauen.«

»Wenigstens konntest du das tun.«

»Aber ich kann nicht sagen, ob sie noch viel davon mitbekommen hat.«

Doro griff über den Tisch hinüber nach seiner Linken und hielt sie fest. »Doch, das hat sie bestimmt. Ich weiß, wovon ich rede, ich habe während meiner Ausbildung eine Zeitlang in der Palliativabteilung gearbeitet. Selbst wenn die Patienten nicht mehr bei Bewusstsein waren, konnte man an ihren Vitalwerten ablesen, dass sie spürten, wenn ihre Liebsten bei ihnen waren. Sie atmeten besser und waren viel ruhiger. Du kannst davon ausgehen, deine Mutter hat sicher mitbekommen, dass du sie besucht hast.«

»Mag sein. Trotzdem …« Er sah nachdenklich auf die Schüssel mit Creme vor sich hinunter und schob mit dem Löffel die Erdbeere von ihrem Sahnesockel.

»An der Vergangenheit kannst du nichts mehr ändern, Achim. Aber jetzt, wo dein Vater krank ist, bist du da und kümmerst dich um ihn. Auch wenn er es dir vielleicht nicht immer zeigt, er ist dir dankbar dafür, das weiß ich.«

Achim sah auf. »Hat er dir das gesagt?«

»Auf seine Art, ja. Vor allem ist er froh, dass du es ihm ermöglichst, zu Hause zu bleiben. Er weiß, was du dafür aufgibst.«

»Ich glaube nicht, dass ich dafür einen Orden verdiene. Ich hatte zwar ein paar ganz gute Jahre als Surfer, aber zur Weltspitze habe ich nie wirklich gehört. Schon bevor Papa den Schlaganfall hatte, habe ich gedacht, dass es allmählich Zeit wird, den Surfzirkus an den Nagel zu hängen. Immerhin bin ich schon ein Stück über dreißig, und man soll bekanntlich aufhören, bevor es peinlich wird. Leider hatte ich keine Ahnung, was ich mit meinem Leben anstellen sollte, außer zu surfen, sonst hätte ich möglicherweise schon früher die Bremse gezogen.«

»Dann war es wohl so was wie ein Wink des Schicksals, der dich wieder zurück nach Hause gerufen hat.«

Ein Lächeln erschien auf Achims Gesicht, und er griff nach ihrer Hand, die noch immer seine Linke umfasst hielt. »Gut möglich«, sagte er warm. »Dann ist es auch Schicksal, dass ich dich hier getroffen habe. Ich habe noch nie jemanden kennengelernt, mit dem ich so über alles reden konnte.« Er richtete sich auf, ohne ihre Hand loszulassen, und holte tief Luft. »Deshalb tut es mir auch so leid, dass ich dich neulich so angefahren habe, Doro«, sagte er. »Es war nicht richtig, meinen Frust an dir abzulassen, und ich bitte dich dafür in aller Form um Entschuldigung.«

»Das musst du nicht«, beeilte Doro sich zu versichern. »Die Schuld liegt genauso auf meiner Seite. Was mache ich dir auch Vorschriften darüber, was du zu tun und zu lassen hast? Immer mische ich mich in anderer Leute Angelegenheiten ein und trete dabei von einem Fettnäpfchen ins nächste. Eine blöde Angewohnheit von mir.«

»Nein, lass dir das nicht einreden! Ich bin dir dankbar für deine Ratschläge, was Papas Pflege angeht. Du bist Profi und weißt, wovon du sprichst. Das hat nichts mit Einmischung zu tun, im Gegenteil, du hilfst mir damit. Danke, Doro.«

Der warme Blick aus Achims strahlend blauen Augen traf Doro so tief in ihrem Innersten, dass ihre Brust zu eng für ihr klopfendes Herz zu werden schien. Sie fühlte, wie ihre Wangen sich röteten, und sah auf ihre Schüssel mit der schokobraunen Creme mit dem Sahneklecks hinunter, in der die Erdbeere langsam zu ertrinken schien.

»Guten Freunden muss man doch helfen, oder?«, sagte sie. »Manchmal, indem man Pferde ablädt, und manchmal, indem man ihnen einen gut gemeinten Ratschlag gibt. Je nach Lage der Dinge.«

Sie machte eine Bewegung, mit der sie ihre Rechte aus seinem Griff ziehen wollte, aber Achim hielt sie fest. Wieder traf sie sein eindringlicher Blick bis ins Herz. »Nur Freunde?«, fragte er leise.

»Ja, nur Freunde«, sagte sie ebenso. »Ich bin nur für ein paar Wochen auf der Insel und habe keine Ahnung, wohin es mich dann verschlägt. Gerade erst habe ich eine Bewerbung nach Bayern geschickt. Ich habe die Erfahrung gemacht, dass man eine Liebe nicht über eine große Entfernung retten kann, aber eine Freundschaft kann ewig halten.«

Achim sah sie noch lange an und ließ dann ihre Hand los. »Du könntest recht haben«, sagte er. Ein Lächeln umspielte seine Lippen, aber seine Augen wirkten auf einmal traurig und enttäuscht. Er nahm seinen Löffel, schob die Erdbeere darauf und hob sie wie ein Weinglas in die Höhe, mit dem er anstoßen wollte. »Dann also auf den Beginn einer wunderbaren Freundschaft.«

# Zehn

In den folgenden Wochen dachte Doro häufig, nie eine bessere Entscheidung getroffen zu haben, als ihre Beziehung zu Achim auf reine Freundschaft zu beschränken. Es machte alles so viel einfacher, dass die Verhältnisse zwischen ihnen klar waren. Sie konnte Zeit mit ihm verbringen, ohne sich darüber Gedanken zu machen, wie es mit ihnen weitergehen sollte, wenn sie die Insel verließ. Über den Herbst und Winter wollte sie im Moment noch gar nicht nachdenken. Wichtig waren nur das Hier und Jetzt und ihre Freundschaft.

Zwar erledigte sie weiter ihre Arbeit in der *Friesenrose* und wohnte auch dort, aber den größten Teil ihrer Zeit verbrachte sie auf dem Büsinghof. Sie half Achim bei der täglichen Pflege der Pferde, sie fütterte, mistete aus und brachte mit ihm zusammen die Tiere auf die Weide hinaus. Bei gutem Wetter machten sie auch kurze Ausritte zusammen, um die Pferde zu bewegen, und ritten nebeneinander den Weg zum Strand entlang.

Wenn Achim zur Surfschule fuhr, um Stunden zu geben, leistete sie Enno Gesellschaft, so lange es ihre Arbeit in der *Friesenrose* zuließ. Sie sorgte dafür, dass er pünktlich seine Medikamente einnahm, wärmte ihm das Essen und schaute mit ihm zusammen fern. Nur als sie die Betten neu beziehen wollte, protestierte der alte Mann.

»Das lass mal schön bleiben, Deern«, sagte er. »Das kann Wioletta machen, wenn sie endlich wieder zurückkommt. Die kriegt das doch bezahlt.«

Dass Wioletta nicht wiederkommen würde, entfiel ihm immer wieder, besonders an Tagen, die Doro als »schlechte Tage« bezeichnete. Dann war Enno in sich gekehrt, schien abwesend und brachte Dinge, die er eigentlich genau wusste, durcheinander. Dass diese schlechten Tage häufiger wurden, beobachtete Doro mit Sorge und erzählte Achim davon, der versprach, diese Tatsache beim nächsten Arztbesuch anzusprechen.

So zog der Mai über die Insel, die Luft wurde allmählich wärmer, und die Lämmer auf den Deichweiden mussten nicht mehr im schneidenden Wind zittern, der von See her blies. Der alte Apfelbaum im Garten der *Friesenrose* hing voller Blüten und summte vor Bienen, ehe der Wind die Blütenblätter wie weißrosa Schneegestöber vor sich her wirbelte.

Doro war glücklich. Sie konnte sich nicht erinnern, je so glücklich gewesen zu sein. Sie war von Menschen umgeben, die sie mochte und die keinen Hehl daraus machten, dieses Gefühl zu erwidern. Um sie herum erweckte das Frühjahr das Leben, sie hatte den schönsten Ort der Welt, um ihn zu erkunden, und Freunde, mit denen sie ihre Freude teilen konnte. Hätte sie jetzt noch in dem Beruf arbeiten können, den sie als den schönsten der Welt empfand, wäre ihre Welt perfekt gewesen, aber auf Sylt war das leider unmöglich. Kinder wurden nicht mehr auf Sylt geboren. Das Krankenhaus hatte die Geburtsstation schon vor Jahren geschlossen, und die Schwangeren mussten zwei Wochen vor dem errechneten Termin nach Flensburg in die Klinik umsiedeln.

Es half nichts: Wenn Doro als Hebamme arbeiten wollte, würde sie die Insel dafür wieder verlassen müssen. Leider hatte sie auf ihre letzten Bewerbungen Absagen bekommen, mit Ausnahme der, die sie nach Rosenheim geschickt hatte. Die Klinik hatte geschrieben, sie würden die Bewerbung gern für eine spätere Ausschreibung zurückbehalten, auch wenn sie für die jetzige Stelle nicht infrage käme. Doro machte sich keinerlei Hoffnung, dass sie noch jemals etwas von ihnen hören würde. Also durchsuchte sie weiterhin das Internet nach passenden Angeboten und schickte halbherzig formulierte Bewerbungsschreiben an die jeweils angegebene Adresse.

Eine Woche nach Pfingsten wurden die Poloponys gebracht, die ursprünglich in Bönings Stall in Keitum hätten unterkommen sollen. Doro staunte nicht schlecht, als der große Pferdetransporter auf den Hof rumpelte, aus dem nacheinander zwölf Pferde herausgeführt und im ehemaligen Unterstand der Galloway-Rinder untergebracht wurden.

»Du meine Güte! So viele?«, sagte sie. »Ich dachte, zu einem Poloteam gehören nur vier Spieler.«

Achim lachte. »Das schon, aber die Pferde werden während des Spiels öfter ausgewechselt, damit sie durchhalten. Hast du schon mal ein Polospiel gesehen? Da geht die Post ab.«

Doro verneinte.

»Prima, dann machen wir einen Ausflug nach Keitum und schauen uns das Spektakel mal an. Der Teamchef hat gesagt, dass wir jederzeit auf dem Platz willkommen sind und uns ein Spiel seiner Mannschaft anschauen können.« Er zwinkerte ihr zu. »Natürlich nur, wenn du nichts Besseres vorhast.«

»Nein, habe ich nicht. Ich würde gern nach Keitum fahren, aber was machen wir so lange mit deinem Vater? Er wäre doch dann eine ganze Weile allein.«

»Wir nehmen ihn einfach mit. Es wird ihm bestimmt Spaß machen, wieder mal zum Poloturnier zu fahren. Früher waren wir beinahe jedes Jahr da.«

»Wenn es ihm gut genug geht, gern!«

Da der Pfingstsonntag glücklicherweise einer von Ennos guten Tagen war, packten Doro und Achim den Rollstuhl in den Kofferraum von Achims altem Golf, Doro kletterte auf den Rücksitz, und Enno nahm gut gelaunt neben Achim Platz. Er schien die Fahrt über Land sehr zu genießen, schaute interessiert aus dem Fenster und kommentierte, wer der anderen Bauern schon Heu gemacht hatte und wem die Rinder auf den Weiden gehörten.

»Es wird dir bestimmt auf dem Turnier gefallen, Doro«, sagte er über die Schulter hinweg. »Da ist immer richtig was los.«

Dass richtig was los war, war schon von Weitem zu sehen. Die Weide, die als Besucherparkplatz diente, war voll, und Doro begann sich schon zu fragen, wie sie Enno die ganze Strecke über das holperige Gelände schieben sollten. Achim hielt kurz bei den Platzwarten an und zeigte einen Ausstellerausweis vor, dann fuhr er weiter bis zu den Zelten, in denen, wie er sagte, die Pferde untergebracht waren.

»Es hat seine Vorteile, wenn man die richtigen Leute kennt«, sagte er lachend, als er das Auto hinter einem der Zelte abstellte.

Nachdem sie Enno in seinen Rollstuhl verfrachtet hatten, machten sie sich auf den Weg zum Turnierfeld, das von niedrigen Tribünen umgeben war.

»Lasst uns zuerst mal an den Pavillons vorbeigehen«, schlug Enno vor. »Vielleicht treffen wir ein paar Bekannte.«

»Wenn du möchtest, gern, aber ich fürchte, dass hier fast nur Touristen sind«, sagte Achim skeptisch. Trotzdem schob er den Rollstuhl langsam in Richtung der Pavillons, unter denen einige lokale Geschäfte und Restaurants ihre Stände aufgebaut hatten und man neben Seidenschals und Gürtelschnallen auch Häppchen aller Art und Getränke kaufen konnte.

»Ach, da schau her! Achim, Doro und Enno«, rief eine weibliche Stimme ein Stück voraus, und hinter einem Tresen ein paar Stände weiter reckte sich eine Hand in die Höhe. »Hallo zusammen! Wollt ihr ein Stück Kuchen?« Es war Neele, die hinter einem mit Samt verhängten Tisch stand und Apfelkuchen vom Blech verkaufte. »Sylter Wolken! Der beste Apfelkuchen der Insel, ach, was sag ich, der ganzen Welt!«

Ihre Kundschaft drehte sich wie aufs Stichwort zu Doro und ihren Begleitern um. Erst jetzt erkannte Doro in dem Feuerwehrmann in voller Montur, der ihr bislang den Rücken zugewandt hatte, Mo, der gerade ein großes Stück von dem Kuchen in seiner Hand abbiss und nickte.

»Sie spricht ein großes Wort gelassen aus, aber sie hat völlig recht«, sagte er undeutlich und betrachtete Achim von oben bis unten. »Hey, wo ist deine Uniform?«

»Ich bin heute in Zivil unterwegs. Undercover, sozusagen.« Achim grinste. »Ich bin erst am Samstag dran, Feuerwache zu schieben.«

»Glückspilz«, sagte Mo. »Bei der Hitze ist das echt kein Vergnügen in der dicken Uniform. Auf der anderen Seite kriegt man so den Apfelkuchen umsonst.« Wieder biss er mit großem Appetit von seinem Stück ab und verteilte ein paar Krümel auf seiner Jacke, die er sorgfältig abpflückte und in den Mund steckte. »Nur nichts umkommen lassen«, sagte er. »Habt ihr Janna schon gesehen? Sie ist auf dem Stand der Galerie und stellt ihre Bilder aus, ein Stückchen weiter in die Richtung.« Mo machte eine vage Handbewegung den Gang zwischen den Pavillons entlang.

»Nein, wir sind gerade erst gekommen«, sagte Doro. »Aber danke für den Tipp. Wir werden gleich mal vorbeischauen.«

»Macht das, sie wird sich freuen. Und rührt gern mal ein bisschen die Werbetrommel für ihre Bilder. Sie war schon ganz geknickt, weil sie noch nichts verkauft hat.« Mo schüttelte den Kopf. »Nicht zu fassen, dass wir in zwei Wochen schon verheiratet sind, was? Kommt ihr auf eurem Rundgang auch bei uns am Stand vorbei? Wir können zwar keinen Kuchen anbieten, aber Bonbons, bunte Feuerwehrflyer und Luftballons für die Kinder.«

Die drei versprachen es, dann schnappte Mo sich das Kuchenpaket, das Neele in der Zwischenzeit eingepackt hatte, und bezahlte, ehe er sich an den Helm tippte und in der Menschenmenge verschwand.

Doro sah ihm nach. »Zwei Wochen nur noch. Wir sollten unbedingt noch ein Treffen des Festkomitees machen. Die Hochzeit ist in dem ganzen Trubel in letzter Zeit ein bisschen aus dem Fokus geraten.«

»Bei euch vielleicht«, sagte Neele, die zu ihnen getreten war. »Jonas und ich haben inzwischen schon fast alles erledigt, was auf unserem Zettel stand.« Sie begann an den Fingern abzuzählen. »Die Deko für die Halle ist fertig und muss nur noch aufgehängt werden. Mit der Torte werde ich erst drei Tage vor der Hochzeit anfangen. Meine Chefin weiß schon Bescheid, dass ich dafür den Ofen im Café brauche. Jonas hat seinen jüngeren Bruder als DJ engagiert, der praktischerweise auch gleich eine passende Anlage mitbringen kann.«

»Wow! Ihr wart echt fleißig.« Doro machte ein beeindrucktes Gesicht. »Dann fehlen nur noch das Essen und die Getränke. Darum wollte sich Johanne kümmern.«

»Und die Stühle und Tische aus der *Friesenrose* müssen in die Feuerwehrhalle gebracht werden«, ergänzte Achim. »Aber das geht erst am Tag vor der Hochzeit, damit Mo nichts davon mitbekommt. Ich werde heute Abend mal rumtelefonieren, um die Leute dafür zu organisieren.«

»Prima!« Neele deutete auf die Schlange, die sich vor ihrem Tresen gebildet hatte. »Jetzt muss ich aber wieder an die Arbeit, sonst werden die Leute tückisch. Möchtet ihr auch ein Stück Kuchen? Allerdings werdet ihr euch wohl hinten anstellen müssen, sonst gibt es vermutlich einen Aufstand.«

Doro betrachtete skeptisch die lange Schlange, die sich inzwischen vor dem provisorischen Tresen des Cafés angesammelt hatte. »Wir kommen lieber später noch mal vorbei.«

Neele lachte. »Wenn dann mal noch Kuchen da ist!« Damit drehte sie sich um und lief eilig wieder hinter den Tresen zurück, um ihre Kunden zu bedienen.

Achim schob Ennos Rollstuhl langsam weiter.

»Es ist noch eine ganze Menge zu tun bis zur Hochzeit«, sagte er zu Doro, die neben ihm herging. »Hoffentlich schaffen wir alles.«

»Hauptsache, die beiden haben eine tolle Feier. Sie haben es verdient«, erwiderte Doro.

»Hochzeit?«, fragte Enno, der vorher sehr still gewesen war. »Wer heiratet denn?«

»Mo und Janna«, sagte Achim. »Nächsten Freitag ist die Trauung. Das weißt du doch, Papa. Du warst doch dabei, als wir die Überraschungsparty geplant haben.«

»Ich? Nee. Mir sagt doch niemand was.«

Doro warf Achim einen raschen Seitenblick zu und bedeutete ihm, anzuhalten, ehe sie sich zu Enno hinunterbeugte. »Alles in Ordnung mit dir?«, fragte sie besorgt.

»Sicher«, war die Antwort des alten Herrn. »Nur dass ich heute den ganzen Tag schon so stechende Kopfschmerzen hab. Muss wohl das Wetter sein.«

»Sollen wir lieber wieder nach Hause fahren?«, fragte Achim.

»Nee, das muss nicht. Wird sicher gleich besser werden. Ich habe schon eine Tablette genommen.«

»Du hast eine Tablette genommen?«, fragte Doro stirnrunzelnd. »Was denn für eine? Und vor allem, wann?«

»Eine von den weißen«, sagte Enno. »Bevor wir losgefahren sind.«

»Welche weißen denn genau?«, hakte Doro nach.

»Die bei mir im Nachtschrank waren. Irgendwelche Schmerztabletten eben.«

Doro schaute prüfend in Ennos Gesicht. War die Lähmung der Gesichtsmuskeln schlimmer als sonst, oder bildete sie sich das nur ein? Sie war sich auf einmal nicht so sicher. Irgendetwas stimmte jedenfalls ganz und gar nicht mit dem alten Herrn. Was, wenn er ein falsches Medikament eingenommen hatte? Oder hatte er vielleicht einen weiteren, leichten Schlaganfall erlitten, ohne dass sie etwas davon mitbekommen hatten? Sie sah zu Achim hoch und stellte fest, dass auch sein Gesicht besorgt war.

»Weißt du was, Papa? Wir fahren zurück nach Hause. Wenn du von dem Wetter Kopfschmerzen bekommst, ist es bestimmt besser, du legst dich eine Weile hin.«

»Aber wir sind doch gerade erst hergekommen«, protestierte Enno schwach. »Und du wolltest das Spiel sehen.«

»Das Turnier geht noch ein paar Tage. Wenn es dir morgen besser geht, kommen wir einfach noch einmal her.«

»So schlecht geht es mir gar nicht. Nur die Kopfschmerzen …«

»Genau wegen der Kopfschmerzen mache ich mir Gedanken«, sagte Doro. Sie warf Achim einen schnellen Blick zu. »Wir sollten kurz beim Arzt vorbeifahren.«

»Das ist doch nicht nötig«, protestierte Enno schwach. »Ich hab nur so ein Stechen hinter dem Auge. Wird bestimmt gleich wieder besser.«

Doro bemerkte, dass sein linkes Augenlid halb geschlossen blieb, auch als er zu ihr hochsah. Etwas war ganz und gar nicht in Ordnung mit ihm.

»Bitte! Nur zur Sicherheit, dass nichts dahintersteckt. Damit Achim und ich beruhigt sind.« Doro tätschelte seine rechte Hand und lächelte ihm zu. »In Ordnung?«

»Also gut«, sagte Enno resignierend. »Auch wenn das ganz unnötig ist.«

»Danke.« Doro lächelte ihm zu und richtete sich dann auf.

Achim wendete den Rollstuhl und begann ihn in Richtung des Ausgangs zu schieben. Er wandte sich Doro zu und sah sie besorgt an.

»Sollen wir zu den Sanitätern gehen? Die haben einen Krankenwagen da«, sagte er leise.

Doro schüttelte den Kopf. »Das würde ihn nur unnötig aufregen«, antwortete sie ebenso. »Ich glaube, es ist besser, wir fahren auf schnellstem Weg ins Krankenhaus.«

Achim nickte nur und schob den Rollstuhl so schnell es ging durch die Menschenmenge, die ihnen entgegenströmte, bis zu den Zelten, hinter denen sie geparkt hatten. Zu zweit bugsierten sie Enno auf den Beifahrersitz und fuhren los. Besorgt behielt Doro, die sich hinter Achim gesetzt hatte, den alten Herrn während der ganzen Fahrt im Auge. Er war sehr still, aber sonst konnte sie keine Verschlechterung seines Zustandes feststellen.

Achim fuhr direkt bis vor die Tür der Notaufnahme. Erst hier fiel seinem Vater auf, dass sie zum Krankenhaus gefahren waren.

»Was wollen wir hier denn?«, fragte er und schaute sich verwirrt um, als Achim und Doro ihm aus dem Sitz helfen wollten. »Ist jemand krank?«

»Du hast vorhin über Kopfschmerzen geklagt«, sagte Doro beruhigend. »Weißt du das nicht mehr?«

»Ja, mein Kopf tut weh«, gab Enno zu.

»Siehst du, deshalb sind wir hergekommen. Hier können sie dir helfen.« Sie hakte ihn unter und bugsierte ihn in den Rollstuhl, den Achim inzwischen aus dem Kofferraum geholt hatte.

Gemeinsam schoben sie den alten Herrn in die Notaufnahme, in der zum Glück gerade nicht viel los war, sodass der diensthabende Arzt sie sofort in ein Behandlungszimmer führte, wo er sofort mit der Untersuchung begann. Achim und Doro bat er, auf dem Flur zu warten, er werde sie sofort informieren, sobald er sich einen Überblick verschafft hätte.

Seufzend nahm Achim auf einem der Stühle im Wartebereich Platz, und Doro setzte sich auf den Platz neben ihn.

»Alles in Ordnung?«, fragte sie ihn.

»Sicher«, sagte er wie mechanisch. Doch dann wandte er ihr sein Gesicht zu, und sie sah den Schmerz in seinen Augen. »Nein. Es ist ganz und gar nichts in Ordnung«, sagte er leise. »Ich musste gerade daran denken, wie ich damals Stunden auf dem Flur im Krankenhaus gesessen und gewartet habe, als Papa den schweren Schlaganfall hatte. Diese Ungewissheit macht einen mürbe.«

»Besonders wohl, wenn man allein wartet«, sagte Doro mit einem vorsichtigen Lächeln.

Achim griff nach ihrer Hand und drückte sie kurz, ehe er sie wieder losließ. »Darum bin ich ja so froh, dass du mit hier bist, Doro.« Er warf ihr einen fragenden Blick zu. »Kannst du hierbleiben?«

»Versuch doch mal, mich wegzuschicken«, erwiderte sie.

Statt eine Antwort zu geben, hielt sein warmer Blick sie umfangen, und er schüttelte kaum wahrnehmbar den Kopf. Dann lehnte er sich zurück, schlug die Beine übereinander und verschränkte die Arme.

Eine Weile saßen sie so schweigend nebeneinander. Schließlich glaubte Doro, die Stille nicht mehr ertragen zu können. »Was meinst du, soll ich mal schauen, ob ich uns hier einen Kaffee besorgen kann?«

Er schien aus tiefen Gedanken hochzukommen. »Kaffee?«, fragte er. »Ja, das klingt nach einer guten Idee. Wer weiß, wie lange wir hier noch warten müssen. Beim letzten Mal dauerte es drei Stunden, bis der Arzt kam, um mit mir zu sprechen.«

Während sie sich erhob, berührte sie seinen Arm. »Nicht weglaufen, ich bin gleich wieder da«, sagte sie und sah ihn nicken.

Sie musste erst eine Schwester fragen, ehe sie die Cafeteria für die Gäste ganz am anderen Ende des Gebäudes fand, wo sie zwei große Becher Milchkaffee erstand. Bevor sie zurückging, holte sie ihr Handy hervor und wählte die Nummer der *Friesenrose*. Sie erzählte Johanne, die ans Telefon gegangen war, was passiert war.

»Meinst du, es ist wieder ein Schlaganfall?«, fragte Johanne besorgt.

»Könnte sein«, gab Doro zurück. »Warten wir mal ab, was der Arzt sagt. Kommt ihr denn heute ohne mich klar? Ich würde gern bei Achim bleiben. Es nimmt ihn mehr mit, als er zeigen möchte.«

»Sicher kommen wir klar, Deern. Bleib so lange du willst. Morgen früh kommen wir auch gut allein zurecht. Claire kann die Brötchen vom Bäcker holen, kein Problem. Aber ruf wieder an, wenn du was Neues erfährst.«

Doro versprach es und legte auf. Dann nahm sie die beiden Kaffeebecher und lief zurück, so schnell sie ohne zu kleckern konnte. Als sie um die letzte Ecke bog, sah sie, dass ein Arzt neben Achim stand, der sich von seinem Stuhl erhoben hatte. Diesen Mediziner hatte Doro vorher noch nicht gesehen, er schien weit älter als der diensthabende Notfallarzt zu sein. Möglicherweise der Oberarzt, dachte sie. Einen Moment lang überlegte sie, stehen zu bleiben und abzuwarten, bis der Arzt wieder gegangen war, aber dann entschied sie sich dagegen.

Sie ging mit einem Lächeln auf den Lippen zu den beiden Männern und drückte Achim den Becher in die Hand.

»Hier, dein Kaffee«, sagte sie. Dann nickte sie dem Arzt lächelnd zu und reichte ihm die Hand.

»Dorothee Löwe«, stellte sie sich vor.

»Angenehm. Mein Name ist Nordmann. Ich bin der Neurologe von Herrn Büsing.« Der Arzt wandte sich Achim zu. »Soll ich weitersprechen?«, fragte er.

»Ja, natürlich«, erwiderte Achim. »Frau Löwe ist eine gute Freundin der Familie.«

Dr. Nordmann schenkte Doro ein knappes Lächeln. »Dann wiederhole ich noch mal schnell das Wichtigste. Herr Büsing ist fürs Erste stabil. So wie wir es jetzt einschätzen, hatte er wohl keinen neuen Schlaganfall, aber genau können wir das erst nach weiteren Untersuchungen sagen. Seine Blutwerte sehen in jedem Fall nicht gut aus, und sein Blutdruck macht uns ebenfalls Sorgen. Das muss eine Weile beobachtet werden, so lange sollte er in jedem Fall hier im Haus bleiben.« Der Arzt wandte sich Achim zu. »Ihr Vater hat vorhin erwähnt, dass er gegen seine Kopfschmerzen Tabletten eingenommen hat. Haben Sie eine Ahnung, was das für Tabletten waren?«

»Nein«, sagte Achim. Er rieb sich mit der Hand über die Stirn. »Er muss sie im Schlafzimmer gefunden haben. Ich wusste nicht einmal, dass er da noch Schmerztabletten hatte.«

»Das ist natürlich nicht gut. Sie müssten schon sicherstellen, dass er sich genau an die verschriebene Medikation hält.« Der leise Vorwurf in der Stimme des Arztes war nicht zu überhören.

»Wie soll ich das denn machen? Ich bin ja nicht rund um die Uhr bei ihm. Schließlich muss ich auch noch arbeiten.«

»Schon klar, Herr Büsing. Aber Sie haben doch eine Pflegekraft im Haus, wenn ich mich recht erinnere.«

»Unsere Pflegekraft ist nicht mehr da. Sie ist vor ein paar Wochen nach Polen zurückgefahren«, sagte Achim niedergeschlagen. »Und eine neue ist derzeit nicht in Sicht.«

»Das ist unglücklich. Natürlich können Sie auch ambulante Pflege beantragen, aber ich fürchte, das wird im Fall Ihres Vaters nicht ausreichen. Er wird permanent gepflegt werden müssen.« Dr. Nordmanns Blick war ernst auf Achim gerichtet. »Ich weiß, dass Sie das nur ungern hören, aber ich habe Ihnen schon früher gesagt, dass ich der Meinung bin, Ihr Vater sei am besten in einer Pflegeeinrichtung aufgehoben.«

»Und ich habe Ihnen damals schon geantwortet, dass mein Vater die Insel auf keinen Fall verlassen möchte und wir uns außerdem ein Pflegeheim nicht leisten können. Daran hat sich nichts geändert«, antwortete Achim gereizt. Er holte tief Luft. Doro sah, dass er sich mit Mühe zusammennahm. »Entschuldigung«, fügte er hinzu.

»Ich weiß, dass Ihre Situation nicht einfach ist, Herr Büsing. Aber denken Sie in Ruhe darüber nach. In einem Heim wäre Ihr Vater gut untergebracht und seine Pflege in jedem Fall sichergestellt.«

Doro schnaubte durch die Nase. Der Blick des Arztes lag fragend auf ihr. »Sind Sie anderer Meinung?«

»Allerdings!«, sagte Doro fest. »Ich bin der Ansicht, dass man in erster Linie die Wünsche des Patienten respektieren sollte, und der will auf keinen Fall in ein Heim. Herr Büsing gehört hierher, nicht in irgendein anonymes Pflegeheim, wo er nur ein Patient unter hundert anderen ist und es zu wenig Personal gibt, um sich um jeden angemessen zu kümmern. Er hat Angst davor und möchte hier auf Sylt bleiben, in seinem Haus, bei seinem Sohn, so lange es irgendwie geht. Genau das werden wir ihm ermöglichen, und wenn es die Vorderzähne kostet. Wir werden eine Lösung für ihn finden, mit der alle leben können.« Sie sah dem Arzt herausfordernd in die Augen. »Im Notfall ziehe ich so lange bei den Büsings ein und pflege ihn, bis Achim eine andere Kraft gefunden hat.«

»Sie?« Der mitleidige Blick Dr. Nordmanns brachte Doro noch weiter auf die Palme.

»Ja, ich. Ich bin examinierte Krankenschwester und somit sehr wohl in der Lage, einen Schlaganfallpatienten zu pflegen«, sagte sie und empfand ein Gefühl des Triumphs, als sich das herablassende Lächeln in ein anerkennendes Nicken wandelte.

Dr. Nordmann wandte sich Achim zu. »Sehen Sie, Herr Büsing, manchmal sind die Lösungen für Probleme so naheliegend, dass man sie glatt übersieht«, sagte er.

Bis zum Abend blieb Doro bei Achim und Enno im Krankenhaus. Nach dem Gespräch mit Dr. Nordmann hatte sie schweigend neben Achim auf dem Flur gesessen, bis schließlich eine Schwester ihnen mitgeteilt hatte, Enno werde jetzt auf die Station gebracht. Dort angekommen hatten sie sich Stühle neben sein Bett gezogen und versucht, den alten Herrn auf andere Gedanken zu bringen.

Enno erzählte, er habe Angst, wieder nach Flensburg ins Krankenhaus überführt werden zu müssen, und erst als Achim ihm fest versprach, nicht zuzulassen, dass er von der Insel weggebracht würde, beruhigte er sich ganz allmählich. Als die Schwester schließlich mit dem Abendessen für Enno ins Zimmer kam, erhob sich Achim und warf einen besorgten Blick aus dem Fenster, durch das die schon tief stehende Sonne hereinschien.

»Ich muss jetzt wirklich langsam nach Hause zurück, Papa«, sagte er. »Die Pferde sind noch draußen, und ich möchte sie nicht im Dunkeln einfangen müssen.«

»Ich werde dir dabei helfen«, sagte Doro sofort und stand ebenfalls auf. »Oder soll ich lieber noch bei dir bleiben, Enno?«

»Nee, das musst du nicht, Deern.« Enno winkte ab. »Jetzt geht es mir ja schon wieder etwas besser. Ich werde jetzt mal gucken, was ich zum Abendbrot bekommen habe, und dann noch einen Augenblick fernsehen, ehe ich schlafe. Ihr könnt mich ruhig allein lassen. Aber morgen schaut ihr wieder bei mir vorbei, oder?« Er sah besorgt von Doro zu Achim.

Doro griff nach seiner ausgestreckten Hand und drückte sie. »Aber sicher, Enno. Sobald ich mit der Arbeit in der *Friesenrose* fertig bin, schaue ich gleich bei dir vorbei.«

»Und du, Achim?«

»Natürlich komme ich dich morgen besuchen«, sagte Achim. »Ich muss nur noch jemanden finden, der die Surfstunden für mich übernimmt. Morgen wäre ich sonst den ganzen Tag über in der Schule.«

Enno lächelte dankbar. »Das wäre schön, wenn du kommen könntest, Jung.« Er richtete sich ein bisschen im Bett auf, beugte sich vor und hob den Deckel über dem Tablett an. »Graubrot und Aufschnitt«, sagte er. »Damit kann ich leben.« Er lächelte schief, dann machte er eine Handbewegung, als wolle er die beiden jungen Leute hinausscheuchen. »Und nun macht mal, dass ihr loskommt, sonst müsst ihr die Pferde noch mit der Taschenlampe suchen.«

Schweigend liefen sie nebeneinander die Gänge des Krankenhauses entlang bis zum Parkplatz, wo Achim seinen Wagen abgestellt hatte, und fuhren los. Erst als sie Westerland hinter sich gelassen hatten, räusperte sich Achim.

»Hast du das vorhin ernst gemeint?«, fragte er, ohne den Blick von der Straße zu nehmen.

»Was meinst du?«, fragte Doro.

»Dass du die Pflege von Papa für eine Weile übernehmen würdest.« Ohne ihr eine Gelegenheit zur Antwort zu geben, fuhr er fort: »Das musst du aber nicht. Ich meine, du musst dich nicht dazu verpflichtet fühlen, nur weil du im Eifer des Gefechts so was angedeutet hast.«

»Ich habe es aber wirklich so gemeint.« Doro wandte den Kopf, um Achim anzusehen. »Es war mein voller Ernst.«

»Aber du hast doch schon den Job in der *Friesenrose.*«

»Sicher, aber ich glaube, Johanne und Claire werden Verständnis dafür haben, wenn ich stattdessen Enno pflege, damit er zu Hause bleiben kann. Außerdem kann ich doch trotzdem beim Bettenwechsel und beim Frühstückmachen helfen, auch wenn ich bei euch wohne.«

Achim warf ihr einen kurzen Seitenblick zu. »Bei uns?«

»Wioletta hatte doch auch ein Zimmer, oder?«

»Wir hatten sie in der kleinen Ferienwohnung untergebracht, ja.«

»Siehst du? Wenn ich mit meinem Krempel da reinziehe, dann bin ich immer vor Ort«, sagte Doro. »Außer natürlich, ich arbeite gerade in der *Friesenrose.*«

»Die Bude ist aber nicht besonders komfortabel. Ziemlich eng und düster.«

»Hör mal, glaubst du etwa, ich bin verwöhnt? Darum mach dir mal keine Gedanken.«

»Und viel Geld kann ich dir auch nicht bezahlen«, sagte er. Doro sah, dass er das Lenkrad bei dem Versuch, ihr ihren Plan auszureden, fester umfasste. »Jedenfalls nicht das, was dir als Krankenschwester zusteht.«

»Von guten Freunden nehme ich aus Prinzip kein Geld.«

»Gute Freunde? Sind wir das?«

Er wandte ihr kurz das Gesicht zu, mit einem Ausdruck in den Augen, der sie mitten ins Herz traf. Achim sah aus wie ein kleiner Junge, der etwas ausgefressen hatte und statt der verdienten Strafe ein Geschenk bekommen hatte.

»Ja«, sagte Doro weich. »Sehr gute Freunde sogar.«

Achim hielt den Blick jetzt auf die Straße gerichtet, und sie betrachtete sein Profil – sein welliges, sonnengebleichtes Haar, die gerade Stirn, die geschwungenen Augenbrauen und langen Wimpern, die seine blauen Augen beschatteten. In seiner Wange arbeiteten die Muskeln. Vielleicht dachte er darüber nach, was er auf ihre Worte antworten sollte. Wenn Doro gekonnt hätte, hätte sie ihn jetzt umarmt, ihn fest an sich gezogen, um ihm ins Ohr zu flüstern, dass schon alles wieder in Ordnung kommen werde. Doch er saß ja am Steuer und lenkte den Wagen in Richtung eines Sonnenuntergangs, der allmählich den ganzen Himmel in Brand zu stecken schien. Gegen die glühenden Wolkenfetzen hoben sich die windschiefen Bäume an der Straße dunkel wie Scherenschnitte ab.

Auf einmal spürte sie, wie Achims Hand nach ihrer tastete und sie drückte.

»Danke, Doro«, sagte er leise. »Das bedeutet mir viel.«

Er hielt ihre Hand immer noch fest, als sie die Auffahrt zum Büsinghof entlangfuhren und stehen blieben. Erst als er den Motor abstellte, ließ er ihre Hand los.

»Ist schon praktisch, so ein Automatikgetriebe«, stellte Doro mit einem Grinsen fest.

»Ja, stimmt!« Achim lachte wie befreit. »Wirklich praktisch.«

Er stieg aus und stützte sich am Autodach ab, während er sich zu ihr umwandte, als sie ebenfalls das Auto verließ. »Wir sollten uns beeilen, die Pferde in den Stall zu bringen«, sagte er. »Oder willst du vorher noch in die *Friesenrose* und dich umziehen?«

Doro sah an sich herunter. »Nicht nötig, das ist meine älteste Jeans. Gummistiefel reichen, und die sind zum Glück hier.«

»Dann mal los, ehe wir noch nass werden.« Achim klopfte auf das Autodach und grinste sie an. »Über dem Festland zieht was auf, sieh mal!«

Ihr Blick folgte seiner ausgestreckten Hand. Im Osten türmten sich dunkle Regenwolken auf, die von der untergehenden

Sonne beschienen wurden. Ganz plötzlich wurde ein strahlend heller Regenbogen vor den Wolken sichtbar, und ein Stück darüber bildete sich ein zweiter.

»Ein doppelter Regenbogen …«, murmelte sie atemlos.

»Wollen wir dann mal loslegen?«, hörte sie Achim fragen, doch ihr Blick blieb unverwandt am Himmel hängen. »Moment noch.« Sie lief ein paar Schritte die Auffahrt entlang, von wo aus sie die beiden Bögen besser sehen konnte. »Es sind zwei. Zwei komplette Bögen! Schau doch nur!« Doro deutete mit ausgestreckter Hand nach oben.

»Ja, und?«

»Wenn man zwei vollständige Regenbögen am Himmel sieht, muss man sich etwas wünschen. Mein Großvater hat immer gesagt, dass der Wunsch dann in Erfüllung geht.« Auf einmal fühlte Doro wieder ihre Hand in der Pranke ihres Großvaters liegen, sie sah, wie der alte Mann ihr zuzwinkerte, und hörte seine Stimme, die ihr versicherte, dass das, was man sich ganz fest in seinem Herzen wünschte, wahr werden würde.

Sie lief zurück zu Achim und umarmte ihn stürmisch. »Na los! Wünsch dir was, aber du darfst es niemandem erzählen, sonst geht es nicht in Erfüllung.«

»Verwechselst du das nicht mit Sternschnuppen?«, fragte er lachend und legte die Arme um sie.

»Sternschnuppen kann doch jeder!«, gab Doro zurück. »Regenbögen sind viel seltener und zuverlässiger als die Glitzerdinger. Nun mach schon, Achim, bevor der zweite sich wieder auflöst.«

»Also gut.«

Doro schaute zu ihm hoch und sah, dass sich seine Lippen bewegten, ehe sie selbst die Augen in Richtung der Himmelserscheinung wandte. Kurz überlegte sie, was sie sich wünschen sollte: die Hebammenpraxis, irgendwo auf dem Land, so wie

Tante Tilda sie gehabt hatte, oder einen Job in einem Krankenhaus oder … Doch dann war dieser neue Gedanke auf einmal in ihrem Kopf und formulierte sich ganz von allein.

Ich wünsche mir, dass dieser Moment hier niemals endet, dachte sie. Dass ich immer von Achim im Arm gehalten werde, und dass ich immer hierbleiben kann, wo mein Herz ein neues Zuhause gefunden hat.

Sie fühlte Achims Arme, die sie fest umfasst hielten und sie wärmten, während sie beide dabei zusahen, wie der obere Regenbogen immer schwächer wurde und sich schließlich auflöste, während der untere, kleinere wie zustimmend nochmals aufleuchtete, ehe auch er verschwand.

»Die Sonne geht weg«, hörte sie Achim ganz nah an ihrem Ohr sagen. »Wir sollten die Pferde jetzt in den Stall bringen, ehe der Regen kommt.«

Sie löste sich so weit von ihm, dass sie ihm in die Augen schauen konnte. Achim lächelte zu ihr herunter, und sie erwiderte sein Lächeln.

»Ein bisschen Regen wird die Pferde genauso wenig stören wie mich«, sagte sie. »Das hier ist wichtiger.«

Sie schlang die Arme um seinen Hals, zog ihn ein Stückchen zu sich herunter und küsste ihn, zögernd zuerst, dann immer leidenschaftlicher, während die ersten Tropfen des Sommerregens auf sie fielen.

# Elf

Zu Doros Erstaunen schien niemand wirklich überrascht darüber, dass sie und Achim ein Paar waren. Im Gegenteil, Johanne zum Beispiel nickte zufrieden und tätschelte Doros Wange. »Das wurde aber auch höchste Zeit«, sagte sie. »War ja nicht mehr mitanzusehen, das Drama mit euch beiden.«

Sie habe sogar schon länger damit gerechnet, dass Doro über kurz oder lang in den Büsinghof umsiedeln würde und hatte nichts dagegen einzuwenden – vorausgesetzt, Doro würde auch weiterhin für die anfallende Arbeit in der *Friesenrose* zur Verfügung stehen, was diese fest versprach.

Janna umarmte Doro überschwänglich, als Mo und sie am Abend darauf zu Besuch in der *Friesenrose* waren, um die letzten Details für die Hochzeit zu besprechen. »Wie toll ist das denn?«, rief sie. »Unsere beiden Trauzeugen sind ein Paar. Wie schade, dass wir nur klein feiern, sonst hättet ihr einen besonderen Ehrentanz bekommen.«

»In jedem Fall ist es praktisch!«, meinte Mo augenzwinkernd. »So brauchen wir uns über die Begleitpersonen für die Trauzeugen keine Gedanken zu machen. Der Clubraum in dem Restaurant ist winzig. Das hätte eng werden können.«

»Du bist vielleicht ein …« Spielerisch boxte Janna ihm gegen den Oberarm.

»Zu Hilfe, ich werde geschlagen!«, rief Mo und hob abwehrend die Hände. »Und ich kann mich nicht mal wehren, weil man Schwangere nicht hauen darf.«

»Selbst schuld! Was bist du auch so frech«, sagte Janna lachend.

»Aber mal im Ernst. Dieser Döskopp von Achim hat so ein Goldstück wie dich gar nicht verdient, Doro. Er soll bloß lieb zu dir sein, sonst gibt's von mir was auf die Ohren.«

»Ich werde es ihm ausrichten«, versprach Doro. »Aber bislang habe ich keinen Grund zur Klage.«

»Das will ich hoffen.« Mo nickte entschlossen, aber der Schalk blitzte dabei aus seinen Augen. »Und nun reich mir bitte noch ein Bier rüber, ich muss schließlich für zwei trinken.«

Achims Vater sollte erst am Tag nach der Hochzeitsfeier aus dem Krankenhaus entlassen werden. Zuerst war Enno traurig gewesen, nicht dabei sein zu können, schließlich kannte er Janna schon, seit sie ein kleines Mädchen gewesen war. Doch dann sah er ein, dass es ihm einfach noch nicht gut genug ging, um an der Trauung teilzunehmen. Er könne sich ja gar nicht mehr auf den Beinen halten, und immer nur im Rollstuhl herumgeschoben zu werden, während die anderen feierten, nein, das war nichts für ihn.

Trotz der gründlichen Diagnostik war noch immer nicht klar, was die Verschlechterung seines Zustandes hervorgerufen hatte. Zwar wurden seine Blutwerte allmählich besser und auch der Blutdruck pendelte sich langsam unter den neuen Medikamenten ein, auf die er umgestellt worden war, aber er war noch immer sehr schwach und ermüdete schnell. Dafür wirkte er jetzt aber geistig klarer als vorher.

Als Achim seinem Vater erzählte, dass Doro zu ihnen ziehen würde, um bei der Pflege zu helfen, musterte der alte Herr die beiden jungen Leute mit zusammengezogenen Augenbrauen. »Das ist doch nicht der einzige Grund, oder?«, fragte er.

»Nun, äh …«, stotterte Doro verlegen.

»Hab ich es dir nicht, gesagt, Jung?« Enno lachte. »Gegen die Deern bist du machtlos.«

Damit streckte er beide Hände aus und zog Achim und Doro zu sich aufs Bett.

»Eine größere Freude hättet ihr mir nicht machen können, ihr zwei.« Nacheinander zog er Achim und Doro an sich und küsste sie auf die Wange. »Jetzt wird alles wieder gut werden.«

Als Doro und Achim am Tag der Hochzeit in Doros kleines rotes Auto stiegen, um nach Westerland zum Standesamt zu fahren, gähnte Achim zum Herzzerreißen.

»Bedauerst du gestern Nacht, du müder Krieger?« Doro betrachtete ihn mit hochgezogener Augenbraue.

»Gestern Nacht bestimmt nicht!« Achim beugte sich zu ihr hinüber und küsste sie flüchtig. »Aber die Aktion gestern Abend in der Feuerwache, die bedauere ich sehr. Ich habe den Großvater aller Muskelkater in den Schultern. Wer zur Hölle ist denn auf die Schnapsidee gekommen, alles mit Kreppschleifen zuzuhängen?«

»Bedank dich bei Neele und mir.« Doro lachte.

Am Vorabend hatten sich die Feuerwehrleute in der Wache getroffen, alle Fahrzeuge und Geräte nach draußen gebracht und die Halle und die zusammengeliehenen Tische und Stühle festlich geschmückt. Bis weit nach Mitternacht hatte Achim damit zugebracht, mit emporgereckten Armen Kreppbänder und Schleifen an die Wände zu kleben und der Decke zu befestigen. Auch wenn er jetzt über Muskelkater klagte, das Ergebnis konnte sich sehen lassen: Die Feuerwache war nicht wiederzuerkennen und sah nun aus wie der Ballsaal eines Disney-Märchenschlosses. Janna und Mo würden Augen machen, wenn sie, statt wie geplant nur mit den Trauzeugen und Verwandten essen zu gehen, eine richtige Hochzeitsfeier mit allen Freunden erleben würden.

Nach dem Dekorieren waren Doro und Achim zum Büsinghof zurückgefahren, statt mit den anderen Feuerwehrleuten noch ein Bier trinken zu gehen. Sie hatten sich gegenseitig versichert, wie todmüde sie seien, und wie vernünftig es sei, früh schlafen zu gehen, doch dann waren sie wieder, wie in all den Nächten zuvor, in Doros Bett in der Ferienwohnung gelandet.

Aber wer braucht schon Schlaf, wenn er verliebt ist?, dachte Doro. Und wenn man einen so leidenschaftlichen Liebhaber hat wie Achim, fügte sie in Gedanken hinzu.

Nachdem sie das Auto auf die Straße gelenkt hatte, warf sie Achim einen kurzen Seitenblick zu und stellte fest, dass er sie mit verschränkten Armen betrachtete. »Was ist?«, fragte er. »Habe ich einen Fleck am Revers? Oder sehe ich in der Uniform einfach nur albern aus?«

»Quatsch!«, sagte Doro und grinste. »Ich habe dich vorher nur noch nie darin gesehen. Das Dunkelblau steht dir wirklich gut.«

In Wirklichkeit dachte sie, Achim würde auch in einem Müllsack noch perfekt gekleidet sein, aber das sagte sie nicht.

»Mo mit seiner Schnapsidee, in der Feuerwehruniform heiraten zu wollen und mich zu überreden, meine ebenfalls anzuziehen! Ich hätte lieber meinen grauen Anzug an, diese Uniformjacke ist zu knapp in den Schultern.« Wie zum Beweis streckte er die Arme nach vorn. »Siehst du, die Ärmel sind viel zu kurz.«

Wieder riskierte Doro einen kurzen Blick von der Seite und versicherte ihm, die Ärmellänge sei genau richtig.

»Du hingegen siehst umwerfend aus«, erwiderte Achim. »Es war eine gute Idee, das Kleid zu kaufen.«

Eigentlich hatte Doro vorgehabt, in ihrem Outfit für Vorstellungsgespräche, einer dunklen Stoffhose und einer weit geschnittenen Hemdbluse, zur Hochzeit zu gehen, doch Achim hatte gemeint, das sei einem so festlichen Anlass nicht angemessen. Dann hatte er sie nach Westerland geschleppt, wo sie in einer kleinen Boutique ein dunkelrotes Baumwollkleid im Stil der Fünfzigerjahre gefunden hatte, das ihr nicht nur wie angegossen passte, sondern auch noch bezahlbar war.

Sie nickte und fühlte dabei, wie sie bei seinen Worten beinahe so rot wurde wie das Kleid, das sie trug. »Umwerfend wohl nicht. Aber ganz passabel«, sagte sie. Sie setzte den Blinker und bog auf die Hauptstraße ab, die nach Westerland führte.

»Du hast entschieden zu wenige Komplimente über dein Aussehen bekommen, Doro«, hörte sie Achim sagen. »Dein Ex hatte es wohl nicht so mit netten Worten.«

»Nicht wirklich«, sagte Doro knapp.

Vor ihrem geistigen Auge erschien das Bild ihres Ex-Freundes Lukas, und sie stellte fest, dass sie sich nicht einmal mehr an seine Stimme erinnern konnte. Eigentlich war Lukas nicht viel mehr als ein Teenagerschwarm gewesen, der sich in die Länge gezogen hatte. Solange sie sich jeden Tag gesehen hatten, hatte sie geglaubt, alles sei in Ordnung, aber das Gefühl zwischen ihnen hatte keine räumliche Trennung überstanden. Als sie am Ende zusammen in Urlaub gefahren waren, hatten sie beide eingesehen, dass es eigentlich schon lange vorbei war. Doro hatte gedacht, ihr Leben sei mit ihrem Beruf so ausgefüllt, dass darin gar kein Platz für einen Mann sein würde. Aber jetzt?

Jetzt war auf einmal alles anders. Ihre Prioritäten waren verschoben oder standen gar auf dem Kopf. Die Praxis, ihr Beruf, der für sie immer eher Berufung denn Beruf gewesen war, das alles wich in den Hintergrund gegen Achims Lächeln und seine Wärme, wenn er seine Arme um sie schlang. Die ganze Welt leuchtete in so hellen Farben, dass sie in den Augen wehtaten.

Doro fühlte sich in Achims Gegenwart so leicht, als könne

sie schweben, und hatte doch Angst davor, den Boden unter den Füßen zu verlieren. Manchmal musste sie sich regelrecht kneifen, um sich wieder aus dem Wolkenkuckucksheim zu holen, in dem sie sich in letzter Zeit so wohlfühlte.

Auf der anderen Seite war sie so glücklich wie noch nie zuvor, und ganz egal, wie lange dieses Glück auch anhalten mochte, Doro war entschlossen, jede Sekunde davon zu genießen.

»Dein Ex muss ein ziemlicher Trottel gewesen sein«, stellte Achim fest. »Oder aber enorm kurzsichtig. In jedem Fall wusste er nicht zu würdigen, was er an dir hatte.«

»Hauptsache, du weißt es.« Doro lachte.

Sie hatten den Parkplatz beim Rathaus Westerland erreicht, und zu Doros Erleichterung machte direkt vor ihr jemand seinen Platz frei.

»Glück gehabt«, sagte sie. »Ich hatte schon befürchtet, in den Stöckelschuhen durch die halbe Stadt laufen zu müssen.«

»Ich hätte dir heute Abend die Füße massiert.« Achim grinste und sah dabei unverschämt gut aus.

»Das kannst du trotzdem gern tun. Mir graut schon vor dem Tanzen.«

»Du tanzt bestimmt leichtfüßig wie eine Elfe.«

»Oder wie heißt doch gleich das Tier mit dem Rüssel?«, ergänzte Doro, gab ihm einen Klaps auf den Oberarm und stieg aus dem Wagen.

»Du bist einfach unmöglich.« Achim hob resignierend die Hände und schüttelte den Kopf, ehe auch er ausstieg. Er sah sich suchend auf dem Parkplatz um. »Hauptsache, die anderen sind pünktlich.«

»Die treffen sich an der Feuerwache und fahren dann alle zusammen mit dem Mannschaftswagen los. Damit Mo nichts mitbekommt, werden sie ein Stückchen entfernt parken. Jedenfalls hat Neele das gesagt.«

»Wenn Neele sich darum kümmert, klappt das schon.« Achim setzte sich seine Schirmmütze auf den Kopf und bot Doro den Arm. »Wollen wir, meine Liebe?«

Sie hakte sich unter und sah zu ihm hoch. »Ich bin bereit, wenn du es auch bist.«

Arm in Arm gingen sie auf die kleine Gruppe zu, die sich vor der Doppeltür des Rathauses versammelt hatte. Schon von Weitem erkannte sie Mo, der alle anderen beinahe um Haupteslänge überragte. Er wandte ihnen den Rücken zu, und seine roten Haare leuchteten in der Sonne wie eine Flamme. Den rechten Arm hatte er um Janna gelegt. Johanne, Claire und Mos Mutter Gertrud standen neben einem älteren Herrn, den Doro nicht kannte.

»Wer ist denn der Mann?«, fragte Doro Achim leise. »Kennst du ihn?«

Achim nickte. »Das ist Hans Nissen. Seiner verstorbenen Tochter hat Püppi gehört, er ist mit Janna befreundet.«

»Dann ist das der, von dem du das Geld bekommen …«

»Ja, genau der«, unterbrach Achim sie leise, denn inzwischen waren sie in Hörweite der Gruppe angekommen. »Nanu, wartet ihr auf irgendjemanden?«, rief er lauter.

Mo drehte sich um und zog Janna mit sich. »Nur auf die Marschbauern und Pferdewirte!«, rief er. »Die kommen doch immer zu spät.«

Doro sah auf ihre Armbanduhr. »Wieso? Vier Uhr war abgemacht, jetzt ist es zwei Minuten vor vier. Wir sind also sogar überpünktlich.«

»Na, dann können wir ja jetzt endlich reingehen, oder?«, gab Mo augenzwinkernd zurück.

»Nicht, bevor ich nicht die Braut geküsst habe«, sagte Achim. Er nahm Janna bei den Händen und küsste sie auf die Wange. »Du siehst großartig aus«, sagte er.

Janna lachte glücklich. »Danke schön.«

Auch Doro umarmte ihre Freundin und versicherte ihr, wie hübsch sie sei. Janna trug ein kurzes, schlichtes Cocktailkleid aus champagnerfarbener Seide mit Spitzenbesatz und dazu einen Haarkranz aus frischen Rosen.

»Danke, du aber auch! Das Rot steht dir wirklich supergut«, war Jannas Antwort. »Oma hat Ansteckblumen für dich und Achim besorgt, die zu meinem Strauß und meinem Haarreif passen.« Sie hob ihren kleinen Brautstrauß aus cremefarbenen und blassroten englischen Rosen an. »Das wird bestimmt toll zu deinem Kleid aussehen.«

»Und was ist mit mir? Wann sagt mir jemand, wie toll ich aussehe?« Mo setzte seine Schirmmütze auf, die er bisher unter den linken Arm geklemmt hatte. Er warf sich in die Brust und hob das bärtige Kinn an. Alle Umstehenden lachten.

»Du siehst wie immer aus«, rief Janna und kicherte. »Wie ein verkleideter Wikingerfürst.«

»Tsss!« Mo schüttelte traurig den Kopf. »Und so was bin ich im Begriff zu heiraten.«

Doro nutzte die Gelegenheit und schlüpfte zu Johanne hinüber. »Hat alles geklappt?«, fragte sie leise.

»Ja, es ist alles in trockenen Tüchern«, antwortete Jannas Großmutter ebenso leise. »Die Getränke sind schon in der Wache, das Restaurant weiß Bescheid und liefert das Essen um sieben Uhr.«

Sie bückte sich und hob den Korb an, der neben ihr auf dem Boden gestanden hatte. »Hier sind die Anstecknadeln für dich und Achim.« Sie holte zwei weiße Rosenblüten hervor, von denen sie eine an Doros Kleid befestigte. »Die andere steckst du Achim ans Revers, ja? Wir sollten jetzt reingehen, wir sind schon spät dran.«

Doro lief zu Achim zurück und steckte die Rose schnell an

seinem Revers fest, ehe sie sich bei ihm einhakte und den anderen ins Rathaus folgte.

Die Zeremonie war kurz, aber nichtsdestoweniger feierlich. Die Standesbeamtin sprach darüber, wie Wege sich kreuzten und zu breiten Straßen wurden, die in die Zukunft führten. Doro, die als Trauzeugin neben dem Brautpaar saß, hörte, wie hinter ihr jemand mit einer Taschentuchverpackung knisterte und sich dann vernehmlich schnäuzte. Achim formte mit den Lippen »Johanne«. Sie nickte möglichst unauffällig und lächelte, während sie nach seiner Hand griff.

Nach dem Jawort und den diversen Unterschriften auf der Urkunde tauschte das Brautpaar die Ringe und küsste sich unter dem lauten Beifall der Anwesenden. Nur Mos Mutter machte ein säuerliches Gesicht, während sie die Hände zusammenschlug.

Als sie ihrem Sohn und ihrer frischgebackenen Schwiegertochter gratulierte, hörte Doro, wie sie zu Mo sagte: »Ich hatte gehofft, du überlegst es dir noch mal. Immerhin bist du der letzte Träger des Namens Mosbach. Wenn du jetzt Jannas Nachnamen annimmst, stirbt der Name aus.«

»Ich habe es dir doch erklärt, Mama. Janna hat sich inzwischen einen Namen als Malerin gemacht, also sollte sie den beibehalten. Jedenfalls hat das auch ihr Galerist gemeint. Außerdem hänge ich nicht sonderlich an Mosbach.« An Mos genervtem Ton war zu erkennen, dass er seiner Mutter den Grund für die Wahl des Familiennamens schon etliche Male auseinandergesetzt hatte.

»Trotzdem! Ich finde es nicht richtig, dass du …«

»Das können wir gern ein anderes Mal diskutieren, Mama, aber wirklich nicht gerade hier und heute.« Er küsste sie auf die Wange. »Ich danke dir für die Glückwünsche und vor allem, dass du uns die Flitterwochen geschenkt hast. Das bedeutet Janna und mir viel.«

Ohne seiner Mutter die Gelegenheit zu geben, wiederum das Wort zu ergreifen, wandte Mo sich an Johanne, die hinter Gertrud Mosbach gewartet hatte, um zu gratulieren, und zog sie fest in die Arme.

Seine Mutter betrachtete die Szene kopfschüttelnd und zog sich dann in eine Ecke des Raumes zurück, von wo aus sie die Anwesenden mit verkniffenem Mund beobachtete.

Als auch Achim und Doro das Brautpaar umarmt hatten, gab er ihr unauffällig ein Zeichen, ihm aus dem Trauzimmer zu folgen. Leise schloss er die Tür hinter ihnen.

»Was ist denn?«, fragte sie leise.

»Ich muss runter, um mit den anderen Feuerwehrleuten Spalier zu stehen«, sagte er. »Kommst du mit und machst Fotos?« Er zog eine Digitalkamera aus der Tasche und gab sie an Doro weiter.

Vor der Tür standen schon die Feuerwehrleute, alle entweder in der blauen Ausgehuniform oder aber in den Einsatzjacken und mit Helm auf dem Kopf.

»Los, Leute!« Achim klatschte in die Hände. »Aufstellung nehmen. Hat jeder seine Rose?«

Zustimmendes Gemurmel erklang, dann bildeten die Feuerwehrleute umständlich zwei Reihen, durch die das Brautpaar schreiten sollte. Achim stellte sich Neele gegenüber an den Anfang des Spaliers.

Doro positionierte sich der doppelflügeligen Glastür des Rathauses gegenüber und machte zur Sicherheit schon mal vorab ein paar Fotos, um sich mit der Kamera vertraut zu machen, als die Tür sich öffnete und Mo und Janna heraustraten. Als er das Spalier seiner Kameraden sah, blieb Mo wie angewurzelt stehen.

»Achtung!«, brüllte Achim zackig, und alle Feuerwehrleute hoben die Rosen in die Höhe.

»Ihr seid vielleicht ein paar verrückte Hühner!«, rief Mo und strahlte über das ganze Gesicht. »Ich dachte, wir hätten verabredet, dass das hier eine schlichte Trauung ganz ohne Aufwand werden sollte.«

»Wenn der Brandmeister heiratet, gibt es eine ordentliche Feier und ein Spalier. Das war schon immer so, und das bleibt auch so«, meldete sich Neele zu Wort. »Sei froh, dass wir wenigstens auf das traditionelle Durchsägen eines Baumstammes mit der stumpfen Säge verzichten. Nun macht schon! Schreitet die Ehrenformation ab, bevor mein Arm lahm wird.«

Mo schüttelte den Kopf, aber dann gingen er und Janna unter dem Rosenspalier durch. Alle klatschten und johlten, während Neele die Rosen einsammelte und sie Janna überreichte, ehe sie sich in die Schlange einreihte, die das Paar umarmte und gratulierte.

»Dass ihr alle gekommen seid … wirklich eine tolle Überraschung. Vielen Dank dafür.« Mo war sichtlich gerührt. »Nur schade, dass wir nicht mit euch gerechnet haben. Wir haben nicht mal Sekt und Gläser hier, um mit euch anstoßen zu können. Außerdem müssen wir gleich ins Restaurant aufbrechen, die warten vermutlich schon auf uns.«

»Ach was, Blödsinn!« Johanne winkte ab. »Da wartet keiner. Die sind doch in alles eingeweiht.«

»Wie habe ich denn das zu verstehen?«

»Wartet es mal ab. So ganz ohne Feier konnten wir euch doch nicht davonkommen lassen, oder? Also haben wir das in die Hand genommen.« Achim grinste Mo zu. Mit zwei Fingern im Mund stieß er einen durchdringenden Pfiff aus. »Dürfen wir euch zu eurer Hochzeitskutsche bitten?« Er deutete eine Verbeugung an und streckte einladend die Rechte aus.

Hinter der Ecke des großen grauen Gebäudes ertönte lautes Hupen. Der Mannschaftswagen der Morsumer Feuerwehr fuhr in Sicht, der über und über mit weißen Krepppapierstreifen behängt war und hinter dem ein Bündel leerer Konservendosen auf dem Kopfsteinpflaster klapperte.

»Mein armer, armer Mannschaftswagen!« Mo schlug die Hände vors Gesicht. »Macht bloß schnell das Blaulicht aus, sonst gibt es Ärger mit der Polizei.«

»Die Polizei ist auch mit im Boot«, klärte ihn Johanne auf. »Ich glaube, ganz Sylt weiß Bescheid, nur ihr zwei nicht. Und jetzt steigt schnell in den Wagen ein, damit wir endlich anfangen können zu feiern.«

Doro war bislang nur zweimal zu einer Hochzeit eingeladen worden und beide hatte sie als ziemlich steife, langweilige Veranstaltungen empfunden, jedenfalls im Vergleich zur zwanglosen, fröhlichen Hochzeitsfeier, die die Morsumer Feuerwehr für Mo und Janna ausrichtete. Etwa siebzig zumeist junge Leute hatten sich in der Feuerwache eingefunden, um ausgelassen zu feiern.

Neben dem Eingang stand eine ausrangierte Holztür, die Jonas von seiner letzten Baustelle mitgebracht hatte, an der die Anwesenden altes Porzellan zerschlugen, das Janna und Mo dann zusammenkehren mussten. Achim erklärte Doro, die diese Zeremonie nicht kannte, das solle Glück bringen. Sie erwiderte, an Glück werde es Janna und Mo dann nie wieder fehlen, und deutete auf den Baukübel voller Scherben, der sich immer mehr füllte. Irgendein Witzbold hatte sogar ein altes Waschbecken mitgebracht, das er unter gewaltigem Getöse auf dem Pflaster zerspringen ließ.

Vor dem Essen, das vom Restaurant geliefert worden war, in dem eigentlich die kleine Familienfeier hätte stattfinden sollen, erhob sich Mo von seinem Platz, dankte den Feuerwehrleuten für die gelungene Überraschung und wünschte allen einen schönen Abend. Zu Doros Überraschung klopfte nach dem Nachtisch Achim mit dem Löffel an sein Glas und erhob sich.

»Liebes Brautpaar, liebe Verwandte, liebe Freunde«, sagte er mit erhobener Stimme. »In England ist es Tradition, dass der Trauzeuge, der ›Best Man‹, eine Rede auf das Brautpaar hält. Mo hat mich eindringlich davor gewarnt, jemals auf so einen Gedanken zu kommen, also blieb mir natürlich nichts anderes übrig, als es trotzdem zu tun.«

Die Hochzeitsgäste lachten, während Mo Achim mit einer im Scherz erhobenen Faust drohte.

»Du weißt, dass sich das eines Tages rächen wird?«, rief er über den Lärm hinweg.

Achim nickte. »Das will ich doch wohl sehr hoffen!«, gab er zurück, ehe er sich wieder an sein Publikum wandte. »Ich habe in letzter Zeit oft über das vergangene Jahr nachgedacht. So viel ist passiert, seit Johanne und Janna wieder in die *Friesenrose* zurückgekehrt sind. Wären damals in dem Gewittersturm, in dem später der Shuttlezug entgleist ist, nicht unsere Kühe durch den Zaun gegangen, wer weiß, ob Mo und Janna sich überhaupt kennen und lieben gelernt hätten? Vielleicht hatte wirklich eine himmlische Macht die Hand im Spiel, wenn auch mit Blitz und Donner statt mit einem romantischen Sonnenuntergang. Jedenfalls haben die beiden nach einer Weile gemerkt, dass sie füreinander bestimmt sind, denn Janna und Mo sind viel mehr als nur ein Liebespaar – sie sind darüber hinaus beste Freunde, und das ist die sicherste Grundlage für ein glückliches Leben. Und das wünschen wir ihnen!« Er hob sein Glas in die Höhe, und alle Gäste taten es ihm nach.

Doro glaubte, er würde sich setzen, aber er blieb stehen und wartete geduldig, bis die Hochzeitsgesellschaft wieder ruhig wurde.

»Wo ich schon einmal das Wort habe, möchte ich die Gelegenheit nutzen, auch noch etwas in eigener Sache loszuwerden. Wie die meisten von euch wissen, war dieses vergangene Jahr nicht einfach für mich. Ich bin auf die Insel zurückgekommen, weil mein Vater krank wurde und meine Hilfe brauchte, doch das erwies sich als viel schwieriger, als ich gedacht hatte. Mehr als einmal war ich kurz davor, alles hinzuschmeißen und aufzugeben. Dass ich noch hier bin und so ganz langsam Licht am Ende des Tunnels sehe, verdanke ich meinen Freunden. Danke an alle, die mir geholfen, mit Rat und Hilfe zur Seite gestanden, auch mal den Kopf gewaschen haben. Ja, Mo, damit bist du gemeint!«

Mo hob sein Glas in Achims Richtung und grinste breit.

»Danke an Janna, die den Kontakt zu meinem neuen Geschäftspartner Herrn Nissen vermittelt hat.« Wieder hob Achim das Glas und nickte beiden zu. »Und vor allem will ich mich bei Doro bedanken, die mir in den letzten Wochen eine beste Freundin geworden ist. Und viel mehr als das! Wie sagte die Standesbeamtin vorhin? Zwei Wege kreuzen sich und laufen dann als eine Straße weiter.« Er sah zu Doro hinunter, die neben ihm auf dem Stuhl saß. »Ich hoffe, ja, ich wünsche mir, dass die Straße für uns bis in die Zukunft reicht, Doro.«

Damit griff er nach ihrer Hand, zog sie zu sich hoch und nahm sie ganz fest in seine Arme, ehe er sie küsste.

Doros Kopf drehte sich. Nur verschwommen nahm sie wahr, dass Beifall aufbrauste, dann hörte sie über das Klatschen hinweg Mos tiefe Stimme: »Wie im Märchen. Ende gut, alles gut! Und sie lebten glücklich bis an ihr Ende!«

Erst ein paar Stunden später fand Doro endlich eine Gelegenheit, Achim aus dem Gebäude zu ziehen, um ein bisschen Luft zu schnappen, wie sie ihm sagte.

Es war eine jener hellen Sommernächte, in denen es auf Sylt nicht richtig dunkel zu werden schien. Über dem nördlichen Horizont hing immer noch die Dämmerung, in der ein paar schmale hohe Wolken blassblau leuchteten.

Doro rieb sich mit den Händen ihre bloßen Oberarme und schauderte in der kühlen Luft, die sie tief in ihre Lungen zog. »Schau mal, der Große Wagen«, sagte sie und deutete nach oben. »Und wenn du die hintere Achse verlängerst, kommst du zum Nordstern.«

»Es ist wirklich eine wunderschöne Nacht.« Achim zog sie in seine Arme. »Bist du glücklich?«

Sie sah hoch in seine Augen, die im schwachen Schein der Straßenlaternen vor der Feuerwehrwache glitzerten, und nickte. Dann stellte sie sich auf die Zehenspitzen und gab ihm einen Kuss.

»Hast du ernst gemeint, was du da vorhin gesagt hast?«, fragte sie.

»Jedes Wort war mir ernst«, gab er zurück. »Welchen Teil meinst du?«

»Das, was du zuletzt gesagt hast. Über die Straße, die in die Zukunft führt. Es klang fast, als wolltest du mir so was wie einen Antrag machen.«

Achim schwieg.

Als Doro die Stille nicht mehr ertrug, räusperte sie sich und löste sich ein wenig aus seiner Umarmung. »Wir sind doch gerade erst ein paar Wochen ein Paar, meinst du nicht, dass es etwas voreilig wäre, jetzt schon irgendwelche Pläne für die Zukunft zu machen? Versteh mich nicht falsch, Achim, ich mag dich wirklich sehr, aber ich fühle mich ein bisschen von dir überrumpelt.«

Achim nahm ihr Gesicht in seine Hände und küsste sie erneut. Wie jedes Mal, wenn seine Lippen die ihren berührten, fühlte sie einen leichten Schwindel, ihre Haut begann zu kribbeln und ein Schwarm Schmetterlinge erhob sich und flatterte in ihrem Inneren.

Schließlich lehnte er die Stirn gegen ihre. »Tut mir leid, das wollte ich nicht«, sagte er leise. »Vielleicht habe ich mich ein bisschen davontragen lassen. Aber so wie jetzt habe ich noch nie empfunden und ich hätte nicht gedacht, dass mir das mal passieren würde. Noch nie war ich jemandem so nah wie dir, und mir kommt es vor, als würde ich dich schon ewig kennen. Das Gefühl, immer auf dem Sprung zu sein, nie wirklich mit dem Kopf ganz da zu sein, wo ich gerade bin, ist weg. Noch nie war ich so sehr an einem Ort zu Hause, wie jetzt und hier. Endlich habe ich Ruhe gefunden – bei dir. Ich weiß, dass es zu früh ist, dich zu bitten, bei mir zu bleiben, aber …«

Er stockte kurz. Seine Hände lagen warm auf ihren Schultern, und er küsste sie sanft auf den Mund. »Überleg es dir einfach, Doro. Nimm dir die Zeit, die du brauchst, um dir sicher zu sein, was du wirklich willst. Ich werde deine Entscheidung akzeptieren, egal, wie sie ausfällt. Weil ich dich liebe.«

Doro versank in seinen Augen, in deren Winkeln sich kleine Fältchen bildeten, als er nun lächelte. Ihr Herzschlag pochte in ihren Ohren, und ihre Brust war so eng, als habe jemand ein Metallband darum gespannt, das sie am Atmen hinderte.

Ich werde ihm antworten müssen, dachte Doro. Aber was soll ich ihm sagen? Dass ich ihn auch liebe? Sicher tu ich das, aber liebe ich ihn wirklich genug? Wird dieses Gefühl in mir reichen, um alles dafür über den Haufen zu werfen, was ich mir vorgenommen hatte? Meinen Beruf, meine Praxis, mein …

Als seine Lippen ihre fanden, zerstoben ihre Ängste und Zweifel wie Funken, die aus einem Lagerfeuer hochstiegen, in das jemand ein neues Stück Holz geworfen hatte. Sie wurden davongetrieben, verblassten und lösten sich auf.

Sie schlang die Arme ganz fest um seinen Körper und erwiderte seinen Kuss mit wachsender Leidenschaft.

Die Zeit verlor jedes Maß. Ob dieser Kuss nun eine Sekunde,

eine Minute oder eine Stunde währte, für sie dauerte er eine Ewigkeit. Schließlich löste sich Doro ein wenig von ihm und lächelte zu ihm hoch.

»Ich liebe dich auch, Achim.«

# Zwölf

»Zeit ist etwas Merkwürdiges.« Das hatte Tante Tilda immer wieder zu Doro gesagt. »Wenn du auf etwas wartest, dann zieht sie sich wie warmes Kaugummi unterm Schuh, aber wenn du glücklich bist, dann läuft sie dir durch die Finger wie ein Stieleis in der Sonne.«

Wie recht Tante Tilda mit ihrer philosophischen Betrachtung hatte, ging Doro in den nächsten Wochen oft durch den Kopf. Doro war sehr glücklich in ihrem neuen Leben auf dem Büsinghof mit Achim, und entsprechend lief die Zeit nicht, sie rannte geradezu und schien doch immer mehr an Fahrt aufzunehmen.

Der Juli kam und ging, der August folgte mit heißem Badewetter und ging mit Blitz und Donner zu Ende, und im Handumdrehen schon war der September beinahe vorbei. Ein azurblauer Spätsommerhimmel wölbte sich über der Insel, und die Luft begann nach Herbst zu riechen.

Enno war schon vor Wochen aus dem Krankenhaus entlassen worden, und es ging ihm mit den neuen Medikamenten viel besser als vorher. »Schlechte Tage«, an denen er sehr in sich gekehrt war, kaum sprach und sehr müde wirkte, kamen so gut wie gar nicht mehr vor. Er sagte oft zu Doro, das läge nur daran, dass sie im Haus sei und so gut auf ihn aufpasse. Sogar zugenommen habe er schon, seit sie bei ihnen sei. Überhaupt, er könne sich gar nicht mehr vorstellen, wie er und Achim so lange allein zurechtgekommen seien.

In der *Friesenrose* ging die Hauptsaison allmählich zu Ende. Es waren nur noch wenige Dauergäste im Haus, sodass Johanne weitgehend auf Doros Hilfe verzichten konnte. Nur wenn größere Einkäufe anstanden oder viele Betten neu zu beziehen waren, rief sie Doro an, die dann für ein paar Stunden in die Pension hinüberging.

Am deutlichsten war an Jannas stetig wachsendem Bauchumfang zu sehen, wie viel Zeit vergangen war. Der errechnete Geburtstermin Ende Oktober rückte näher, und sie beklagte sich darüber, immer unförmiger zu werden und ihre Füße nicht mehr sehen zu können. Sonst ging es ihr aber prächtig, und sie sah aus wie das blühende Leben. Jeden Tag schaute sie bei ihrem Spaziergang mit Dottie beim Büsinghof vorbei, trank mit Doro und Enno Tee und hielt einen ausgiebigen Klönschnack. Da Achim jetzt nur noch gelegentlich in der Surfschule unterrichtete, gesellte er sich meist auch zu der Runde.

»Meine Güte, ich mache drei Kreuze, wenn das Baby endlich da ist.« Laut stöhnend lehnte sich Janna in ihrem Gartenstuhl zurück und legte die Füße auf den Hocker, den Doro vorsorglich für sie bereitgestellt hatte. Wegen des schönen Spätsommerwetters hatten sie sich in den Schatten des alten Apfelbaumes im Garten gesetzt. Eine sanfte Brise bewegte die Blätter über ihnen, zwischen denen die beinahe reifen Boskoopäpfel rötlich leuchteten, und ließ die Sonnenflecken auf dem Holztisch tanzen. »Ich habe Knöchel wie ein Elefant und muss alle fünf Minuten aufs Klo, weil Mini-Mo mir in die Blase tritt. Mo tippt auf einen Jungen, der eine Karriere als Profifußballer anstrebt.«

»Wisst ihr denn nicht, was es wird?«, fragte Achim, nahm sich einen Keks aus der Schale auf dem Tisch und reichte sie dann an Janna weiter.

»Nein. Wir haben beschlossen, uns überraschen zu lassen.« Prüfend betrachtete Janna die Kekse und entschied sich schließlich für einen Friesentaler.

»Was hättest du lieber, ein Mädchen oder einen Jungen?«, fragte Doro.

»Mo hätte lieber einen Jungen. Er sagt, er befürchtet, ein Mädchen könnte nach ihm kommen, und das sei ja nun niemandem zuzumuten. Mir ist es egal. Hauptsache, das Baby ist gesund und hört mal allmählich auf, für die Nationalmannschaft zu trainieren. Immer wenn ich schlafen will, geht das Gekicke los.«

Doro lachte. »Gewöhn dich schon mal dran! Durchschlafen ist für eine ganze Weile gestrichen.«

»Jaja, ich weiß.« Janna schnitt ihr eine Grimasse. »Das sagt Oma mir auch jeden Tag. Jeder zweite Satz von ihr fängt mit: ›Warte nur ab, bis das Baby da ist!‹ an. Furchtbar! Als wüsste ich nicht, was da auf mich zukommt! Dabei freue ich mich darauf wie ein Schneekönig. Das Einzige, worauf ich keine Lust habe, sind die vierzehn Tage vor dem Geburtstermin, die ich in Flensburg in der Klinik bleiben muss. Ende nächster Woche geht es los. Ich hoffe doch sehr, ihr besucht mich alle, sonst werde ich mich zu Tode langweilen.«

»Na sicher besuchen wir dich«, sagte Achim. »Wir werden uns mit den Feuerwehrleuten absprechen, damit jeden Tag jemand bei dir vorbeischaut, aber nicht alle auf einmal kommen, sonst geraten die Schwestern noch in Panik.«

Doro lachte. »Glaub mir, Schwestern auf der Gyn kann so schnell nichts aus der Fassung bringen. Die sind Kummer gewohnt.«

»Auch nicht eine Invasion sabbelnder Feuerwehrleute?«

Doro wedelte mit der Hand. »Harmlos!«

»Hauptsache, ihr nehmt mich mal mit, wenn ihr Janna besuchen fahrt«, sagte Enno, ehe er sich an Doro wandte. »Gieß mir doch noch eine Tasse Tee ein, Deern.«

Doro erhob sich halb von ihrem Stuhl, um ihm nachzugießen. »Klar nehme ich dich mit, Enno. Dann machen wir zwei uns einen schönen Tag in Flensburg und lassen Achim die ganze Arbeit allein machen.«

»So seht ihr zwei aus!« Achim stimmte in das Lachen ein und zwinkerte Doro liebevoll zu, die ihm als Antwort einen Kuss zuwarf.

Sie hatte sich kaum wieder hingesetzt, als ihr Handy zu klingeln begann. »Nanu?«, murmelte sie und zog es aus der Hosentasche hervor, um auf das Display zu schauen, doch die Nummer, die angezeigt wurde, sagte ihr nichts. »08031? Wo zur Hölle soll das denn sein?« Sie runzelte die Stirn. »08 klingt nach München, aber da kenne ich niemanden.«

»Geh doch ran, dann erfährst du es«, schlug Achim vor. »Vielleicht hast du ja eine reiche bayerische Erbtante. Oder einen heimlichen Verehrer.« Er grinste.

Doro streckte ihm die Zunge heraus und nahm ab. »Dorothee Löwe?«, meldete sie sich.

»Hallo, Doro«, meldete sich eine Frauenstimme. »Wie schön, dass du gleich drangegangen bist! Hier ist Greta Schmied. Du erinnerst dich doch an mich, oder? Wir kennen uns von der Arbeit.«

»Greta? Ja, natürlich erinnere ich mich.«

Dr. Greta Schmied war Oberärztin in der Gynäkologie in Meppen gewesen. Sie hatte die Klinik verlassen, kurz bevor die Geburtsabteilung geschlossen worden war und Doro ihren Job verloren hatte. Sie waren zwar nicht gerade enge Freundinnen gewesen, aber mit Greta im Kreißsaal zusammenzuarbeiten, war eine wirkliche Freude gewesen, da diese die Hebammen nicht als Krankenschwestern mit Zusatzausbildung, sondern als wirklich gleichgestellte Partner in der Geburtsbegleitung betrachtet hatte. Doro sah sofort wieder ihr Gesicht vor sich, die lebhaften braunen Augen hinter der Hornbrille, die vorspringende kräftige Nase, der stets lächelnde Mund, die kurz geschnittenen brünetten Haare. Greta hatte damals eine Stelle irgendwo in Süddeutschland angeboten bekommen, und Doro hatte sehr bedauert, dass sie gegangen war, zumal sie die Einzige war, die dem Chefarzt auch mal die Meinung sagte, wenn ihr etwas nicht gefiel.

»Das freut mich zu hören.« Ein fröhliches Glucksen erklang aus dem Hörer. »Ist doch schön, wenn man in Erinnerung bleibt. Dich hat es ganz in den Norden verschlagen, was?«

»Ja, sozusagen. Im Moment lebe ich auf Sylt.«

»Ja, ich weiß. Ich bin bestens informiert, was dich betrifft.« Wieder lachte die Ärztin. »Ich habe nämlich gerade aus einem großen Stapel von Bewerbungen deine herausgezogen. Und da dachte ich, ich ruf dich mal an, um zu hören, wie es dir so ergangen ist, seit wir uns zuletzt gesehen haben.«

»Das ist nett von dir, Greta.« In kurzen Worten erzählte Doro von ihrer Kündigung nach dem Streit mit dem Chefarzt und dass sie seither vergeblich versucht hatte, eine neue Stelle zu bekommen.

»Ganz ehrlich, Doro, mich wundert nicht, dass du keinen neuen Job hast. Den Stapel Bewerbungen habe ich von meinem Vorgänger übernommen, als ich vor ein paar Wochen die Chefarztstelle angetreten habe, und auf deiner Bewerbung war ein Vermerk.«

»Was denn für ein Vermerk?«

»Offenbar hat mein Vorgänger mit unserem gemeinsamen früheren Chef in Meppen telefoniert, und der hat dich nach Kräften madig gemacht. Wenn er das nicht nur hier getan hat, ist es kein Wunder, wenn dich niemand einstellen wollte.«

»So ein …« Doro biss sich auf die Lippen, um den Fluch zurückzuhalten.

»Armleuchter? Oder wolltest du das andere Wort mit A sagen? In beiden Fällen kann ich dir nur beipflichten. Aber deshalb ruf ich dich nicht an. Ich habe so was wie ein kleines Attentat auf dich vor.«

»Was denn für ein Attentat?«

»Nichts Schlimmes, keine Angst. Wie ich schon sagte, habe ich die Gynäkologie als Chefärztin übernommen, und ich möchte die gesamte Wöchnerinnenbetreuung neu organisieren. Da gibt es ein Forschungsprojekt, in dem es um enge Kooperation zwischen Geburtshäusern und Kliniken geht, und da möchte ich unsere Abteilung gern mit reinbringen. Der Antrag ist schon raus, die Klinikleitung hat auch grünes Licht gegeben, sogar ein Gebäude gleich neben der Klinik haben wir schon in Aussicht, in dem das Geburtshaus untergebracht werden kann. Alles, was uns noch fehlt, ist die Zusage für die Förderung und natürlich Personal für das Geburtshaus. Als ich deine Bewerbung gelesen habe, kam mir so was wie eine Erleuchtung. Du wärest genau die Richtige dafür, das Geburtshaus zu leiten. Die Hebammen organisieren sich selbst und leiten auch die normalen Geburten allein. Das wird uns in der Klinik enorm entlasten. Nur bei Komplikationen und Risikoschwangerschaften kommen die Frauenärzte dazu oder übernehmen im Notfall. Aber auch dann bleibt immer eine Hebamme dabei. Und die Nachbetreuung der Schwangeren übernehmt ihr Hebammen natürlich auch. Wie sieht es aus, würde dich der Job nicht reizen? Mit mir zusammen was ganz Neues aus dem Boden zu stampfen?«

»Ein Geburtshaus leiten? Das klingt super, aber …« Doro brach ab, als sie Achims fragenden Blick sah.

»Keine Angst, Doro, ich will heute gar keine Entscheidung von dir«, hörte sie die Ärztin sagen. »Denk einfach mal ein paar Tage darüber nach. Ehe wir weiterplanen können, muss ohnehin die Zusage für die Gelder eintreffen. Und wenn das in trockenen Tüchern ist, solltest du am besten für ein paar Tage herkommen, damit wir in Ruhe über alles reden können.«

Doro holte tief Luft, ehe sie antwortete. »Das klingt wirklich interessant, Greta, und danke, dass du an mich gedacht hast, aber im Moment komm ich hier nicht weg. Ich kümmere mich um den pflegebedürftigen Vater meines Freundes.«

»Hm«, hörte Doro aus dem Hörer. »Schade, aber das ist natürlich erst mal wichtiger, das verstehe ich. Weißt du was? Lass uns einfach in Verbindung bleiben, ja? Wie ich schon sagte, noch ist das Projekt nicht spruchreif, und bis es so weit ist, könnten durchaus noch einige Monate ins Land ziehen. Ich würde dich wirklich wahnsinnig gern dabeihaben. In jedem Fall solltest du aber mal vorbeikommen, um dir das Haus anzusehen und vor allem, um mich zu besuchen. Rosenheim ist toll.«

»Oder du kommst für ein paar Tage zu uns nach Sylt.«

Greta lachte. »Bring mich bloß nicht in Versuchung! Da wollte ich schon immer mal hin. Es war wirklich schön, mal wieder mit dir zu quatschen. Mach's gut, Doro. Bis bald.«

»Ja, bis bald. Tschüss, Greta.«

Doro beendete das Gespräch und legte das Telefon auf den Tisch. Sie sah kopfschüttelnd in die Runde.

»Was hat die bayerische Erbtante denn gesagt?«, fragte Achim. »Du siehst ja ganz durcheinander aus.«

»Das war keine Erbtante«, erwiderte Doro langsam. Sie sah auf, direkt in Achims fragende Augen. »Das war meine frühere Oberärztin, die mir gerade meinen absoluten Traumjob angeboten hat.«

Erst als sie in der einsetzenden Dämmerung mit Achim zusammen die Pferde von der Weide in den Stall brachte, erzählte sie ihm davon, dass Greta sie nach Rosenheim eingeladen hatte, dass sie aber nicht vorhatte, die Einladung anzunehmen.

»Warum denn nicht? Du hast doch selbst gesagt, dass der Job, den sie dir angeboten hat, ein Traum wäre«, sagte Achim.

»Schon, aber …« Doro verstummte und zog an dem Zügel, den sie in der Hand hielt. Tarzan, der ihr langsames Tempo genutzt hatte, um sich am Gras am Wegrand gütlich zu tun, trottete weiter. »Nun komm schon, Tarzan. Du kriegst gleich Heu, das schmeckt besser als die ollen Disteln, glaub mir.«

»Aber was?«, fragte Achim nach.

»Erstens will ich deinen Vater nicht allein lassen …«

»Ich kann mir ohne Schwierigkeiten für ein paar Tage freinehmen und bei ihm bleiben. In der Surfschule ist nicht mehr so viel los. Und zweitens?«

»Zweitens ist Rosenheim über tausend Kilometer von hier weg. Mit dem Auto würde ich rund zwölf Stunden unterwegs sein, mit der Bahn noch länger.«

»Du könntest von Hamburg aus fliegen, dann ist es gar nicht so schlimm.«

»Und wenn es mir gefällt? Dann wäre es noch schwerer, Nein zu dem Jobangebot zu sagen.«

»Dann sagst du einfach Ja dazu.«

»Ich will aber gar nicht Ja dazu sagen. Ich …« Ihre Stimme versagte ihr den Dienst. Sie blieb stehen und verbarg das Gesicht in den Händen.

Achim nahm sie einfach in den Arm und hielt sie fest. »Ach, Doro«, sagte er leise. »Meine Doro.« Seine Lippen berührten ihre Stirn. »Glaubst du, so ein bisschen Entfernung könnte uns auseinanderbringen?«

»Ich hab das schon erlebt«, sagte Doro mit belegter Stimme. »Fernbeziehungen halten nicht. Das funktioniert nie. So ist das damals mit Lukas auch auseinandergegangen.«

»Ich bin aber nicht Lukas«, sagte Achim eindringlich. »Und das zwischen uns ist so viel mehr als eine Teenagerbeziehung.«

Er sah ihr tief in die Augen. »Ich liebe dich, Doro. Ich weiß, das sagt sich so leicht daher, aber du musst mir glauben. Ich liebe dich! Darum ist das Allerwichtigste für mich, dass du glücklich bist.«

»Aber ich bin glücklich! Hier, mit dir. Mehr brauche ich nicht, ehrlich!«

Achim zog zweifelnd die Augenbrauen in die Höhe. »Ehrlich?«

»Ja, ganz ehrlich.« Sie gab ihm einen flüchtigen Kuss. »Ich liebe dich auch. Was brauche ich denn mehr?«

»Du hast von deinem Traumjob erzählt: als Hebamme zu arbeiten, in einer eigenen Praxis. Das ist schon etwas anderes, als Pferde auszumisten und für Papa und mich zu kochen.«

»Ich mache das gern, solange ich hier bei dir sein kann.«

»Jetzt ja.« Achim senkte kurz den Blick, ehe er ihr wieder in die Augen sah. »Aber wird das so bleiben? Wird es wirklich auf Dauer genug für dich sein?«

»Bist du nicht immer derjenige, der mir sagt, man solle im Hier und Jetzt leben und nicht in die Zukunft schielen?«

»Schon. Aber ich weiß auch, wie viel dir dein Beruf bedeutet.« Achim hob die Hand und strich ihr eine Strähne aus der Stirn. »Verstehst du, Doro? Ich möchte nicht, dass du später irgendwann bereust, dir diesen Job in Rosenheim nicht wenigstens angesehen zu haben. Vielleicht ist dies die Chance, auf die du immer gewartet hast.«

»Mag sein. Möglich.« Tarzan zog an dem Zügel, den Doro noch immer in der Hand hielt, um an ein etwas entfernteres Büschel Gras zu kommen. Doro schnalzte mit der Zunge. Der Wallach trottete zu ihr und stupste sie mit der Schnauze an, worauf Doro ihm den Hals tätschelte. »Aber im Moment reden wir doch über ungelegte Eier, Achim«, fuhr sie fort. »Greta hat gesagt, der Antrag für die Gelder ist noch nicht mal durch. Das wird noch eine ganze Zeit dauern, bis ihr Jobangebot überhaupt konkret wird. Und solange dein Vater Hilfe braucht, werde ich mich um ihn kümmern. Das habe ich ihm versprochen.«

»Aber …«

»Nichts aber! Mein Entschluss steht fest.« Doro tippte ihm zur Bekräftigung ihrer Worte mit dem Zeigefinger gegen die Brust. »Ich bleibe, so lange es nötig ist.«

»Also gut«, sagte Achim. »Unter einer Bedingung …«

»Und die wäre?«

»Dass du mir versprichst, dir den Job wenigstens mal anzusehen.« Auffordernd streckte er ihr die Hand entgegen.

Doro verdrehte die Augen. »Sonst gibst du ja sowieso keine Ruhe.« Sie schlug ein. »Also gut, abgemacht. Wenn das Jobangebot konkret wird, dann fahre ich für ein paar Tage nach Rosenheim … wenn, und nur, wenn ich hier mit ruhigem Gewissen wegkann.«

Achim seufzte. »Also gut, abgemacht.« Er beugte sich vor und küsste sie auf die Wange. »Aber vergiss dein Versprechen nicht.«

»Werde ich nicht.« Doro zwinkerte ihm zu, ehe sie die Arme um seinen Hals schlang und ihn küsste.

Während der nächsten Wochen hörte Doro nichts von Greta Schmied, und allmählich rückte das Thema Leitung des Rosenheimer Geburtshauses immer mehr in den Hintergrund. Es war Oktober geworden, die Insel leerte sich zusehends. Wenn man sich ein wenig von den Touristenhochburgen fernhielt, konnte man ausgedehnte Spaziergänge am Strand machen, ohne dass einem auch nur ein einziger Tourist begegnete. Auch wenn es immer wieder goldene Tage gab, war doch nicht zu übersehen, dass der Herbst allmählich Einzug auf Sylt hielt. Die ersten Bäume verfärbten sich, und die Herbstastern zitterten im kühlen Wind, der von See herüberwehte und immer wieder Regenschauer vor sich hertrieb.

»Knochenwetter«, nannte Enno dieses feucht-kühle Wetter und klagte darüber, dass ihm die Gelenke wehtaten. Statt wie sonst auch einmal im Stall vorbeizuschauen, um nach den Pferden zu sehen, blieb er jetzt lieber auf dem Sofa sitzen und sah fern, wobei ihm Waltraut Gesellschaft leistete. Nach einer Weile schliefen beide dann friedlich und schnarchten um die Wette.

»Waltraut ist schon ein altes Mädchen«, meinte Achim zu Doro, die für ihn die Wohnzimmertür geöffnet hatte, um ihm das schlafende Pärchen auf dem Sofa zu zeigen. »Im nächsten Frühling wird sie sechzehn, vermutlich tun auch ihr die Knochen weh.«

Doro schloss die Tür, so leise sie konnte, und folgte Achim in die Küche.

»Mir macht nur Sorge, dass sie kaum noch etwas frisst.« Sie deutete auf den vollen Napf in der Ecke. »Zeig mir den Labrador, der sein Futter nicht anrühren mag.«

Achim zuckte die Schultern. »Vielleicht hat sie sich irgendeinen kleinen Infekt eingefangen«, sagte er leichthin.

Doro seufzte. »Hoffentlich hast du recht, Achim. Aber du solltest mit ihr zu Viktor in die Sprechstunde fahren. Die Geschwulst an der Gesäugeleiste wird immer größer.«

Achim runzelte die Stirn. »Quatsch«, sagte er schroff.

Sie nahm seine Hand. »Doch, Achim. Ich habe das schon seit einiger Zeit im Auge. Bei der Hündin meines Großvaters war es auch so. Bei ihr war es Krebs.« Doro suchte seinen Blick. »Sie musste schließlich eingeschläfert werden.«

Achim hielt ihrem Blick stand, doch dann seufzte auch er. »Hoffentlich ist es bei Waltraut kein Krebs. Ich weiß, Waltraut hatte ein langes schönes Leben und hat es nicht verdient, leiden zu müssen.«

Doro sah, dass seine Augen sich verdächtig röteten.

»Ach, Achim«, sagte sie leise und zog ihn an sich. »Das tut mir leid. Ich weiß, dass du an dem alten Mädchen hängst.«

»Sie ist nun mal schon seit einer halben Ewigkeit bei uns.« Er holte tief Luft. »Vor allem wüsste ich nicht, wie ich es Papa beibringen soll, wenn sie eingeschläfert werden müsste. Vielleicht habe ich deshalb Angst davor, mit ihr zu Viktor zu fahren.« Er legte die Arme um sie und drückte sie fest. »Aber was sein muss, muss sein, es hat keinen Zweck, es auf die lange Bank zu schieben. Ich rufe ihn gleich mal an, um mir einen Termin geben zu lassen. Vielleicht hat er sogar noch irgendein Wundermittelchen, um sie doch noch wieder etwas aufzupäppeln. Sie scheint ja keine Schmerzen zu haben.« Er löste sich von Doro.

»Vielleicht ist es besser, du gehst zum Telefonieren in den Stall, für den Fall, dass dein Vater aufwacht«, sagte Doro leise.

Achim nickte und küsste sie auf die Wange. »Du bist die Beste.« Damit verließ er die Küche.

Später, als sie allein in Doros Zimmer waren, erzählte Achim, Viktor erwarte ihn am folgenden Nachmittag in seiner Praxis. Leider seien Geschwüre in der Milchleiste bei alten Hündinnen meistens bösartig, und in ihrem Alter sei eine große Operation schon wegen der Narkose eine Gefahr. Aber in diesem Fall werde er alles tun, Waltraut so lange wie möglich ein schmerzfreies Leben zu verschaffen.

»Und falls er das nicht kann?«, fragte Doro vorsichtig.

»Dann werde ich wohl ohne Waltraut wieder zurückkommen«, sagte Achim.

Statt einer Antwort nickte Doro nur und zog ihn noch einmal fest in ihre Arme.

Zu Doros Erleichterung machte Enno am nächsten Tag ein ausgedehntes Mittagsschläfchen und bekam so nichts davon mit, dass Achim mit Waltraut zum Tierarzt fuhr. Auch an diesem Morgen hatte Waltraut ihr Futter kaum angerührt und schnupperte nur an der großen Scheibe Fleischwurst, die Doro ihr anbot, als Achim auf dem Hof die Leine an ihrem Halsband befestigte. Sie schaute Doro nur mit großen traurigen Augen an und wedelte kraftlos mit dem Schwanz, als die junge Frau sich herunterbeugte, um ihren ergrauten Kopf zu streicheln.

»Tschüss, Waltraut«, sagte Doro. »Alles wird gut, hörst du? Du bist ein braves Mädchen.« Die alte Hündin winselte leise.

»Als wüsste sie, um was es geht, nicht wahr?«, sagte Achim leise und sah zu Waltraut hinunter.

Doro nickte und richtete sich auf. »Ich wäre gern mit dir gefahren, aber ich möchte Enno nicht allein lassen.«

»Ich weiß.« Achim küsste sie und umarmte sie kurz. »Na komm, Waltraut.« Er schnalzte mit der Zunge und ging zum Auto hinüber, während die Hündin gottergeben neben ihm hertrottete.

Schweren Herzens schaute Doro dem Auto hinterher und seufzte. Als Kind hatte sie sich immer einen Hund gewünscht, am liebsten so einen wie Fips, der fröhliche, kleine Mischling ihrer Großeltern, aber ihre Eltern hatten es nie erlaubt. Beide waren berufstätig gewesen und fanden, ein Hund solle nicht so lange allein in der Wohnung sein. Sie hätte nicht gedacht, dass ihr der mögliche Verlust von Waltraut, die sie ja erst ein paar Monate kannte, so nahegehen würde.

Nicht mehr die vertrauten schlurfenden Schritte auf dem Linoleum in der Küche zu hören, nicht mehr in die traurigen und dabei seelenvollen Augen der Hündin zu schauen, nicht mehr ihre Wärme zu spüren, wenn Waltraut den Kopf auf ihren Schoß legte, alles würde ihr furchtbar fehlen. Wie mochte es da erst für Achim sein, der die Hündin schon kannte, seit sie als Welpe auf den Hof gekommen war? Und für Enno, dem die Hündin über den Verlust seiner Frau hinweggeholfen hatte?

Daran, mit dem alten Herrn über Waltrauts mögliche Krebserkrankung zu sprechen, mochte Doro noch gar nicht denken.

Achims Auto war hinter der Kurve der Straße verschwunden. Doro drehte sich um und ging langsam ins Haus zurück. Noch war alles ganz still, und in der Küche konnte man das Ticken der Wanduhr deutlich wahrnehmen. Erst als sie vorsichtig die Tür zum Wohnzimmer öffnete, hörte sie Ennos leises Schnarchen, der auf dem Sofa unter einer gehäkelten Wolldecke tief und fest schlummerte.

Eigentlich hatte Doro vorgehabt, am Nachmittag in der Küche sauber zu machen, aber der Staubsauger gab einen solchen Höllenlärm von sich, dass Enno bestimmt davon aufwachen würde. Durch das Küchenfenster fiel Doros Blick auf den großen Apfelbaum, zwischen dessen Blättern die reifen, dunkelroten Boskoopäpfel schimmerten.

Das war die Idee! Sie würde die Äpfel pflücken und Mus kochen. Dann würde es zum Abendbrot Kartoffelpuffer mit selbst gemachtem Apfelmus geben. Allein der Gedanke daran ließ ihr das Wasser im Mund zusammenlaufen und vertrieb wenigstens einen Teil ihrer düsteren Stimmung.

Sie holte sich einen Erntekorb aus dem Futtergang vor den Pferdeboxen und nahm auch den Klapptritt und den Apfelpflücker mit, der dort in einer Ecke stand. Angeekelt wischte sie Staub und Spinnweben ab, die sich in dem Beutel unter dem Ring angesammelt hatten, und schulterte den langen Stiel des Gerätes, während sie um das Haus herumging.

Zunächst sammelte sie die heruntergefallenen Äpfel auf, die nur wenige Druckstellen hatten und nicht angefressen schienen. Als sie damit fertig war, war der Korb bereits halb voll.

Tarzan, Püppi und die Pensionspferde werden sich freuen, dachte Doro und nickte zufrieden. Gerade Tarzan ist ganz wild auf Äpfel.

Leise vor sich hin summend griff sie nach dem Apfelpflücker, den sie gegen den Stamm des Baumes gelehnt hatte, und begann, den Metallring mit dem daran befestigten Beutel über jeden Apfel zwischen den Blättern zu ziehen, den sie für reif genug hielt.

Irgendwo in der Ferne hörte sie ein lang gezogenes Heulen, dem aufgeregtes Hundegebell folgte.

Vermutlich Spaziergänger, deren Hunde aneinandergeraten sind, dachte sie und wandte sich wieder ihrer Arbeit zu.

Ein paar Minuten später hörte sie es wieder, zuerst ein langsam anschwellendes Wehklagen, dann das Hundegebell. Diesmal aber schien die Quelle näher zu sein. Suchend sah sie sich um, konnte aber nichts Ungewöhnliches erkennen, und gleich darauf war wieder alles still.

Erst als das Geräusch zum dritten Mal erklang, erkannte Doro, dass in dem Jammern, das dem Gebell voranging, etwas geschrien wurde. Das war kein Hund, sondern ein Mensch, der Hilfe brauchte.

Sofort ließ sie den Apfelpflücker achtlos ins Gras fallen und rannte in die Richtung los, aus der das Geräusch gekommen war. Kaum hatte sie die Hausecke hinter sich gelassen, als Dottie in vollem Galopp die Auffahrt entlanggelaufen kam. Die kleine Hündin sprang laut kläffend wie ein Gummiball um sie herum.

»Was machst du denn hier, Dottie?«, fragte sie. »Und vor allem, wo ist dein Frauchen?«

Dottie machte Sitz und schaute sie auffordernd an, während sie mit lang heraushängender Zunge hechelte. Offenbar wollte sie ein Leckerchen.

»Na komm schon, Dottie! Wo ist Janna?« Aber leider war Dottie kein Fernsehhund. Sie rannte nicht los, um Doro zu ihrem Frauchen zu führen.

»Janna?«, rief Doro, so laut sie konnte. »Janna? Bist du hier irgendwo?«

»Doro?«, hörte sie schwach aus Richtung der Straße. »Gott sei Dank, dass du …« Janna brach ab, und wieder erklang das lang gezogene Jammern.

Doro rannte, so schnell sie konnte, die Auffahrt hinunter bis zur Straße, gefolgt von Dottie, die das für ein tolles Spiel zu halten schien. Dort blieb sie stehen und sah sich um. »Janna?«, rief sie.

»Ich bin hier!«, hörte sie schwach von links und lief sofort los. Keine hundert Meter weiter erreichte sie Janna, die auf allen vieren im Gras des Seitenstreifens hockte. Doro ging neben ihr in die Knie.

»Du meine Güte, Janna, was ist denn passiert? Bist du hingefallen?«

Janna schüttelte den Kopf. »Nein. Ich hab …« Sie schnappte nach Luft und begann zu wimmern, während sie sich auf die Lippen biss. Sie krümmte sich zusammen.

Doro legte ihren Arm um Jannas Schulter und hielt sie fest, bis die Wehe vorüber war.

»Seit wann hast du Wehen?«, fragte sie, als Janna wieder Luft holte.

»Weiß nicht«, sagte Janna undeutlich. »Seit heute Morgen irgendwann …«

»Aber wenn du Wehen hattest, warum bist du denn dann spazieren gegangen?«

»Ich dachte, es wären Senkwehen. Die habe ich schon eine ganze Weile.« Wieder holte Janna tief Luft. »Als ich am Strand war, ist die Fruchtblase geplatzt. Ich bin sofort umgedreht, aber dann ging es richtig los, und ich konnte nicht weiter.«

»Warum hast du denn keine Hilfe gerufen?«

»Ich hab mein Handy vergessen.« Janna schnappte nach

Luft. »Oh nein, nicht schon wieder«, stieß sie hervor und begann wieder zu wimmern.

Doro tastete nach ihrem eigenen Handy, dann fluchte sie leise. Es hing in der Küche an der Ladestation. Sie hielt Janna fest, bis die Wehe abgeklungen war.

»Na komm, Janna, wir bringen dich erst mal ins Haus.« Sie hakte Janna unter und zog sie vorsichtig auf die Füße. »Glaubst du, dass du gehen kannst?«

Janna nickte. »Wird schon klappen … Wenn du mir hilfst.«

Doro grinste schief. »Wozu sind Freunde da?« Sie schlang einen Arm um Jannas Taille. »Das ist nicht das erste Mal, dass ich eine Schwangere ins Bett bringe.«

»Bring mich bloß nicht zum Lachen«, gab Janna zurück.

Nach einer Viertelstunde und vier weiteren Wehen, während derer sich Janna an Doro festklammerte, hatten die beiden das Haus erreicht.

»Ich bring dich am besten in mein Bett, das ist bequem und von allen Seiten gut zugänglich. So kann ich nachschauen, wie weit du schon bist, okay?«

Janna nickte nur. Ob sie wirklich verstanden hatte, was ihre Freundin von ihr wollte, fragte sich Doro. Sie steuerte Janna in das kleine Ferienappartement, das sie bewohnte, und bugsierte sie auf das Bett.

»Danke, Doro«, flüsterte Janna, als sie sich zurückfallen ließ.

»Ich bin sofort wieder da!«, sagte Doro und lief hinüber ins Wohnhaus. Sie griff nach ihrem Handy, wählte den Notruf und schilderte, was vorgefallen war.

»Siebenunddreißigste Schwangerschaftswoche, keine Risikoschwangere. Die Wehen kommen jetzt etwa alle drei Minuten«, erklärte sie sachlich.

»Zur Sicherheit sollten wir den Hubschrauber anfordern«, meinte der Mann in der Leitzentrale. »Der ist nur gerade noch mit einem Patienten in Richtung Hamburg unterwegs, es kann also etwas dauern, bis er nach Sylt aufbrechen kann. Ich schicke erst mal den RTW.«

»Ja, gut. Ich bleibe bei ihr, ich bin die Hebamme.«

Es war, als habe jemand einen Schalter in ihrem Hirn umgelegt, als sie das Wort aussprach, und ein Programm begann abzulaufen, das sie schon viele Hundert Mal absolviert hatte. Sie war Dorothee Löwe, Hebamme, die eine werdende Mutter durch die Geburt zu führen hatte. Automatisch richtete sie sich kerzengerade auf und fühlte, wie sich eine professionelle Ruhe in ihrem Inneren ausbreitete. Sie wusste, was sie konnte und was sie zu tun hatte.

»Das erklärt, warum Sie sich so gut auskennen«, sagte die Männerstimme am Telefon. »Dann halten Sie die Stellung, bis die Sanitäter da sind.«

»Natürlich«, erwiderte Doro kühl und legte auf. Sie warf einen schnellen Blick durch die Wohnzimmertür, aber Enno schien sich nicht bewegt zu haben, und so zog sie die Tür leise wieder so weit zu, bis sie angelehnt war, um ihn nicht zu wecken.

Eilig lief sie ins Badezimmer und griff nach allen Bade- und Handtüchern, derer sie habhaft werden konnte, und rannte damit in ihr Zimmer zurück.

Janna lag halb auf der Seite, keuchend, die Beine angezogen.

»Janna?«, fragte Doro. »Hattest du gerade eine Wehe?«

Ihre Freundin nickte. »Tut mir leid, mir ist dabei schlecht geworden«, sagte sie undeutlich.

»Da mach dir mal keine Gedanken. Das kommt vor.« Doro legte die Handtücher auf das Fußende des Bettes, nahm eines der Badetücher und bugsierte es vorsichtig unter Jannas Kopf. »Für den Fall, dass dir noch mal übel wird.«

Sie ging zum Kleiderschrank und holte ihre Hebammentasche hervor, die sie von Tante Tilda zur bestandenen Prüfung bekommen hatte. »Jetzt wollen wir mal nachsehen, wie es dem Baby geht.« Fast zärtlich glitten ihre Finger über das glatte Leder, während sie sie öffnete.

Sie half Janna dabei, die Hose auszuziehen und den Bauch frei zu machen, und legte das hölzerne Hörrohr auf die gewölbte Bauchdecke ihrer Freundin. Angestrengt lauschte sie und lächelte dann zufrieden. »Ein kräftiger, regelmäßiger Herzschlag. Dem Baby geht es prima!«, sagte sie. Sie holte ein Paar Latexhandschuhe aus der Tasche und zog sie über.

»Dann sehen wir mal, wie weit du schon vorangekommen bist.« Vorsichtig spreizte sie Jannas Beine ein Stück, um nachzufühlen, wie weit der Muttermund schon geöffnet war.

»Ich glaube, den Hubschrauber werden wir nicht mehr brauchen«, sagte sie dann. »Der Kopf sitzt schon tief im Becken. Das ist nur noch eine Sache von ein paar Presswehen, dann ist das Baby da.«

Janna sah sie erschrocken an. »Aber ich kann das doch nicht … Ich meine … Ohne Mo?«, keuchte sie.

»Klar schaffst du das, aber ich rufe Mo sofort an. Mit ein bisschen Glück schafft er es noch, bevor das Baby da ist. Aber zuerst müssen wir dich mit dem Oberkörper ein bisschen höher bringen, okay?«

Janna nickte. Sie versuchte vergeblich, sich im Bett weiter nach oben zu schieben. Doro griff nach Achims Bettdecke und rollte sie auf, dann zog sie Jannas Oberkörper ein Stückchen hoch und stopfte ihr die Decke in den Rücken.

»Und jetzt zieh die Beine an und halte dich mit den Händen an den Knien fest. Wenn die nächste Wehe kommt, dann drückst du das Kinn auf die Brust, ziehst die Beine zu dir und beginnst nach unten zu pressen.«

Janna sah sie mit großen, ängstlichen Augen an, wie ein angeschossenes Reh. Doro tätschelte ihre Schulter und lächelte ihr aufmunternd zu. »Du machst das prima, Janna. Zusammen bekommen wir das hin, glaub mir!«

Janna nickte und versuchte zu lächeln. »Mo …«, stieß sie hervor.

»Ich rufe ihn jetzt an«, versicherte Doro, zog ihr Handy hervor und wählte Mos Nummer. Zu ihrer Erleichterung ging er sofort an den Apparat.

»Neumann?«

»Mo, hier ist Doro. Du musst bitte sofort herkommen. Janna bekommt das Baby.«

»Was? Aber es sind doch noch …«

»Drei Wochen bis zum Termin, ich weiß«, ergänzte Doro. »Das Baby will aber nicht mehr warten. Janna geht es so weit gut, aber sie ist schon kurz vor den Presswehen. Wenn du dabei sein willst, solltest du dich beeilen. Wir sind bei Büsings im Ferienappartement.« Doro hatte Janna nicht aus den Augen gelassen und sah, wie sich das Gesicht ihrer Freundin deutlich rötete. »Kommst du?«, fragte sie hastig.

»Schon auf dem Weg! Bis gleich!«, hörte sie noch, ehe das Gespräch abbrach. Doro steckte das Handy ein und griff nach Jannas Händen.

»So. Jetzt gilt es«, sagte sie fest. »Tief Luft holen, Kinn runter, Augen zu und pressen.«

Jannas Gesicht verzerrte sich zu einer Grimasse, und ein tiefer Laut löste sich aus ihrer Kehle.

»Weiter, weiter, weiter … Noch ein bisschen!«, spornte Doro ihre Freundin an. »Noch ein kleines bisschen … und vorbei! Und jetzt tief Luft holen, Janna.«

Janna schnappte nach Luft, wie ein Sprinter nach dem Lauf. »Ich kann nicht mehr«, keuchte sie.

»Doch, das kannst du. Ganz sicher«, sagte Doro. Sie griff

nach ihrem Hörrohr und horchte erneut nach den Herztönen des Kindes. »Unverändert prima. Das ist ein zähes Kerlchen«, sagte sie mit einem zufriedenen Lächeln.

»Da kommt schon die nächste Wehe …«, stieß Janna hervor.

»Dann noch mal das Gleiche«, sagte Doro ermutigend. »Luftholen, Augen zu und pressen. Weiter … weiter … noch ein bisschen … und noch ein bisschen. Nicht nachlassen!« Sie beugte sich vor und schaute nach, wie die Geburt voranschritt.

»Es geht gut vorwärts, Janna«, sagte sie, als Janna wieder zu Atem kam. »Ich kann schon das Köpfchen sehen. Das Baby hat Mos rote Haare.«

»Echt?«, fragte Janna schwach.

Doro nickte. »Ja. Fuchsrot.«

»Wo bleibt denn nur Mo? Er wollte so gern dabei sein.«

»Er kommt sicher gleich. Von Morsum aus sind es nur ein paar Minuten.«

Doro legte so viel Zuversicht wie möglich in ihre Stimme, aber es dauerte noch zwei weitere Wehen, ehe Doro ein Klopfen an der Tür hörte. »Komm rein, Mo«, rief sie.

Die Tür wurde aufgerissen und gab den Blick auf Mo frei, der den Rahmen beinahe ausfüllte.

Janna schluchzte laut auf, als sie ihn sah. »Ach, Mo! Endlich!«

Sie streckte ihre Arme nach ihm aus. Sofort war er bei ihr, ging neben dem Bett auf die Knie und fasste nach ihren Händen. Doro sah zu, wie er sie tröstete und küsste. Plötzlich räusperte sich jemand, und Doro sah sich um. In der Tür standen zwei Sanitäter in voller Montur und nickten ihr zu.

»Da wären wir«, sagte der größere der Sanitäter.

»Das sehe ich«, stellte Doro trocken fest. »Aber transportieren können Sie die Patientin jetzt auf keinen Fall. Die Geburt ist in vollem Gang. Warten Sie bitte, bis das Baby da ist.«

Der Kleinere öffnete den Mund, als wolle er etwas sagen, aber der Größere kam ihm zuvor. »Und Sie sind?«, fragte er.

»Dorothee Löwe. Ich bin die Hebamme«, sagte Doro knapp. »Und jetzt holen Sie am besten Ihre Trage. Noch eine oder zwei Wehen, dann können Sie gleich die ganze Familie ins Auto packen.«

Als sie sich wieder zu Janna umwandte, stellte sie fest, dass die nächste Wehe kurz bevorstand. »Mo, setz dich am besten halb hinter Janna und leg den Arm um ihre Schultern, und wenn sie presst, dann stützt du sie ab, okay?«

Mo, der ein wenig blass um die Nase schien, nickte.

»Wird dir etwa schlecht?«, fragte Doro vorsichtig.

»Bestimmt nicht«, sagte er. »Ich bin nicht empfindlich.«

»Wenn es sich um die eigene Frau handelt, ist es was anderes, glaub mir.«

Mo sah Doro fest in die Augen. »Mir geht's gut.«

»Prima.« Doro lächelte ihm aufmunternd zu und sah Janna an. »Jetzt kommt der Endspurt. Wie vorhin auch: Luft holen, Augen zu und pressen! … Noch ein bisschen, noch ein bisschen … Ein wenig noch! … Und da kommt es schon.«

Janna stieß einen kehligen Schrei aus, während der Kopf des Kindes geboren wurde. Doro umfasste das blutverschmierte Köpfchen, und wie der Korken aus einer Flasche glitt das Kind plötzlich in ihre Hände.

»Hallo, wen haben wir denn hier?«, sagte sie liebevoll. Das Baby stieß ein leises Quäken aus und holte dann tief Luft. Es hatte gleich nach der Geburt wieder rosige Haut, atmete selbstständig und begann schon kräftig gegen die unfaire Behandlung zu protestieren. Alles war einfach perfekt. Doro nahm ein weiteres Handtuch vom Stapel und wickelte das Baby darin ein.

»Da ist jemand ganz versessen darauf, seine Eltern kennenzulernen«, sagte sie, als sie das Kind in Jannas Arm legte. »Darf ich euch eure Tochter vorstellen?«

»Ein Mädchen?«, fragte Mo heiser. In seinen Augen standen Tränen.

»Und zwar ein bildhübsches!« Doro zwinkerte ihm zu. »Ganz die Mutter.«

Janna stieß ein tränenersticktes Lachen aus. »Bis auf die roten Haare.« Sie streichelte dem kleinen Mädchen über die Wangen. »Hallo, Mini-Mo«, sagte sie leise. »Wie schön, dass du da bist! Dein Papa und ich haben so lange auf dich gewartet.«

Ihr Blick hob sich und hielt sich an Doro fest. »Danke, Doro. Ohne deine Hilfe hätte ich es nicht geschafft.«

»So ein Quatsch!« Doro wischte sich über die Stirn und merkte erst jetzt, dass sie schweißnass war. »Natürlich hättest du das«, sagte sie lächelnd. Auf einmal musste sie wieder an Tante Tildas Worte denken. »Und wenn ich euch drei so ansehe, dann weiß ich, ich habe wirklich den schönsten Beruf der Welt.«

Als die Sanitäter kurz darauf im Begriff waren, Janna auf der Trage in den Rettungswagen zu laden, fuhr Achim seinen alten Golf auf den Hof. Er sprang aus dem Wagen und lief auf die Gruppe zu, die neben dem Rettungswagen stand.

»Was ist denn passiert?«, rief er und stockte, als er das in eine Rettungsdecke gehüllte Bündel bemerkte, das Doro noch im Arm hielt. »Ich dachte schon, es sei etwas mit Papa.«

»Nein, der ist im Haus«, sagte Doro. »Als ich vorhin drin war, hat er noch geschlafen. Er hat von dem ganzen Trubel wohl gar nichts mitbekommen. Janna hat einen Spaziergang gemacht und unterwegs Wehen bekommen. Und weil alles so schnell ging, hat sie das Baby hier bekommen, und ich habe ihr durch die Geburt geholfen. Darf ich vorstellen? Das ist Anneke Neumann, eine waschechte Sylterin.« Sie lachte Achim glücklich ins Gesicht. »Ist sie nicht wunderschön?«

Achim blickte auf das missmutige, etwas verknitterte Gesicht des Babys hinunter.

»Ja, ganz niedlich«, sagte er.

Doro kannte ihn gut genug, um zu wissen, dass in diesem Fall Achims Höflichkeit über seine Ehrlichkeit gesiegt hatte. Er beugte sich zu Janna hinunter und küsste sie auf die Wange.

»Herzlichen Glückwunsch, Janna«, sagte er warm. »Du wirst eine tolle Mama werden, davon bin ich überzeugt.« Er drehte sich zu Mo um. »Und du wirst ein prima Papa, mein Alter. Jedenfalls, wenn du es schaffst, dich gegen deine beiden Mädels zu behaupten.«

Mo grinste breit. »Keine Sorge, die wickle ich schon um den Finger.«

»Es sei denn, du wirst von ihnen um den Finger gewickelt.« Achim lachte, umarmte seinen Freund und klopfte ihm auf den Rücken.

Der größere der Sanitäter räusperte sich. »Wir müssten dann jetzt mal los«, sagte er, sichtlich verlegen.

»Ja, klar, Entschuldigung. Ich fahre hinter dem Rettungswagen her.«

Als die Sanitäter die Trage eingeladen hatten, stieg Doro in den Wagen und legte Janna das Baby in den Arm.

»Und du sagst meiner Oma Bescheid, ja?«, fragte Janna.

»Ja, klar, ich laufe gleich rüber und verkünde die frohe Botschaft«, versicherte Doro. »Claire und sie werden dich bestimmt noch heute Abend in der Klinik in Flensburg besuchen. Die sind doch neugierig und wollen die Lütte sehen.«

Janna lächelte und nickte. »Danke, Doro«, sagte sie dann leise, aber mit Nachdruck.

»Nichts zu danken, Janna. Ich habe nur meinen Job gemacht«, gab Doro zurück und tätschelte Jannas Arm. »Wir sehen uns morgen.«

Sie kletterte wieder aus dem Rettungswagen und stellte sich neben Achim, der den Arm um ihre Schultern legte. Mo stieg in sein Auto und fuhr hinter dem Rettungswagen her. Er hupte einmal kurz. Doro hob den Arm und winkte.

»Das war unglaublich schön. Einfach eine perfekte Geburt«, sagte Doro nachdenklich. »Weißt du, es fühlte sich genauso an wie früher. Wenn man ein Baby auf die Welt holt und alles so glatt läuft, dann springt das Glück der Eltern irgendwie auch auf dich als Hebamme über. Ich hatte wieder das Gefühl, genau das zu tun, was ich immer machen wollte.«

»Es ist wirklich dein Traumjob, nicht wahr?«

»Ja, das ist es.«

Achim sah sie lange an und nickte dann. Irgendetwas in seinem Blick stimmte nicht. Eine gewisse Nachdenklichkeit ging von ihm aus, so als könne er sich nicht richtig über die gelungene Geburt der kleinen Anneke freuen.

»Alles in Ordnung mit dir?«, fragte sie und sah ihn forschend an.

»Doch, eigentlich schon«, sagte er. »Viktor hat Waltraut geröntgt und gründlich untersucht, und zum Glück hat er keine Metastasen gefunden. Darum geht er davon aus, dass die Geschwulst gutartig ist. Er hat eine Gewebeprobe genommen, die histologisch untersucht wird, dann wissen wir es genau. Solange der Knoten nicht so groß wird, dass er sie stört, sollten wir ihn einfach in Ruhe lassen, sagt er. Dass sie nicht fressen mag, liegt nach Viktors Meinung an einem Infekt, der gerade umgeht. Viktor hat ihr eine Spritze gegeben und meinte, heute Abend wäre sie sicher schon für eine Scheibe Wurst zu haben.«

»Aber das sind doch tolle Nachrichten«, sagte Doro. »Warum ziehst du dann so ein Gesicht?«

»Die Angst um sie hat mir vor Augen geführt, wie sehr ich an der alten Waltraut hänge. Und dass, weil sie schon sechzehn Jahre ist, jeder Tag mit ihr ein Geschenk ist. Eines Tages, der nicht mehr unendlich weit weg ist, wird es sie nicht mehr geben.«

»Ach, Achim …« Sie schlang die Arme um seinen Hals und schmiegte sich an ihn.

Achim holte tief Luft und ließ sie langsam wieder entweichen. »Eines habe ich Waltraut auf der Rückfahrt vom Tierarzt versprochen: Wir werden sie nicht leiden lassen. Sie soll ihre restlichen Tage genießen können und wenn es irgendwann so weit ist, friedlich einschlafen.«

»Das ist ein schöner Gedanke – friedlich einzuschlafen, wenn man nicht mehr weiterkann. Ich glaube, dass Tierärzte gegenüber Ärzten im Vorteil sind. Sie müssen nicht um jeden Preis Leben künstlich in die Länge ziehen. Wenn sie sicher sind, dass es nicht mehr besser wird, dann können sie das Tier erlösen. Ein Arzt darf das nicht.«

»Du hast vermutlich recht.« Er streichelte über Doros Haar. »Kommst du mit mir rein? Ich will nach Papa sehen.«

»Natürlich komme ich mit dir.« Sie griff nach Achims Hand und strich mit dem Daumen über seine Handfläche.

Hand in Hand gingen sie langsam durch den Stall bis ins Haus. In der Küche war niemand, alles war ganz still.

»Nanu? Schläft er immer noch?« Achim runzelte die Stirn. »Es ist doch schon fast vier Uhr.«

»Stimmt. Das ist merkwürdig.« Doro hielt Achims Hand fest umfasst, als sie zusammen zur Wohnzimmertür traten, die einen Spalt geöffnet war.

Ein ungutes Gefühl stieg in ihr auf, eine diffuse Angst, die ihren Magen flattern und ihre Kehle eng werden ließ. Sie holte tief Luft, ehe sie die Tür zum Wohnzimmer öffnete.

Enno lag noch immer genauso auf dem Sofa wie vorhin, als Doro zuletzt nach ihm gesehen hatte. Die bunte Wolldecke, die Achims Mutter gehäkelt hatte, war ordentlich über die Beine gebreitet, seine rechte Hand lag auf seiner Brust, und den Kopf hielt er ein wenig zur Seite geneigt.

Jetzt allerdings lag Waltraut zusammengerollt auf seinem Schoß, ihre Schnauze hatte sie auf seine Hand gelegt und nahm sie auch nicht hoch, als sie Doro und Achim bemerkte. Sie winselte leise, und ihr Schwanz klopfte gegen die Sofalehne. Dottie hatte es sich auf dem Teppich vor dem Sofa bequem gemacht.

»Papa?«, fragte Achim leise. »Schläfst du?«

Der Mann auf dem Sofa reagierte nicht, nur Jannas kleine Hündin hob den Kopf.

Doro ließ Achim los und trat auf das Sofa zu. Sie beugte sich hinunter und legte dabei die Hand auf Ennos Rechte. Sie war schon beinahe kalt.

Jetzt erst sah Doro, dass Ennos Augen einen kleinen Spalt offen standen, und hob die Hand, um sie zuzudrücken. Sie strich mit den Fingern über die Wange des alten Mannes und wandte sich um.

»Es tut mir leid, Achim, aber ich fürchte …« Ihre Stimme versagte.

»Er ist tot, nicht wahr?« Achims Stimme war nicht mehr als ein raues Flüstern.

Doro nickte. »Er muss im Schlaf gestorben sein. Es tut mir so leid!« Sie ging auf ihren Freund zu und nahm ihn fest in ihre Arme.

Für eine gefühlte Ewigkeit hielten sie sich einfach aneinander fest. Doros Hand strich langsam immer wieder über Achims Rücken und spürte am Zittern seiner Muskeln, dass er weinte, auch wenn sie es nicht hörte. Erst als Dottie aufsprang und sich neben ihnen auf die Hinterbeine stellte, um sich kraulen zu lassen, lockerte Doro die Umarmung.

»Ich hatte gar nicht mehr an sie gedacht«, sagte sie leise und streichelte Dotties Kopf, die daraufhin ihre Finger abschleckte. »Vielleicht war sie auf der Suche nach Waltraut und hat sich darum zu deinem Papa gelegt.«

»Er war nicht allein«, sagte Achim nachdenklich.

»Nein, das war er nicht.« Doro biss sich auf die Lippen. »Aber vielleicht könnte er noch leben, wenn ich nicht zuerst an Janna gedacht hätte. Ich hätte nachsehen sollen, ob es ihm gut geht, als ich im Haus war, um Handtücher zu holen. Aber ich …«

»Mach dir keine Vorwürfe, Doro«, unterbrach er sie. »Damit konnte doch niemand rechnen.« Achim ging zu seinem Vater hinüber und ging neben dem Sofa in die Knie. Er griff nach der Hand des Toten und senkte für einen Moment den Kopf, ehe er den Blick wieder hob und in das Gesicht seines Vaters blickte.

»Er sieht ganz friedlich aus, nicht wahr?«, fragte er, ohne den Blick von seinem Vater zu wenden.

»Ja«, erwiderte Doro, die neben ihn getreten war und ihm die Hand auf die Schulter legte. »Beinahe, als würde er lächeln.«

Achim nickte.

»Mach's gut, Papa. Und grüß Mama von mir.« Er holte tief und zitternd Luft und wischte sich die Tränen von den Wangen, dann stand er auf, umarmte Doro und küsste sie.

»Ich bin froh«, sagte er heiser. »Froh, dass er friedlich gehen konnte, so wie er es immer wollte. Froh, dass er dich noch kennenlernen durfte. Froh, dass er Dottie und Waltraut bei sich hatte, als er starb, und vor allem bin ich froh, dass er keine Schmerzen hatte.« Über Achims tränennasses Gesicht huschte der Anflug eines Lächelns. »Weißt du, woran ich gerade denken musste?«

»Nein. Woran?«

»Papa hatte eine Redensart – so etwas wie eine Lebensphilosophie. Er sagte immer: Wenn eine Tür sich schließt, geht immer auch eine andere auf.«

»Er ist gegangen, als die kleine Anneke geboren wurde.«

»Genau.« Achims Lächeln wurde wärmer. »Aber es gehörte noch ein zweiter Satz dazu: Vor der verschlossenen Tür darf man nicht stehen bleiben und trauern, sondern muss durch die offene Tür hindurchgehen.«

# Dreizehn

Zwei Tage nach Ennos Tod bekam Doro eine SMS, in der Greta Schmied ihr schrieb, sie wolle nur kurz mitteilen, das Geld für das Forschungsprojekt sei bewilligt und sie werde sich wegen eines Termins für Doros Besuch in Rosenheim in den nächsten Tagen melden.

Doro las die Nachricht, als sie schon im Bett lag und viel zu müde war, Greta zu antworten. In den folgenden Tagen kam sie nicht dazu, darüber nachzudenken, weil es immer Dringenderes zu tun gab.

Da war zum einen die Trauerfeier in der bis zum letzten Platz gefüllten Morsumer Kirche, mit anschließender Kaffeetafel, die in der *Friesenrose* stattfand. Am Tag darauf wurde Janna mit der kleinen Anneke aus der Klinik entlassen, und Doro trat ihren Dienst als betreuende Hebamme an.

Als sei das noch nicht genug, kam ein paar Tage später auch noch Hans Nissen auf dem Büsinghof vorbei, um mit Achim über das Gestüt zu sprechen, das die beiden zusammen aufbauen wollten. Durch seine verstorbene Tochter hatte er noch Kontakte zu etlichen Züchtern von Friesenpferden und hatte zwei vielversprechende junge Stuten gekauft, die am nächsten Tag geliefert wurden. Zusammen mit Püppi und Tilda würden sie den Grundstock des Gestüts bilden, darauf hatten sich Herr Nissen und Janna schon geeinigt, und beide ließen keinen Widerspruch Achims gelten.

Gerade als Achim und Doro die Pferde abgeladen und in die

Boxen gebracht hatten, in denen bis vor Kurzem noch die letzten Pensionspferde gestanden hatten, klingelte Doros Handy und Greta war dran.

»Oh mein Gott, dich hatte ich ja ganz vergessen«, sagte Doro entschuldigend. »Hier ist im Moment so viel los.«

Greta lachte. »Das erklärt es«, sagte sie. »Ich hatte schon befürchtet, du hättest kein Interesse mehr daran, unser Geburtshaus zu leiten.«

»Interesse habe ich schon, aber …«

Achim, der neben Doro stand, sah sie fragend an. »Das ist Greta«, erklärte sie ihm flüsternd.

»Aber?«, fragte Greta.

»Na ja, ich habe im Moment eine Menge um die Ohren und weiß nicht, wann ich es einrichten kann, nach Rosenheim zu kommen.«

»Das ist echt schade, Doro. Ich würde dich furchtbar gern bei der Planung dabeihaben, aber die Sache ist dummerweise eiliger, als ich vermutet habe. Die Gelder müssen bis Ende des Jahres abgerufen und ausgegeben werden. Du müsstest dich also sehr schnell entscheiden, ob du mitmachen möchtest, sonst müsste ich jemand anderen fragen.«

»Ende des Jahres?«, fragte Doro verblüfft. »So schnell?«

»Leider!«, sagte Greta. »Könntest du denn überhaupt zu Gesprächen herkommen? Du hast doch gesagt, du bist gerade in der Pflege tätig.«

»Doch, schon. Der Herr, den ich gepflegt habe, ist vor ein paar Tagen verstorben. Ich müsste nur …«

»Doro, es tut mir leid, aber ich muss jetzt Schluss machen«, unterbrach Greta sie. »Hier kommt gerade ein Notfall rein. Wir telefonieren heute Abend wieder, ja? Bis dann!«

Ohne auf eine Antwort zu warten, beendete Greta das Gespräch. Doro starrte verwirrt auf ihr Handy.

»Was war denn?«, fragte Achim.

»Greta setzt mir die Pistole auf die Brust. Ich soll so schnell wie möglich nach Rosenheim kommen, wenn ich diesen Job haben will.«

»Und? Wann fährst du?«

Sie sah Achim einen Augenblick verdutzt an, dann zuckte sie mit den Schultern. »Ich weiß noch nicht mal, ob ich überhaupt fahre.«

»Aber warum denn nicht? Du hast gesagt, es ist dein absoluter Traumjob.«

»Schon, aber …«

»Nichts aber. Wir haben doch schon darüber geredet und da hast du mir versprochen, nach Rosenheim zu fahren, um dir die Sache wenigstens anzusehen, nicht wahr?«

»Ja«, sagte Doro. »Aber ich habe auch gesagt, ich fahre nur, wenn ich hier guten Gewissens wegkann.«

»Aber das kannst du doch.« Achim zuckte mit den Schultern. »Ich verstehe nicht, wo dein Problem ist.«

»Warum soll ich mir einen Job anschauen, den ich gar nicht annehmen will. Rosenheim ist viel zu weit weg.« Sie presste die Lippen zusammen. »Man könnte fast meinen, du legst es geradezu darauf an, mich loszuwerden.« Im selben Moment, in dem sie sie ausgesprochen hatte, bereute sie ihre Worte schon.

»So ein Blödsinn«, sagte Achim ungehalten. »Ich will nur nicht, dass du dir die Chance auf deinen Traumjob verbaust, weil du Angst hast, dass damit zwischen uns alles aus ist.«

»Es ist nun mal eine Tatsache, dass Fernbeziehungen nicht halten!«

»Sehr viele Leute führen über Jahre eine glückliche Beziehung und sehen sich nur am Wochenende.«

»Ach ja? Und wie viele dieser Leute kennst du persönlich?« Als Achim nicht gleich antwortete, schnaubte Doro. »Ha, siehst du? Niemanden. Außerdem, wenn ich als Hebamme arbeite, bin ich im Schichtdienst. Freie Wochenenden habe ich nicht oft. Daran gehen schon die meisten Beziehungen kaputt, wenn nicht beide an unterschiedlichen Ecken von Deutschland wohnen.«

»Und das willst du nicht …« Es klang wie eine schlichte Feststellung.

»Nein, das will ich nicht. Aber bei dir bin ich mir nicht mehr so sicher!«

»Natürlich wäre es mir lieber, wenn du hier bei mir bleiben würdest. Aber ich habe auch gesehen, wie glücklich du warst, als du Jannas Baby auf die Welt geholt hattest. Ein Job, der einen ganz ausfüllt, ist eine so seltene Sache, und ich will nicht, dass du dir meinetwegen die Chance darauf verbaust. Ich will nicht, dass du irgendwann bereust, es nicht wenigstens in deinem Traumjob versucht zu haben, und mir zum Vorwurf machst, dich daran gehindert zu haben. Ich will deinem Glück nicht im Weg stehen, Doro.«

»Also gut!« Doro stemmte die Fäuste in die Hüften. »Dann fahre ich eben nach Rosenheim und nehme den Job bei Greta an! Aber lass uns wenigstens so ehrlich miteinander sein und jetzt gleich Schluss machen, Achim. Besser ein Ende mit Schrecken als ein Schrecken ohne Ende.«

»Was?« Er starrte sie mit offenem Mund an.

»Du hast mich schon richtig verstanden, Achim. Wenn ich jetzt nach Rosenheim fahre, dann als Single. Und wenn ich mich beeile, meine Koffer zu packen, schaffe ich es noch auf den letzten Shuttlezug aufs Festland.«

Sie stürmte an ihm vorbei aus dem Stall und rannte über den Hof bis zu ihrem Zimmer. Schwer atmend blieb sie vor dem Schrank stehen, griff nach ihren beiden Koffern und warf sie aufs Bett. Wahllos holte sie ihre Habseligkeiten aus dem

Schrank und stopfte sie hinein. Als sie nichts mehr erkennen konnte, wischte sie sich mit einer schnellen Bewegung die Tränen aus den Augen. Falls Achim draußen auf dem Hof war, wenn sie ging, sollte er nicht sehen, dass sie geweint hatte. Doch als sie ihre Koffer in den Kofferraum ihres kleinen roten Autos warf, war er nirgendwo zu sehen.

»Dann eben nicht«, murmelte sie, als sie vom Hof brauste. Obwohl sie es nicht wollte, fiel ihr Blick in den Rückspiegel auf die vertraute Silhouette des Büsinghofes, der allmählich kleiner wurde, und der Anblick gab ihr einen Stich. Sie biss sich auf die Lippen, um die Tränen zurückzudrängen, und fuhr unbeirrt weiter.

Zu ihrer Rechten lag die *Friesenrose*. Nur aus wenigen der Fenster schien Licht. Kein Wunder, es waren kaum noch Gäste im Haus. Johanne und Claire würden sicher auch sehr gut ohne Doros Hilfe zurechtkommen, und im Frühling, wenn die Gäste zurückkamen, würde Janna wieder helfen können.

Doro ließ die *Friesenrose* hinter sich und fuhr durch Morsum. Dort waren die Feuerwehrwache und die Laterne, unter der sie Achim geküsst hatte. Und dort stand das Haus, in dem jetzt die kleine Anneke schlief, in dem Zimmer mit den Star-Wars-Postern, in dem Doro die ersten Nächte auf der Insel verbracht hatte.

Doro schluckte. Nein, niemand würde sie hier vermissen. Nicht wirklich. Vielleicht würden die Leute noch eine Weile über sie reden, sich wundern und den Kopf darüber schütteln, warum sie so eilig und ohne Abschied von hier verschwunden war, dann würde sich die Lücke, die sie hinterließ, ohne eine Spur schließen, und sie alle würden ihr Leben weiterleben, so als habe es nie eine Dorothee Löwe auf der Insel gegeben.

Sie lenkte ihr Auto durch Keitum und durch Westerland, erstand eine Karte für den Autozug und konnte tatsächlich gleich auffahren. Während sie wartete, glaubte sie für einen Moment, Achims alten Golf zu sehen, der auf den Parkplatz fuhr, doch dann setzte sich der Zug in Bewegung, und sie atmete erleichtert aus.

Sie holte ihr Handy aus der Tasche und rief Gretas Nummer an, doch niemand ging an den Apparat, also hinterließ sie eine Nachricht auf der Mailbox, in der sie ankündigte, im Laufe des nächsten Tages in Rosenheim einzutreffen.

Das Wattenmeer, das sich links und rechts vom Hindenburgdamm erstreckte, war so leer und grau, wie Doro sich fühlte. Ein böiger Wind trieb Regentropfen durch die Luft, die gegen die Scheiben des Autos trommelten und in schweren Tropfen daran herunterliefen.

Der Knoten in ihrer Kehle wurde immer größer und größer, und die Tropfen auf der Scheibe verschwommen vor ihrem Blick. Sie verbarg das Gesicht in den Händen und weinte und weinte.

Wenn sie nur jemanden hätte, mit dem sie reden könnte! Jemanden, der ihr ganz sachlich und neutral einen Rat geben könnte, was sie jetzt tun sollte.

Janna vielleicht? Doro schob diesen Gedanken sofort wieder von sich. Janna war erstens nicht unparteiisch, und zweitens schwamm ihr Hirn noch in einem Dunst von Hormonen, wie bei allen frischgebackenen Müttern. Da konnte von Neutralität keine Rede sein. Vermutlich würden sie sich gegenseitig nur etwas vorheulen, und damit wäre niemandem gedient.

Ihre Mutter? Die würde höchstens sagen, sie habe ja gleich gewusst, dass das nicht hätte gutgehen können, und hinzufügen, Doro hätte besser auf sie gehört.

Ihr Vater? Sie konnte seine Stimme beinahe hören, die ihr bedauernd mitteilte, er habe so gar keine Ahnung und Doro sei erwachsen und müsse selbst wissen, was sie tun wolle.

Tante Tilda! Ja, das war die Lösung. Doro würde zu Tante Tilda fahren und mir ihr reden. Sie würde ihr einen Rat geben können. Sie hatte die nötige Erfahrung mit dem Beruf, den sie selbst über alles liebte, aber auch genügend Abgeklärtheit und Abstand, um Doro einen neutralen Rat geben zu können.

Doro sah Tante Tilda förmlich vor sich, wie sie an dem kleinen Esstisch vor ihrem Küchenfenster saß und ihr zuzwinkerte, die unvermeidliche Teetasse in der Hand, und sich anhörte, was sie auf dem Herzen hatte. Die Sehnsucht nach ihr wurde auf einmal so groß, dass Doros Augen erneut zu schwimmen begannen.

Sie überlegte, Tante Tilda anzurufen, um sich anzukündigen, doch sie entschied sich dagegen. Wenn sie die Nacht durchfuhr, dann wäre sie in aller Herrgottsfrühe bei ihr. Sie würde einfach eine Tüte Brötchen besorgen und sie mit einem Frühstücksbesuch überraschen, wie sie es früher von Zeit zu Zeit gemacht hatte.

Als Doro diesen Entschluss gefasst hatte, war ihr, als sei eine Last von ihr gefallen. Endlich ein Ziel, auf das sie zusteuern konnte. In Niebüll tankte sie ihr Auto noch einmal voll, besorgte sich einen großen Becher Kaffee und machte sich auf den Weg. Zum Glück war es schon so spät, dass sie ohne Stau an Hamburg vorbeikam.

Kurz hinter Bremen legte sie eine Pause ein, zog ihre dicke Jacke eng um sich herum und versuchte eine Stunde vergeblich, auf dem Fahrersitz zu schlafen, ehe sie aufgab und weiterfuhr. So traf sie gegen halb fünf Uhr vor Tante Tildas Häuschen ein, in dessen Erdgeschoss sich früher die Praxis befunden hatte. Jetzt befand sich ein Schild über der Tür, auf dem Doro wegen der schlechten Beleuchtung mit Mühe »Brittas Kosmetikstudio« entziffern konnte. Tildas Wohnung befand sich im ersten Stock, doch noch war alles dunkel. Also angelte Doro erneut nach ihrer Jacke, stellte den Fahrersitz zurück und schloss die Augen.

Als sie aufwachte, war es hell, und jemand klopfte an die Seitenscheibe ihres Autos.

»Junge Frau, Sie können hier nicht stehen«, sagte eine unfreundliche weibliche Stimme. »Das ist ein Firmenparkplatz.«

Doro schlug ihre Augen auf, die sich anfühlten, als seien die Lider aus Sandpapier, und richtete sich auf. »Entschuldigung, ich fahre sofort weg«, nuschelte sie und sah zu der Person hoch, die vor der Fahrertür stand.

»Doro, bist du das?«, fragte Tante Tilda verblüfft. »Was um Himmels Willen machst du denn hier?«

»Ich wollte dich besuchen.«

»Jetzt, um diese Zeit?« Tante Tilda schüttelte missbilligend den Kopf. »Du hättest doch anrufen können.« Sie kniff die Augen leicht zusammen und musterte Doro mit schiefgelegtem Kopf. »Na, komm erst mal rein. Muss ja nicht die ganze Nachbarschaft mitbekommen, dass du hier vor der Tür schlafen musstest.«

Gehorsam stieg Doro aus und folgte Tante Tilda in die Wohnung, wo diese sie auf den Stuhl am Küchentisch drückte und erst einmal Teewasser aufsetzte.

»So. Und nun erzähl mal, was passiert ist.« Tilda lehnte sich mit dem Rücken an den Küchentresen an und verschränkte die Arme vor der Brust.

»Was soll denn passiert sein, Tante Tilda? Ich wollte dich besuchen. Du hattest doch Geburtstag.«

Tildas Augenbrauen wanderten in die Höhe. »Vor vier Wochen. An dem Tag hast du angerufen, weißt du noch? Und du hast gesagt, dass es dir auf Sylt prima geht und dass du einen festen Freund hast. Also, was ist los?«

Doro holte zitternd Luft. Ihre Augen füllten sich mit Tränen, die über ihre Wangen rollten und auf ihr Shirt tropften. Sie bedeckte den Mund mit der Hand und schluchzte.

»Ach, Tante Tilda!«, stieß sie hervor. »Ich weiß nicht, was ich machen soll.«

Erst zwei Tassen Tee und einen Butterstuten später hatte Doro Tante Tilda alles erzählt, was vorgefallen war und dazu geführt hatte, dass Doro überstürzt ihr Leben auf Sylt verlassen hatte.

»Fassen wir also mal zusammen«, sagte Tante Tilda nüchtern. »Du hast also das Angebot bekommen, ein Geburtshaus mitaufzubauen und später auch zu leiten. Und damit deine Beziehung nicht unter der Entfernung zwischen Rosenheim und Sylt leidet, hast du mit deinem Freund gleich im Voraus Schluss gemacht und willst jetzt von mir hören, dass die Entscheidung richtig war.« Sie seufzte kopfschüttelnd. »Doro, Doro, du machst vielleicht Sachen, hör mal!«

»Wenn du es so formulierst, klingt es nach einer bescheuerten Idee.«

»Es *ist* eine bescheuerte Idee, Mädchen.« Tante Tilda schenkte sich noch eine Tasse Tee ein und warf Doro einen fragenden Blick zu, doch die schüttelte den Kopf.

»Ich habe noch, danke!«, erwiderte sie.

Tilda stellte die Kanne auf das Stövchen zurück, lehnte sich zurück und musterte Doro aufmerksam. »Zäumen wir das Pferd mal von der anderen Seite auf. Hast du in diesem letzten Dreivierteljahr, in dem du nicht als Hebamme gearbeitet hast, etwas vermisst?«

»Doch, schon.«

»Hast du deshalb Tränen vergossen?«

»Nein, das nicht, aber …«

»Nichts aber! Allein seit du hier bist, bist du dreimal wegen deines Achims in Tränen ausgebrochen.« Tilda deutete mit dem

Finger auf Doros Gesicht. »Und so verquollen, wie du aussiehst, vorher auch schon ein paar Mal. Gibt dir das nicht zu denken?«

»Ich weiß nicht, ob man das miteinander vergleichen kann.«

»Warum denn nicht?«, fragte Tilda achselzuckend. »Beides sind Dinge, die du liebst, aber nur eines von beiden liebt dich zurück! Und so wie ich diesen Achim einschätze, liebt er dich sehr zurück, sonst hätte er dich wohl kaum gedrängt, dir den Job in Rosenheim wenigstens mal anzusehen, um dann zu entscheiden.«

Sie beugte sich ein wenig vor und tippte Doro an die Schulter. »Das Schöne an unserem Beruf ist: Als Hebamme findest du überall Arbeit. Du kannst im Krankenhaus arbeiten, du kannst Hausgeburten machen, du kannst Geburtsvorbereitungskurse anbieten oder junge Mütter betreuen. Du bist nicht an einen Ort gebunden. Vielleicht gibt es so etwas wie dieses Geburtshaus in Rosenheim auch irgendwo in Schleswig-Holstein. Oder aber du betreust junge Mütter auf Sylt. Hast du daran schon mal gedacht? Sei doch nicht so unflexibel, Kind. Manchmal möchte man meinen, du bist diejenige, die über sechzig ist, nicht ich.« Sie steckte ihren Teelöffel in den Honigtopf und versenkte ihn danach in ihrer Tasse.

»Eines kann ich dir aber aus meiner Lebenserfahrung sagen, Doro«, fuhr sie fort, während sie umrührte. »Männer, die es wert sind, dass man sie liebt, wachsen nicht auf Bäumen. Die sind rar gesät. Und dieser Achim scheint es wirklich wert zu sein. Leider ist mir so einer nie begegnet.« Sie seufzte vernehmlich und leckte dann genüsslich den Löffel ab. »Ein Jammer, aber ich bin inzwischen daran gewöhnt. Aber wie ist es mit dir? Willst du dich auch daran gewöhnen?«

Doro öffnete den Mund, um zu antworten, als es an der Tür klingelte. Tilda stand auf und schaute durch das Küchenfenster nach unten zur Eingangstür.

»Nanu?«, fragte Tilda erstaunt. »Wochenlang kommt kein Mensch zu Besuch und dann gleich zwei an einem Tag?« Sie verließ die Küche, und Doro hörte das Summen des Türdrückers und kurz darauf leises Gemurmel im Flur. Das Einzige, was sie verstehen konnte, war ein »… in der Küche« von Tante Tilda.

Um nicht neugierig zu wirken, drehte Doro der Tür den Rücken zu. Sie stützte sich mit beiden Ellbogen auf dem Tisch ab und sah zum Fenster hinaus, während sie kleine Schlucke aus ihrer Teetasse nahm.

»Doro?«, hörte sie eine vertraute Männerstimme hinter sich.

Doro fuhr herum. In der Tür stand Achim und schaute sie aus seinen strahlend blauen, aber völlig übernächtigten Augen an.

»Was … Ich meine, wie kommst du denn hierher?«, stieß sie hervor.

»Ich bin dir nachgefahren«, sagte er. »Ich hab Himmel und Hölle in Bewegung gesetzt, um herauszufinden, wo du sein könntest. Die Ärztin in Rosenheim, deine Eltern, keiner wusste, wo du hinwolltest, aber deine Mutter kam auf die Idee, du wärst vielleicht auf dem Weg hierher. Janna hat Mo überredet, mir seinen Wagen zu leihen, weil sie meinte, der alte Golf würde die Fahrt nicht mehr schaffen. Viktor kümmert sich um die Pferde, so lange ich weg bin. Sie wollen alle, dass du zurückkommst, Doro.«

Langsam erhob sich Doro von ihrem Stuhl und machte einen Schritt auf Achim zu.

»Und was ist mit dir, Achim? Willst du das auch?«

Er holte tief Luft und ließ sie langsam wieder aus der Lunge entweichen. »Das ist das Einzige, was ich mir wünsche, Doro! Ich habe es ja nicht einmal einen einzigen Tag ohne dich ausgehalten, ohne fast durchzudrehen. Bitte, komm mit mir zurück nach Sylt.«

Doro lachte und weinte gleichzeitig. Sie schlang die Arme um Achim und küsste ihn leidenschaftlich.

»Ich komm nicht mit dir zurück nach Sylt, Achim«, sagte sie leise. »Ich komm zurück nach Hause.«

# Epilog

Im zotteligen Gras des Vorjahres zitterten die Osterglocken im kühlen Wind, der hoch aufgetürmte Aprilwolken vor sich hertrieb, die sich oben strahlend weiß vom Blau des Himmels abhoben, zum Erdboden hin immer dunkler wurden und verdächtig nach Regenschauer aussahen.

»Ein Himmel wie gemacht für Regenbögen!« Doro zwinkerte ihrem frischgebackenen Ehemann zu, an dessen Arm sie gerade aus der Morsumer Kirche getreten war.

Achim legte seine Linke auf ihre Hand und zog sie näher an sich heran. »Vielleicht hast du ja Glück und du siehst einen doppelten, dann kannst du dir wieder etwas wünschen!«

»Ich wüsste nicht, welche Wünsche noch übrig wären.« Doro lachte glücklich. Doch dann hörte sie Achim stöhnen.

»Das hat er nicht wirklich getan, oder?«, flüsterte er und machte große Augen.

»Natürlich hat er das! Seit seiner eigenen Hochzeit hat Mo immer wieder davon geredet, wie er unsere Überraschung damals vor dem Standesamt toppen könnte. Das hat Janna mir hinter vorgehaltener Hand verraten.«

Vor der Kirche standen die Einsatzwagen der Feuerwehren von Morsum und Keitum, zwischen denen ein gewaltiges Banner im kalten Wind flatterte, auf dem in Großbuchstaben zu lesen stand: »Pferdebauer sucht Hebamme – Die Hochzeit des Jahres«. Jemand hatte um den Spruch ein windschiefes Herz in roter Farbe gemalt.

»Mir schwant Fürchterliches«, sagte Achim. »Wollen wir wetten? Wir müssen das Herz aus dem Stoff ausschneiden – vermutlich mit zwei stumpfen Nagelscheren.«

Doro beugte sich ein wenig zu Achim hinüber. »Nun gönn ihnen doch den Spaß. Es ist doch nichts dabei. Freu dich lieber über das Spalier.«

Mo hatte nicht nur die Morsumer, sondern auch die Keitumer und sogar ein paar der Lister Feuerwehrleute zusammengetrommelt, sodass am Weg von der Kirche bis zum Herzbanner zwischen den Einsatzwagen die uniformierten Feuerwehrleute im wahrsten Sinne Schulter an Schulter standen.

Ganz am Ende des Spaliers wartete Mo, ein triumphierendes Lächeln auf den Lippen und zwei winzige Handarbeitsscheren in der Hand. Auch Claire stand dort und hatte ihre Mühe, die zappelige Dottie im Zaum zu halten, während Johanne der mustergültig braven Waltraut, die neben ihr saß und sehnsüchtig zu Achim und Doro herüberschaute, über den Kopf streichelte. Beide Hunde hatten gewaltige weiße Tüllschleifen an ihren Halsbändern befestigt, die sicherlich auf Neeles Konto gingen.

Auf der anderen Seite neben Mo stand Janna, die kleine Anneke auf dem Arm, die in ihrem geblümten Kleidchen mit farblich passender Mütze todschick war und ihrer Patentante die Ärmchen entgegenstreckte, als sie sie erkannte.

Doro gab der Kleinen einen Prustekuss auf die Wange, worauf das Baby begeistert quietschte.

»Ruhig, Kind!«, sagte Mo zu seiner Tochter. »Dein Vater wird jetzt eine Rede halten und braucht dazu Ruhe und Konzentration.«

Unbeeindruckt von Mos ernstem Gesicht streckte Anneke jetzt die Arme nach ihm aus. Ihm blieb nichts anderes übrig, als seine Rede zum Amüsement der Feuerwehrleute mit dem

Baby auf dem Arm zu halten, das ihm mit den Händen im Bart herumpatschte und dazu krähte.

»Liebes Brautpaar, liebe Verwandte, liebe Freunde«, dröhnte er mit seiner tiefen Stimme. »Nach einer alten Tradition muss das Paar, das sich die Ehe in der Kirche versprochen hat, auch vor den Kameraden der Feuerwehr beweisen, dass es die Qualitäten hat, die eine glückliche Ehe erst möglich machen: die Fähigkeit, konstruktiv zusammenzuarbeiten, eine unerschütterliche Ausdauer, Stehvermögen auch unter Alkohol und eine trainierte Rückenmuskulatur. Zu diesem Zweck werden Doro und Achim sich jetzt den Weg zu ihrem Eheglück bahnen müssen, und zwar mit Hilfe dieser Scheren durch dieses Herz hindurch. Danach wird der Bräutigam seine Braut durch das Herz hindurchtragen.«

Er überreichte Doro und Achim je eine Schere und deutete dann mit großer Geste auf das Banner. Achim hatte recht gehabt, die Scheren waren wirklich stumpf, sodass Doro und Achim zehn Minuten brauchten, bis sie schließlich unter dem Johlen der Anwesenden das Herz ausgeschnitten hatten. Achim hob Doro hoch und trug sie auf den Armen durch das Herz hindurch. Beifall brandete auf, als er sie hinter dem Banner wieder auf den Boden stellte und sie küsste. In der Zwischenzeit hatten Janna, Johanne und Claire Gläser verteilt, und alle Gäste ließen das Brautpaar hochleben.

Achim beugte sich ein Stück zu Doro hinüber. »Bist du glücklich, Doro?«

»Sehr glücklich sogar!« Sie hob ihr Glas und stieß mit ihm an.

»Du bereust nicht, das Leben hier auf der Insel deinem Traumjob vorgezogen zu haben?«

»Nicht eine Sekunde lang.« Sie strahlte ihn an. »Wenn das Leben dir deine Träume nicht erfüllt, dann pass deine Träume deinem Leben an. Das habe ich von dir gelernt.« Sie gab Achim einen Kuss auf die Wange. »Auch wenn ich auf Sylt keine Kinder auf die Welt bringen kann, gibt es genug Arbeit für mich. Janna preist meine Fähigkeiten als Nachsorgehebamme in ihrem gesamten Freundeskreis derartig an, dass ich mich bald vor Aufträgen nicht retten kann. Ich habe schon überlegt, ob man vielleicht die große Ferienwohnung zu einer Praxis umbauen könnte.«

Achim begann breit zu grinsen. »Gern, aber wir fangen bitte nicht vor morgen mit der Planung an, ja?«

Doro versprach es lachend. Der Wind frischte auf, und sie hielt mit einer Hand das Gesteck fest, mit dem der kurze Schleier in ihrem Haar befestigt war. Dabei fiel ihr Blick nach oben, wo zwischen den Wolken plötzlich ein Regenbogen aufleuchtete, über dem sich gerade ein zweiter bildete.

Es war das zweite Mal, dass sie auf Sylt einen doppelten Regenbogen sah, und sie wusste, dass ihr der Wunsch erfüllt worden war, den sie beim ersten in ihrem Herzen gehegt hatte.

Doro war genau da, wo sie hingehörte.

Sie war zu Hause.